[爱尔兰] 萨莉 · 鲁尼 —————— 著　钟娜 ———— 译

SALLY ROONEY

—

聊天记录

—

CONVERSATIONS
WITH FRIENDS

上海译文出版社

在危机时，我们都必须一次又一次地决定，我们究竟要爱谁。

——弗兰克·奥哈拉

目　录

第一部

1

博比和我第一次遇见梅丽莎是在有天晚上市区的一场诗歌活动上，我和博比一起表演。梅丽莎在外面给我们拍照片，博比在抽烟，我刻意地拿右手握住左手腕，好像担心它会弃我而去似的。梅丽莎用的是一款大块头的专业相机，她在专用相机包里装了很多种镜头。她一面拍照，一面聊天和抽烟。她聊起我们的演出，我们聊她的作品，我和博比在网上读过。接近午夜，酒吧关门。那时正好下起雨来，梅丽莎说欢迎我们去她家喝点酒。

我们一起钻进出租车后座，开始系安全带。博比坐中间，头转过去在和梅丽莎说话，我只能看见她的颈背和勺子似的小耳朵。梅丽莎给了司机一个蒙克斯顿[①]的地址，我转头看向窗外。收音机里一个声音在说：八十年代……流行……经典。然后是一段广告过门。我很兴奋，准备好迎接挑战，拜访一个陌生人的家，已经开始酝酿好话和某些面部表情，好显得我迷人可亲。

梅丽莎家是座半独立式的红砖建筑，外面有一棵槭树。街灯下树叶看起来泛橘，像人工造的。我喜欢看别人家里的样子，尤其是梅丽莎这种小有名气的人。我立马决定要记住她家的一切，

① 蒙克斯顿（Monkstown）是都柏林东南部的一个靠海的郊区。

过后才好向我们其他朋友描述它，然后博比会赞同我。

梅丽莎请我们进门后，一条红色小猎犬从大厅直冲过来，冲我们咆哮。走廊很温暖，开着灯。门边是一张矮桌，有人留了一小堆零钱、一把发梳和一管没拧上的口红。楼梯墙壁上挂了一幅莫迪利亚尼画作的印刷品，画着一个斜倚的裸女。我心想：这是一整套房子。能住一家人。

来客人啦，梅丽莎对着走廊深处吆喝。

没人出现，于是我们跟着她走进厨房。我记得我看见一只深色木碗，里面装着熟透的水果，还注意到一座玻璃暖房。有钱人，我心想。我那时总想着有钱人。狗跟着我们进了厨房，在脚边嗅，但梅丽莎没提起狗，因此我们也没提。

来点葡萄酒？梅丽莎问。白的还是红的？

她把酒倒进大得像碗的玻璃杯，我们一起在一张矮桌边坐下。梅丽莎问起我们是怎么开始一起进行诗歌表演的。我们当时刚念完大三，但还在高中时就开始一起表演了。那会儿考试都结束了。五月末。

梅丽莎把相机放在桌上，偶尔把它提起来拍照，自嘲地笑自己是个“工作狂”。她点了支烟，把灰磕在一只花哨的玻璃烟灰缸里。房间里一点烟味儿都没有，我不知道她通常是不是在这儿抽烟。

我交了些新朋友，她说。

她丈夫站在厨房过道里。他举起手向我们致意，狗开始吠叫，呜咽，转圈圈。

这是弗朗西丝，梅丽莎说。这是博比。她们是诗人。

他从冰箱里拿出一瓶啤酒，在台子上打开。

过来和我们坐坐，梅丽莎说。

唉，我也想，他说，但我应该在飞之前努力睡会儿。

狗跳上他旁边一把厨房椅，他心不在焉地伸手摸它脑袋。他问梅丽莎喂狗了没，她说没。他把狗抱起，托在臂弯里，让它舔他的脖子和下巴。他说他会喂它的，然后就从厨房门走了出去。

尼克明早要在加迪夫拍戏，梅丽莎说。

我们都已经知道她丈夫是演员。他和梅丽莎在活动上经常被一起拍到，我们有朋友的朋友曾经遇见过他们。他有一张宽阔英俊的脸，看上去能轻而易举地单手把梅丽莎举起来，用另一只手挡开不速之客。

他很高，博比说。

梅丽莎微微一笑，那样子就像“高”是在暗示别的什么，并且还不一定是好话。聊天转向其他话题。我们讨论了一会儿政府和天主教会。梅丽莎问我们是否信教，我们说不。她说她觉得宗教场合，比如说葬礼或婚礼，“能带来一种镇定的慰藉”。它们是集体生活，她说。对一个神经质的个人主义者来说，那场合挺好。而且我在一所教会女校读过书，我还记得大部分祷词。

我们在教会女校读过书，博比说。出了点麻烦。

梅丽莎咧嘴一笑，问：比方说?

比如，我是同性恋，博比说，而弗朗西丝是个共产主义者。

而且我一句祷词也不记得了，我说。

我们聊天喝酒，在那儿坐了很久。我记得我们聊起诗人帕特里夏·洛克伍德[①]，我们很崇拜她，还聊了博比瞧不起的所谓“男女同工不同酬女性主义”。我开始感到疲倦，还有一点醉。我想不出什么机智的话，也很难摆出什么表情来传达我的幽默感。我觉得我光在笑，不断点头。梅丽莎告诉我们她正在写一部散文集。博比读过她的第一本文集，我还没有。

不怎么好，梅丽莎对我说。等着下一本吧。

大约三点，她领我们去空房，说能遇见我们太好了，很高兴我们留宿。爬上床时我盯着天花板，感觉酩酊大醉。房间不断旋转，旋儿又急又紧。我的眼睛刚适应了这轮旋转，下一轮又立马开始。我问博比她有没有这种情况，但她说没有。

她太迷人了，是不是？博比说。梅丽莎。

我喜欢她，我说。

我们能听见她在走廊里说话，她的脚步声穿过一个个房间。有一次狗开始吠叫，我们能听见她在嚷嚷，然后听见她丈夫的声音。但那之后我们就睡着了。我们没听见他离开。

/

博比和我在中学相识。那时博比还很固执己见，经常因为我校所谓“破坏教学纪律”的不端行为而留校察看。我们十六岁时，她穿了鼻环，开始抽烟。没人喜欢她。她有一回因为在耶稣十字

---

① 帕特里夏·洛克伍德（Patricia Lockwood）是推特上有名的美国女诗人，凭借香艳、机智的诗歌走红。

架受难石膏像旁的墙上写“操你妈的父权社会”而被暂时停学。这件事并未激起共鸣。博比被视作装逼。就连我也不得不承认，教学在她休学的一周里顺畅多了。

我们十七岁时要去学校大会堂参加一场筹款舞会。一颗破损的迪厅闪光球把光打在天花板和带铁栏的窗户上。博比穿着一条很透的夏裙，看上去像没梳头。她光彩照人，也就是说每个人都得努力不去注意她。我告诉她我喜欢她的裙子。她把伏特加装在可乐瓶里喝，分了点给我，然后问我是不是学校其他地方都上锁了。我们去看通往后台楼梯的门，发现它是开着的。那里一盏灯都没开，一个人都没有。透过木地板条，我们能听见嗡嗡的音乐，就像别人的手机铃声在响。博比又分了我一点伏特加，问我喜不喜欢女孩。在她身边很容易让人装作若无其事。我只是回答：当然了。

当博比的女朋友并不会让我背叛谁的忠诚。我没有亲密的朋友，午饭时我在学校图书馆里一个人读课本。我喜欢其他女孩，我让她们抄我的作业，但我很孤独，感觉自己配不上真正的友谊。我写清单列出我想要改进的地方。我和博比开始交往后，一切都变了。没人再问我要作业。午饭时我们沿着汽车停车场手牵手散步，人们带着恶意别过视线。很好玩，这是我第一次觉得真好玩。

放学后我们经常躺在她房间里听音乐，谈论我们为什么喜欢彼此。这些对话又长又激烈，并且在我看来无比重大，我私下里会在傍晚凭借记忆把它们记下来。当博比谈起我时，我感觉像在镜中第一次看见自己。我也更爱照镜子了。我开始对自己的脸和身体抱有强烈兴趣，这是前所未有的。我问博比这种问题：我的腿长吗？短吗？

毕业典礼上我们表演了一段诗歌唱诵。有的家长哭了，但我们的同学只是看向集会室窗外或彼此小声交谈。几个月后，在我们交往一年多时，博比和我分手了。

梅丽莎想写一篇关于我们的人物特稿。她发来邮件，问我们是否有兴趣，并附上她在酒吧外拍的照片。我一个人在房间里，下载了其中一张照片，把它全屏打开。博比正回头看我，带点淘气，右手夹着烟，左手拽着皮毛披肩。站在她身旁的我看上去百无聊赖，很有性格。我试图想象我的名字出现在特稿里，加粗的衬线字体。我决定下次见到梅丽莎时更努力地给她留下印象。

几乎邮件一到博比就给我打来电话。

你看见照片了吗？她问。我觉得我爱上她了。

我一手拿手机，一手把照片上博比的脸放大。照片是高清的，但我把它放大到看得见像素颗粒。

或许你只是爱上你自己的脸了，我说。

我长了一张漂亮脸蛋，但这并不意味着我自恋。

我没有计较这句话。我还沉浸在放大过程中。我知道梅丽莎为好几家大的文学网站撰稿，她的作品在网上传播很广。她写过一篇关于奥斯卡的著名散文，每年到了颁奖季大家都会转发。有时她也写当地人物特稿，在格拉夫顿街上卖作品的艺术家，或伦敦的街头艺人；她的文章总是配有漂亮的人物照片，看上去既带人情味儿又很有“个性”。我把图片缩回原样，努力打量我的脸，假装自己是头一回看见它的陌生网民。那张脸看上去又圆又白，眉毛像倒下来的括号，眼睛别过镜头，几乎闭上了。就连我也看得出来我有个性。

我们回复梅丽莎说乐意之至。她邀请我们吃晚餐，讨论我们的作品，再拍一些照片。她问我能不能把我们的一些诗发给她，我发给她三四首最好的作品。博比和我假意讨论我们两个应该穿什么赴会，实则是讨论博比最后应该穿什么。我躺在我的房间里，看着她凝视镜中的自己，把几缕头发前后挪动，衡量效果。

所以当你说你爱上梅丽莎时，我说。

我是说我暗恋她。

你知道她结婚了。

你不觉得她喜欢我吗？博比问。

她在镜前举着一件我的纯棉磨毛白衬衫。

喜欢你是什么意思？我问。我们是在严肃地讨论还是开玩笑？

我有一半是严肃的。我认为她的确喜欢我。

婚外恋那种喜欢？

博比只是笑了笑。和其他人在一起时，我大致能感觉到我该把什么当真，什么不当，但和博比在一起时这是不可能的。她从不会完全认真，或完全开玩笑。于是我学会以禅系态度接受她说的奇奇怪怪的东西。我看着她脱掉上衣，穿上我那件白衬衫。她仔细地卷起袖子。

好看？她问。还是难看？

好看。很好看。

2

我们去梅丽莎家吃晚餐那天，下了整整一天雨。早上我坐在床上写诗，想敲回车的时候敲一下。最后我把窗帘拉开，读新闻网页，冲澡。我的公寓有扇门通往大楼庭院，里面种满绿色植物，远处一角有一棵樱花树，是一大特色。当时已经快六月了，但四月时樱花又亮又滑，像婚礼时用的彩色碎纸。隔壁夫妇有个小孩，有时晚上会哭。我喜欢住在这里。

博比和我傍晚在城里碰头，搭公交去蒙克斯顿。沿路返回那座房子感觉像玩传礼物游戏[①]时拆开礼盒包装。路上我把这种感受告诉博比，她说，拆完里面是礼物，还是下一层包装？

我们吃完晚饭再聊，我说。

按响门铃后，梅丽莎来应门，单肩挂着她的照相机。她感谢我们来。她的微笑极具表现力，带着密谋的意味，我认为她大概对所有受访者都这么笑，好像在说：你对我而言不是普通的采访对象，你是我的偏爱。我知道过后我会带着妒意朝着镜子模仿这个微笑。猎犬在厨房过道里汪汪叫，我们把外套挂好。

厨房里她丈夫正在切菜。狗被聚会搞得异常兴奋。它跳上一

---

① 传礼物游戏（pass the parcel）是传统儿童游戏，类似击鼓传花。用多层包装将礼物包起来，音乐伴奏下在围成圈的孩子间传送，音乐停时，由握着礼物的孩子拆掉一层包装，直到每一层包装拆完为止。

把厨房椅，每隔十或二十秒就叫一声，他让它停时才止住。

你们想来杯葡萄酒吗？梅丽莎问。

我们说当然了，于是尼克给酒杯斟上酒。上次见到他后我在网上查他资料，部分原因是我在真实生活中还没认识过哪个演员。他主要演戏剧，但也演些电视剧和电影。几年前，他曾经获得一个大奖提名，但没得奖。我搜到一整系列他没穿衬衫的照片，绝大多数照片上他看起来都要年轻些，正从游泳池里上来，或在一档老早就被取消掉的电视节目上冲澡。我给博比发了其中一张照片的链接，附上留言：花瓶老公。

梅丽莎流传在网上的照片不多，虽然她的散文集给她带来很高的知名度。我不知道她和尼克结婚多少年。他们两人都还没出名到能在网上找到这种信息。

你们总是一起写东西吗？梅丽莎问。

哦上帝，不，博比说。都是弗朗西丝写的。我一点忙都不帮的。

这不是真的，我说。这不是真的，你帮了忙的。她只是随便说说。

梅丽莎把头歪向一边，发出一种笑声。

行，好吧，你们两个谁在撒谎？她说。

我在撒谎。除了充实了我的人生，博比并没有帮助我写诗。据我所知她从来没写过创作性的作品。她喜欢表演戏剧独白，唱反战抒情歌曲。在台上她比我表演得更好，我经常焦虑地瞄她来提醒自己该干什么。

晚餐我们吃浇了很多白葡萄酒酱的意面和大量蒜香面包。大部分时候尼克不说话，梅丽莎问我们问题。她经常逗我们笑，但是就像别人不是特别想吃东西时非要人家吃。我不知道我喜不喜欢这种欢快的力量，但很明显博比非常享受。她真的没必要笑那么厉害，我看得出来。

尽管我没法说出具体原因，但我明显感觉当梅丽莎知道是我独立撰写素材后，她对我们的创作过程没那么感兴趣了。我知道这种变化很微妙，博比过后不会承认，这让我很恼火，就好像她已经否认过了。我开始觉得自己从整个场景飘离出来，仿佛终于现身的那种张力其实并不让我感兴趣，甚至都不包括我在内。我本可以更努力地加入其中，但我或许很讨厌要努力才能招揽注意。

晚餐后尼克清理盘子，梅丽莎拍照。博比坐在窗台上凝视一根点燃的蜡烛，一面笑一面扮可爱的鬼脸。我一动不动地坐在餐桌边，喝完第三杯葡萄酒。

我喜欢在窗边照，梅丽莎说。我们能拍个类似的吗，不过改在暖房里拍？

厨房的双扇门向外通往暖房。博比跟着梅丽莎，梅丽莎把门在她们身后关上。我能看见博比坐在窗台上，在笑，但我听不见她的笑声。尼克正在给水槽接上热水。我再次对他说晚餐太好吃了，他抬起头说：哦，谢谢。

透过玻璃，我看见博比抹掉眼睛下面的一点妆渍。她的手腕纤细，手指长而优雅。有时当我在干什么无聊的事时，比方说从上班的地方走回家或者晾衣服时，我喜欢想象自己长得像博比。

她的姿态比我好，脸美得让人过目难忘。有时我装得太逼真了，当我碰巧看到镜中自己时，会感到一种诡异的、非人的震惊。博比此刻就坐在我眼皮底下，假装起来更有难度，但我还是试着做了。我想说句挑衅的蠢话。

我猜她们大概用不着我，我说。

尼克看向暖房，博比正在摆弄她的头发。

你觉得梅丽莎在区别对待？他问。我可以和她说一声，如果你想的话。

没关系。大家都最喜欢博比。

真的？我得说，我更喜欢你。

我们眼对眼。我能看出他在哄我，于是我微笑了。

对，我觉得我们很融洽，我说。

我喜欢诗意的人。

哦，好吧。我的内心生活很丰富的，相信我。

我说这话时他笑了。我知道我有点越界了，但我不觉得很愧疚。外面暖房里梅丽莎点起一支烟，把相机放在玻璃茶几上。博比就着某句话热切地点头。

我本以为今晚会是一场噩梦，但其实还挺好，他说。

他来到桌边在我身旁坐下。我喜欢他突然的坦诚。我还惦记着自己在他不知情的情况下在网上看了他没穿衣服的照片，此刻我觉得这件事非常有趣，几乎想要告诉他。

我也不是特别喜欢晚宴，我说。

我觉得你表现得挺好。

你表现得非常好。你刚才棒极了。

他对我微笑。我努力记住他说过的每一句话，以便能日后对博比复述，但在我脑海里它听起来没这么有趣。

门开了，梅丽莎走进来，双手捧着照相机。她拍下一张我们坐在桌边的照片，尼克单手托着酒杯，我目光无神地盯着镜头。然后她在我们对面，看着照相机屏幕。博比走进来，没问她就给她的酒杯加了酒。她脸上有一种极致的幸福，我看出她喝醉了。尼克望着她，但什么也没说。

我提议我们应当出发去赶末班车，梅丽莎承诺会发照片给我们。博比的微笑垮了一点点，但现在提议再待一会儿已经太迟。我们的外套已经递了过来。我有点晕，博比不再说话，我一个人傻笑。

我们走了十分钟来到车站。博比一开始很安静，我以为她很沮丧或者恼火。

你们聊得开心吗？我问。

我很担心梅丽莎。

你很什么？

我觉得她不幸福，博比说。

不幸福是什么意思？她在跟你说这个？

我觉得她和尼克在一起并不是很幸福。

真的吗？我问。

真可悲。

我没有指出博比只见过梅丽莎两次，虽然我大概应该提的。

的确，尼克和梅丽莎看上去并不深爱对方。他没给任何解释，就对我说他认为她组织的晚餐会是一场“噩梦”。

我觉得他很风趣，我说。

他连嘴都没怎么张。

对，他的沉默很幽默。

博比没笑。我没再提。我们在公车上没怎么说话，因为我看出她不会对我和梅丽莎的花瓶老公轻松建立的默契感兴趣，而且我也想不出别的什么可以聊。

我回到公寓，感觉比在梅丽莎家时还醉。博比回家了，就我一个人。我在上床前打开所有的灯。有时我会这么干。

/

那年夏天博比的父母正为分手的事闹得不可开交。博比的母亲埃莉诺情绪不稳定，长时间犯病，原因未知；因此分手时她父亲杰里获得了更多同情。博比总是直呼他们的名字。一开始这或许是一种叛逆行为，如今听起来像在喊同事，仿佛她家是他们共同经营的一家小型企业。博比的妹妹莉迪亚十四岁，她没法像博比那样镇定地承受这一切。

我的父母在我十二岁时分开，我父亲搬回了巴利纳，他们相遇的地方。高中毕业前我和母亲一起住在都柏林，随后她也搬回了巴利纳。进大学后我搬进父亲的哥哥在自由街区[①]的一间公寓。

① 自由街区（Liberties）位于都柏林中部，是都柏林最古老的街区之一，现为商业贸易中心。

我上学期间，他把另一间卧室租给另一个学生，我在傍晚要保持安静，在厨房看见室友时要礼貌地打招呼。但夏天室友回家时，我可以一个人住在这里，想泡咖啡就泡咖啡，把书摊得到处都是。

当时我在一家文学经纪公司实习。那里还有个实习生，叫菲利普，我的大学同学。我们的任务就是读成堆的书稿，然后写一页长的报告，阐述它们的文学价值。它们几乎都没有价值。有时菲利普会讥讽地念一些糟糕的句子给我听，我会笑，但在这里工作的大人面前我们不会这么干。我们每周工作三天，领一份“补贴”，也就是说我们基本没有工资。我只需要果腹，菲利普住在家里，因此这对我们来说算不了什么。

这就是特权如何延续下去的，菲利普有天在办公室里对我说。像我们这样有钱的混蛋免费当实习生，把其余人的工作给抢了。

那是你，我说。我永远都不会去找工作的。

3

那个夏天博比和我经常参加说唱诗和开放麦活动[①]。我们站在外面抽烟时，别的男表演者会来跟我们搭话，博比总会故意吐烟，一言不发，于是我得扮演我俩的代言人，也就是说要常常微笑，记住他们作品的细节。我很喜欢扮演这种角色，一个笑眯眯的、好记性的女孩。博比说她认为我没有“真正的个性”，但她说这是在表扬我。我基本同意她的评价。每当我感觉我能做什么或说什么时，我只有在事后才想到：哦，原来我是这种人。

几天后，梅丽莎给我们发来那天晚餐的照片。我以为照片里基本上全是博比，外加大概一两张象征性的我的照片：人影模糊，前面挡着一根燃烧的蜡烛，举着一叉意面。事实上，每张有博比的照片里都有我，光总是打得刚好，构图也总是精当。尼克也拍了进去，这我没想到。他看上去闪闪发光、魅力非凡，甚至胜过现实生活中他本人。我猜想这会不会是让他成为一名成功演员的原因。看着这套照片，很难不感觉他是房间的中心，而当时我显然没有这种感受。

照片里没有一张有梅丽莎。因此，照片中描绘的晚餐只是隐晦地表现了我们实际参加的那场。现实中，我们所有的对话都围绕着梅丽莎。她触发了我们或犹疑或崇拜的各种表情。她讲的笑

---

① 开放麦（open mic）是在咖啡馆、俱乐部等场所的活动，顾客中的业余表演者能自由上台表演。

话总在逗我们发笑。少了她，晚餐似乎变了味，朝着微妙奇怪的方向偏离。照片里人物之间的关系，由于梅丽莎的缺席，变得不清不楚。

在我最爱的一张照片里，我带着恍惚的神情直视镜头，尼克看着我，似乎等我说什么。他的嘴有一点点张开，看起来他没有注意到照相机。这是一张好照片，但显然我当时实际上注视着梅丽莎，而尼克只是没看见她从过道里走来。它捕捉到了某种从未发生的亲密，某种晦涩而令人焦虑的东西。我把它保存到下载文档里，以便日后观察。

收到照片一个小时后，博比发来短信。

博比：我们看起来有多美？

博比：我在想能不能把它们设成 Facebook 头像档案。

我：不

博比：她说这些照片要九月才能发表貌似？

我：谁说的

博比：梅丽莎

博比：你今晚想一起玩吗？

博比：看个电影什么的

博比想让我知道她和梅丽莎在保持联系而我没有。这的确让我意外，这达到了她预期的效果，但我心情很糟。我知道梅丽莎更喜欢博比而不是我，而且我不知道该如何在不贬低自己去博关注的情况下加入她们新建立的友谊。我曾希望梅丽莎对我感兴趣，因为我们都写东西，但相反她似乎不喜欢我，而我也不确定我喜不喜欢她。我没法不把她当回事，因为她出了本书，这证明有很多人都很把她当回事，哪怕我不。我才二十一岁，没有成就和财产能证明我是个大人物。

我告诉尼克每个人都喜欢博比胜过我，但真实情况并非如此。博比可以很粗鲁，很任性，让人很不舒服，而我习惯表现得礼貌，给人鼓励。比方说，母亲们总是很喜欢我。而且因为博比总是戏弄或蔑视男人，男人们通常最后也更喜欢我。当然，博比曾就这点捉弄过我。她用邮件发了张安杰拉·兰斯伯里①的照片给我，邮件主题里写着：你的核心人格成分。

博比当晚的确来了，但她只字不提梅丽莎。我知道这是她的策略，也知道她希望我问，所以我没问。这听起来有点阴阳怪气，但其实还好。事实上我们度过了愉快的一晚。我们聊个不停，博比最后在我房间的床垫上过了夜。

/

当晚我一身大汗地在羽绒被下醒来。一开始我感觉像在梦或者电影里。我发现房间的方向很奇怪，仿佛我离窗户和门比平时更远了。我费劲坐起来，骨盆传来一阵奇怪的、撕扯般的疼痛，逼得我大声喘气。

---

① 安杰拉·兰斯伯里（Angela Lansbury，1925—　），英美爱尔兰混血女演员、制作人、歌手，因出演百老汇音乐剧《玛姆》而成为LGBT群体的偶像。

博比？我说。

她转过去。我试图越过床摇她肩膀，但够不着她，还因为用力感到疲惫。同时我又为剧痛的严重程度感到振奋，就好像它能以未知的方式改变我的人生。

博比，我喊。博比，醒醒。

她没醒过来。我把腿挪下床，设法站了起来。我弯腰紧紧摁住腹部，疼痛就缓和了些。我绕过她的毯子，走出房间去厕所。外面雨下得很响，雨点打在墙壁通风口的塑料盖子上。我坐在浴缸一侧。我在流血。只是经痛罢了。我把头埋在手里。我的手指在颤抖。然后我坐到地板上，脸垂在浴缸冰凉的边缘上。

过了一会儿，博比来敲门。

怎么了？她从外面问。你还好吗？

只是经痛。

哦。你那儿有止痛药吗？

没，我说。

我给你拿点。

她的脚步声走远了。我拿头轻撞浴缸侧壁，把注意力从骨盆的疼痛上转移开。这是一种热乎乎的疼痛，好像我的身体内部缩成了小小的一团。脚步声回来了，门开了一英寸。她把一板布洛芬滑进来。我爬过去接过药，她走了。

最后外面天亮起来。博比醒过来，进来扶我坐到客厅沙发上。她给我泡了杯胡椒薄荷茶，我蜷坐着，杯子隔着 T 恤抵在耻骨上方，直到我感觉烫。

你真受罪，她说。

人人都受罪。

啊，博比说。受罪极了。

/

我跟菲利普说我不想找工作，这不是在开玩笑。我不想找工作。关于未来财务的可持续性我没有任何规划：我从没想过做什么事来赚钱。之前几个夏天里我打过很多份最低工资的零工——发邮件，打推销电话，诸如此类——毕业后我估计还会干更多类似的活。尽管我知道我终将全职工作，我从未幻想过一个光芒四射的未来：我参与金钱活动，从而获取报酬。有时，这让我觉得我对自己的人生不感兴趣，于是感到很低落。另一方面，我感觉我对财富的漠不关心在意识形态上来说是健康有益的。我会去查如果把全球总产值按人头平均分配，平均年工资是多少；据维基百科答案是 16100 美元。无论在政治上还是经济上，我都看不出有什么理由挣超过这个数字的钱。

我们文学经纪公司的老板是个叫桑尼的女人。我和菲利普都真的很喜欢桑尼，但桑尼更喜欢我。菲利普对此并不在意。他说他也更喜欢我。我觉得实际上桑尼知道我并不想当文学经纪人，甚至或许就是因此她才对我青眼有加。菲利普显然为自己能在文学经纪公司工作感到激动，尽管我不会因为他在做人生规划而看不起他，但我觉得我在分配个人激情上更审慎。

桑尼对我的职业规划很感兴趣。她是一个非常坦诚的人，总是说一些坦诚得出人意表的话，这是我和菲利普最喜欢她的地方之一。

新闻怎么样？她问我。

我递给她一沓看完的稿件。

你对世界很感兴趣，她说。你很博学。你喜欢政治。

是吗？

她笑了，摇摇头。

你很聪明，她说。你必须得干点什么。

或许我会嫁个有钱人。

她挥手把我赶走。

去工作去，她说。

/

那个周五我们在市中心一场朗读会上表演。每首诗完成后大约过六个月，我就可以表演它，因为这之后我都不想看它，不介意在公开场合大声朗诵。我不知道是什么原因造成了这种流程，但我很高兴这些诗只被我们表演，却从未发表在纸媒上。它们被掌声托着，轻盈地漂走了。真正的作家，还有真正的画家，都不得不一直看着他们完成的丑东西。我恨自己干的这些事这么丑，但我也恨自己缺乏勇气直面它有多丑。我曾向菲利普解释这条理论，但他仅仅说：不要这么贬低你自己，你是个真正的作家。

博比和我在表演场地的厕所里化妆，讨论我最近新写的诗。

我喜欢你的男性人物，博比说，因为他们都很渣。

不是每个都那么渣。

说好听点，他们道德观念都很模糊。

我们难道不都这样吗？我说。

你应该写写菲利普，他没有问题。他是个“好人”。

她拿手指在空中比比，给好人两个字添上引号，尽管她真的认为菲利普是个好人。博比说谁好从来都要加引号。

梅丽莎说今晚她会来，但我们在表演结束后才看见她，那时大概十点半或十一点了。她和尼克坐在一起，尼克穿着西装。梅丽莎祝贺我们，说她真的很喜欢我们的朗读。博比看着尼克，像在等他表扬我们，他笑了。

我没有看到你们的节目，他说。我刚到。

尼克这个月在皇家剧院演出，梅丽莎说。他正在演《热铁皮屋顶上的猫》①。

不过我敢肯定你们很棒就是了，他说。

我去给你们俩拿点喝的，梅丽莎说。

博比跟着她去吧台，尼克和我留在桌边。他没戴领带，西装看上去很贵。我觉得很热，担心我在出汗。

演出怎么样？我问。

哦，什么，今晚？还将就，谢了。

他正在取下他的领结。他把它们摆在桌上，他的酒杯旁边。我注意到它们是彩釉材质，装饰艺术风格。我想夸赞它们，但觉

---

① 《热铁皮屋顶上的猫》，美国剧作家田纳西·威廉斯的代表作。

得说不出口。于是我假装越过肩头找梅丽莎和博比。当我转过头时他已经拿出了手机。

我想去看你的演出，我说。我喜欢那部剧。

你来啊，我可以给你留票。

他说话时没抬头，我以为他在敷衍，或者至少会很快忘掉这段对话。我只说了点应和的话来打哈哈。趁他注意力没在我身上，我可以仔细观察他。他的确相当英俊。我不知道人会不会习惯了这么好看，然后觉得它无聊，但这实在难以想象。我在想如果我像尼克一样好看我大概随时都会很快活。

抱歉失礼了，弗朗西丝，他说。我在跟我妈妈说话。她会发短信了。我应该跟她说我在和一位诗人聊天，她会非常吃惊的。

好吧，你并不知道。我可能写得很烂。

他笑了笑，把手机滑进内兜。我看着他的手，又移开视线。

我听说的可不是这样，他说。不过或许下次我能自己判断。

梅丽莎和博比带着饮料回来了。我注意到尼克谈话间提起我的名字，就好像在展示他自上次和我交谈以来记住了我。当然了，我也记得他的名字，但他更年长而且小有名气，因此我为得到他的关注感到荣幸。原来梅丽莎把车开进了城，因此尼克不得不在他的演出结束后加入我们，搭车回家。这种安排似乎没考虑到他方不方便，在我们聊天大部分时间里他看上去疲倦又无聊。

第二天梅丽莎发邮件给我，说他们替我和博比留了两张下周四的戏剧门票，但如果我们有其他计划了也不必觉得过意不去。她附上了尼克的电邮，写道：方便你们联系。

4

博比周四要和她父亲吃晚饭，所以我们将多出的戏剧门票赠给了菲利普。菲利普一直问我们演出结束后是不是必须和尼克聊天，我也不知道。我怀疑他不会专门出来和我们讲话，所以我说我确定我们能照常离开。菲利普从没遇见过尼克，但他在电视上见过他，认为他的长相“很有威慑力”。他问了我很多问题，想知道尼克在真实生活中是什么样的，没有一个问题我觉得自己有资格回答。我们买了节目单，菲利普直接翻到演员简介，给我看尼克的照片。在昏暗的灯光下其实只看得到脸的轮廓。

看他的下巴，他说。

是，我看见了。

舞台上灯光亮起来，饰演玛吉的女演员登场，开始用南方口音高声叫喊。口音并不坏，但还是感觉得出是演员扮出来的口音。她脱掉裙子，穿着一条白色衬裙站在那儿，电影版里伊丽莎白·泰勒穿的那种白色衬裙，不过这个女演员看上去既没泰勒那么有人工感，却也没那么让人信服。我能看见她的衬裙线缝里扎的一条养护标签，这破坏了我看剧的真实感，尽管衬裙和它的养护标签肯定都是真的。我的总结是某种现实有一种不真实的效果，这让我想起理论家让·鲍德里亚①，尽管我从没读过他的书，这似

① 让·鲍德里亚（Jean Baudrillard，1929—2007），法国哲学家、后现代理论家。

乎也不是他的写作关注的话题。

终于，尼克登场了，他从舞台左边的门走出来，系着衬衫的纽扣。我突然感到紧张，就像此刻全体观众都转过来看我反应似的。他在台上看着很不一样，说话的声音也判若两人。他的举止沉着疏离，暗示着性暴力。我好几次用嘴呼气，不停地用舌头舔嘴唇。这场表演整体上差强人意。其他演员口音出戏，台上的一切看上去都像等着被人摆弄的道具。在某种程度上这仅仅烘托了尼克美得多么惊人，同时也让他的痛苦更加真实。

我们走出剧场时又开始下雨了。我觉得自己又干净又渺小，像个初生婴儿。菲利普撑起他的伞，我们走向车站，我不知怎地平白无故地傻笑，不停地摸头发。

很有意思，菲利普说。

我觉得尼克大概比其他演员要好一大截。

没错，压力太大了，不是吗？但他真的不错。

听了这句话，我的笑声太过分了，意识到它没什么好笑时我停了下来。轻柔沁凉的雨像羽毛一样坠在伞上，我试图想点关于天气的趣事。

他很帅，我听见自己说。

帅得几乎让人生厌。

我们到了菲利普的站，讨论了下我们谁该拿这把伞。最后我拿了。雨下大了，天色渐黑。我还想聊这部戏，但我能看见菲利普的巴士就要开进站了。我知道他反正也不想再谈这部戏了，但我还是觉得很失望。他开始数车钱，说明天见。我一个人走回公寓。

我走进公寓，把伞留在庭院门口，然后打开笔记本电脑，找尼克的电子邮箱。我觉得我应该给他发一封简短的邮件，感谢他赠票，但房间里的东西不停地打断我的注意力，比如在壁炉上方墙上挂的图卢兹-罗特列克[①]的海报，还有露台窗户上的一块污迹。我站起身，转了一会儿，思考这块污迹。我用一块干抹布擦掉它，然后泡了杯茶。我想过给博比打电话，问她是不是该发邮件，但我想起来她正和她父亲在一起。我写了一封邮件草稿，然后把它删掉，免得一不小心点了发送键。然后我又从头写了封一模一样的信。

我盯着笔记本电脑屏幕，坐到天变得漆黑。我比普通人更在乎这些事，我心想。我得放轻松，不去在乎这些事。我应该尝试嗑药。这些想法对我来说并不算不寻常。我打开客厅音响放《星界星期》[②]，然后一屁股坐在地板上听。尽管我努力不去想那部戏，我发现我还是在想尼克在台上大喊：我不想靠你的肩膀，我要我的拐杖。我在想菲利普是否也在想那部戏，还是只有我这样。我需要变得更有趣、更招人喜欢，我心想。一个有趣的人会写信致谢的。

我起身敲了一封简短的邮件，祝贺尼克的演出，感谢赠票。

---

① 图卢兹-罗特列克（Henri de Toulouse-Lautrec，1864—1901），法国贵族，后印象派画家，近代海报设计先驱。

② 《星界星期》（*Astral Weeks*）是北爱尔兰创作型摇滚歌手范·莫里森的代表作之一，融合了民谣、布鲁斯、爵士、古典乐等多种音乐类型。

我调整句子的位置，然后似乎随便地点了发送键。再然后我把电脑合上，重新坐回地板上。

我盼着听博比给我讲她和杰里的晚餐，终于，整张专辑放完后，她打电话过来。接通时我还保持着靠墙的坐姿。博比的父亲是卫生部的公务员，官职很高。和杰里相处时，博比没有套用她和别人相处时那种一贯激烈的反体制原则，至少不会一直如此。他会带她去一家很贵的餐厅吃晚饭，他们会吃三道菜，配红酒。

他只是想强调，我如今在家是成人了，博比说。还说他很尊重我之类的。

你妈妈怎么样了？

哦，她又开始闹偏头痛了。我们都踮着脚尖走路，像他妈的特拉普会修道士[①]。戏怎么样？

尼克演得很好，老实说，我说。

哦，太好了。我本来以为会很糟。

没错，是这样。我想起你的问题了。戏很糟。

博比低声哼了段没什么曲调的音乐，没再说什么。

还记得上次我们去他们家，然后你说你觉得他们的婚姻好像，不怎么幸福？我问。你为什么这么说？

我只是觉得梅丽莎看起来很压抑。

但是，为什么是因为他们的婚姻？

好吧，你不觉得尼克对她很不友好吗？博比说。

---

① 特拉普会（Trappists），又称“严规熙笃隐修会”，是天主教熙笃会（Cistercians）的分支，该分支鼓励少言，只在迫不得已时开口，禁止闲谈。

我没觉得。你觉得吗？

我们第一次去那儿，还记得他怒气冲冲地出来见我们然后吼她没有喂狗吗？我们上床时还听见他们吵架？

现在听她这么一说，我想起那次在他们二人间察觉到某种敌对情绪，但我并不认为他在吼。

她去了吗？博比问。那场戏？

没有。好吧，我不知道，我们没看见她。

她本来也不喜欢田纳西·威廉斯。她觉得他太矫揉造作。

光听博比我都知道她脸上带着讽刺的微笑，因为她知道她在炫耀。我很嫉妒，但我同时感觉因为我看过那场戏，我参与了一件博比并不知道的事。她仍然将尼克视作一个次要人物，除了是梅丽莎的丈夫，什么也不是。如果我告诉她我刚才写邮件感谢他赠票，她不会明白我是在炫耀，因为对她来说尼克只是导致梅丽莎不快乐的因素，其本身毫无特色。看上去她不大可能会去看那场戏了，我也想不出任何其他方法向她展示尼克的分量。我提及他计划近期来看我们表演，她只问那是否意味着梅丽莎也会来。

第二天下午尼克回了信，首字母全部没有大写，他感谢我来看戏，并问我和博比下一次什么时候演出。他说他们在皇家平时每天演晚场，周末演午后场，因此他几乎必然会错过我们的节目，除非它在十点半后开始。我告诉他我会看看能不能做些什么，但即使他来不了也别担心。他回答：哦好吧，但要是不来不就没法回馈你了，不是吗？

5

整个夏天，我都很怀念高强度的课业，它帮助我在上学期间放松。我喜欢坐在图书馆写论文，窗外天光渐渐暗淡，任由我对时间和自我的感知慢慢消散。我会在网页上打开十五个页面，然后写下诸如“认知表述”①和“矫正性话语实践②”。这样的日子里我经常忘记吃饭，傍晚时会感觉到一种不依不饶的轻微头痛。生理感知重新变得真实而新鲜：微风像是新的，长厅③外的鸟啼也焕然一新。食物好吃得不得了，软饮也好喝。然后我不检查，就把论文打印出来。当我拿到反馈时，页边上总是写着“论述合理”，有时写着“精彩”。每当我拿到“精彩”，我就用手机拍照发给博比。她会回复：恭喜，你的自尊心又岌岌可危了。

我的自尊心一直是个问题。我知道智力水平往好里说不分善恶，但每当我遇到什么坏事，我就想我有多聪明来安慰自己。小时候交不到朋友时，我就幻想我比我的所有老师都要聪明，比所有在这个学校上过学的其他学生都要聪明，是藏在普通人里的天才。这让我觉得自己像个间谍。我开始用论坛留言板时还是个青

---

① “认知表述”（epistemic rearticulation）是女性主义理论中追求重新阐释、颠覆认知的观点。

② “话语实践”（operant discursive practices）由福柯提出，指建立在定义和构建所指的规则之上的沟通实践。

③ 圣三一学院老图书馆主厅，藏有珍贵著作，包括修道士于9世纪完成的《凯尔经》。

少年，和一个二十六岁的美国研究生建立了友谊。照片里他牙齿很白，他说他认为我像物理学家一样有头脑。深夜我给他发短讯，跟他说我在学校很孤独，其他女孩并不真的理解我。我真想有个男朋友，我说。一天晚上他给我发来他的生殖器的照片。是开着闪光灯照的，正好对着勃起的阴茎聚焦，就像是为了体检。之后好几天我都觉得羞愧害怕，就像我犯下了一场恶心的网络罪行，其他人随时都可能发现。我删除了账户，抛弃了关联邮箱。我对谁都没说，我无人可说。

/

星期六我跟场地组织方协调，把我们的节目调到十点半。我没对博比说是我安排的，也没说原因。我们把一瓶白葡萄酒偷偷带入场内，在楼下厕所里用塑料杯分着喝。我们喜欢在表演前喝一两杯葡萄酒，但不喝多。我们坐在水槽上倒酒，聊起一会儿要表演的新作品。

我不想告诉博比我很紧张，但我的确很紧张。哪怕照镜子都让我紧张。我不认为我看起来丑。我的脸平淡无奇，但我超级瘦，瘦得看起来很有性格，于是我通过着装来强调这一点。我穿很多深色衣服，戴夸张的项链。那晚我涂了棕红色的口红，在厕所诡异的灯光下看上去病恹恹的，像要晕倒。最后我的五官似乎脱离了彼此，至少失去了它们平时的联系，就像你读一个字读太多遍就认不出它的意思了。我不知道我是不是很焦虑。然后博比叫我不要盯着自己看了，我停了下来。

上楼后我们看见梅丽莎独自坐着，带着她的照相机，点了杯葡萄酒。她身旁的座位是空的。我张望四周，但心里很清楚，这房间看起来听起来都不像有尼克的样子。我以为这会让我平静，但并没有。我舔了几次牙齿，等着主持人用麦克风叫出我们的名字。

在台上，博比的表演总是很精确。我要做的只是努力跟上她独特的韵律，只要我能做到这一点，我也就还不错。有时我很好，有时我只是将就。但博比总是刚刚好。那天晚上她让所有人都笑了，还获得了很多掌声。有一小会儿，我们站在灯光下，听着掌声，对着对方比画，就好像在说：都是她的功劳。就在这时我看见尼克从后门进来。他看起来有点喘气，好像爬楼梯爬太急了。我立刻移开视线，假装没注意到他。我能看出他在试图跟我对视，如果我回应了他会给我一个类似抱歉的神情。我觉得这个想法太强烈了，像裸露灯泡的亮光，我没法去想。观众继续鼓掌，我能感觉到尼克注视着我们下台。

表演结束后，菲利普在吧台请我们喝了一轮，说新写的那首诗是他的最爱。我忘记把他的伞带来了。

你看，别人都说我讨厌男人，博比说。但我其实真的很喜欢你，菲利普。

我两口就吞下了半杯金汤力[①]。我在想如何不告而别。我可以离开，我想，这想起来很好，就好像我重新掌握起我的人生来。

---

① 由金酒兑汤力水配柠檬片调成的鸡尾酒。

咱们去找梅丽莎，博比说。我们可以介绍你。

梅丽莎不难找。那时尼克坐在她身边，已经在喝一瓶啤酒。我很不好意思接近他们。上次我看到他时他带着假口音，穿着不一样的衣服，我还不确定我是否准备好听他本来的口音。但梅丽莎已经看到我们。她邀我们坐下。

博比把梅丽莎和尼克介绍给菲利普，菲利普和他们握了手。梅丽莎说她记得他们之前见过，菲利普听了很高兴。尼克说什么抱歉他错过了我们演出之类的，尽管我还是没看向他。我喝光了剩下的金汤力，把杯子里的冰块撞来撞去。菲利普祝贺尼克的戏，他们聊起了田纳西·威廉斯。梅丽莎又称他“矫揉造作”，我装作不知道她之前发表过这个观点。

我们又点了一轮酒，梅丽莎提议我们出去抽根烟。抽烟区在楼下一个小花园，四面围墙，人不是很多，因为在下雨。我从未见过尼克抽烟，我也拿起一支，尽管我并不想抽。博比正在模仿朗读会上在我们前面表演的一个男人。模仿得很好笑，但也非常刻薄。我们都笑了。雨下得更大了，于是我们凑到窗前伸出的一溜窄壁架下。我们聊了一会儿，主要是博比在说。

演同性恋还挺酷的，博比对尼克说。

布里克[①]是同性恋？他说。我觉得他或许只是双性恋。

不要说“只是双性恋”，她说。弗朗西丝是双性恋，你知道吗。

---

① 布里克是《热铁皮屋顶上的猫》的男主角。

我不知道，梅丽莎说。

我故意叼着烟沉默了很长一会儿。我知道每个人都在等着我开口。

好吧，我说。没错，我的确是个杂食动物。

梅丽莎听了笑了。尼克看着我，露出一个忍俊不禁的微笑，我迅速转过眼去，假装研究我的玻璃杯。

我也是，梅丽莎说。

我能看出博比被这句话吸引了。她问了梅丽莎什么，我没听。菲利普说他要去厕所，把喝的留在了窗沿上。我抚摸着项链带子，胃部感受到酒的温暖。

抱歉我来晚了，尼克说。

他在对我说话。事实上他好像在等菲利普离开只剩我们两人，他才好跟我说这句话。我告诉他我不介意。他用食指和中指夹着香烟，和他宽阔的手比起来，那烟就像一件微缩模型。我知道他想装成什么人就能装成什么人，而且我也不知道他是不是也像我一样缺乏一种“真正的性格”。

我进来的时候正好赶上热烈鼓掌，他说。所以我只能往好里猜。我其实读过你的东西，这么说是不是不太好？梅丽莎转发给我的，她认为我喜欢文学。

这时我产生一种失去自我认知的奇怪感觉，我意识到我完全无法想象出我的脸或身体。就像有谁举起一支看不见的铅笔，拿有橡皮的那头擦掉了我的全部外貌。这很奇特，其实也不算让人不悦，不过我也发觉我很冷，可能在发抖。

她没跟我说会把它转发给别人，我说。

不是别人，只有我。我会给你回封信的。如果我现在赞美你，你会觉得我只是口头说说，但我的信会全是好话。

哦，那很好。不用和人对视就听到好话我喜欢。

他听了笑了，这让我很高兴。雨下得更大了，菲利普从卫生间回来，又和我们一起在壁架下躲雨。我的手臂碰到尼克的手臂，我感到隐蔽的肢体接触带来的愉悦。

萍水相逢挺怪的，他说，后来发现人们随时都在观察你。那种感觉就像，老天，她究竟注意到我什么？

我们彼此对视。尼克的脸是那种最没特色的英俊：清透的皮肤，立体的骨架轮廓，嘴唇有点软。但他的表情却越过外貌，有含蓄智慧之感，这让他和别人眼神接触时具备领袖气质。他看向我时，我觉得自己很脆弱，但我也强烈地感觉到他在允许我观察他，他注意到我很想构建对他的印象，而他很好奇那究竟是什么。

没错，我说。各种缺点。

而且你才，大概，二十四岁？

我二十一。

他盯着我看了一秒，就好像他认为我在开玩笑。他睁大双眼，抬起眉毛，然后摇摇头。演员学过怎么表达他们实际并未感受到的情绪，我心想。他知道我二十一。或许他真正想表达的是知道我们年龄差距后的夸张反应，或者对此轻微的不满或失望。我在网上查到他三十二。

但别让它阻碍我们的默契，我说。

他看了我一会儿，然后微微一笑，一个柔和、含糊的微笑，我非常中意这个微笑，我突然对自己的嘴高度敏感。它微微张开了。

不，我怎么会，他说。

菲利普对我们说他要去赶末班车了，梅丽莎说她明早要开会，她也准备撤了。很快一伙人都散了。博比乘快铁回桑迪芒特，我沿着码头往回走。利菲河发了水，看上去气鼓鼓的。一列列出租车和汽车游弋而过，街对面一个步行的醉鬼大叫他爱我。

走进公寓时，我想起尼克在大家鼓掌时走进房间。此刻这在我看来完美无缺，完美到我庆幸他错过了演出。或许让他目睹这么多人认可我，而不是冒险赢得他的认可，让我觉得能再次和他说话，就好像我也是一个重要人物，拥有和他比肩的崇拜者，就好像我并不比他差。但喝彩也像是演出的一部分，最精彩的部分，它以最纯粹的方式表达了我试图做的事，那就是让我成为这样一种人：一个值得赞许，值得爱的人。

6

那之后我们偶尔见梅丽莎，她间或给我们发邮件，汇报特稿进度。我们再没去过她家，但在文学活动上时不时碰上她。我经常在活动前猜测她和尼克会不会参加某个活动，因为我喜欢他们，也喜欢别人看到他们对我很热情。他们将我推荐给编辑和文学经纪人，他们表现出看到我很高兴的样子，还关切地询问我的作品。尼克总是很友好，甚至有时向别人夸赞我，但似乎并没有特别急于和我聊天，而我也习惯了和他对视，不再感到惊吓。

博比和我一起参加这些活动，但对她来说她只在乎梅丽莎的关注。在道森街的一场新书发布会上，她告诉尼克她对演员“并无成见”，而他好像说，哦谢谢你博比，你太慷慨了。有一次他独自参加活动，博比问：就你一个？你美丽的太太呢？

我怎么感觉你不喜欢我？尼克说。

对事不对人，我说。她讨厌男人。

说句安慰你的话，我个人也很讨厌你，博比说。

尼克和我在他错过我们演出的当晚开始通邮件。他如约写信谈论我的作品，称赞某个意象“很美”。大概可以说我认为尼克在戏剧里的表演“很美”，不过我不会在邮件里那么写。但话说回来，他的表演和他作为实体的存在相关，而一首诗，用标准字体打出来，由另外一个人转发过来，则和我的实体并无关联。从某个抽象层面上来说，任何人都能写出那首诗，但这感觉也不是真的。似乎尼克实际上在说的是：你思考和感受的方式很美，或者你体验世界的方式在某种程度上很美。收到邮件后的几天里，我都在反复回想这句话。想到它时我会不由自主地微笑，仿佛我记起了一个秘不可宣的笑话。

写信给尼克很轻松，但也有竞技感，令人兴奋，像一场乒乓球比赛。我们对彼此总是轻率无礼。当他发现我父母住在梅奥郡时他说：

我们从前在阿基尔岛有一座度假用的房子。（和南都柏林其他任何一个富人家庭一样我敢肯定）

我回答：

很荣幸我的先祖家园能有助于滋养你的阶级身份。（P.S. 在任何地方有度假别墅都是违法的）

他是自博比以来我遇到的第一个让我享受聊天的人，这种愉悦是非理性的感官享受，类似我对咖啡和大声放音乐的喜爱。他逗我笑。有一次，他提起他和梅丽莎分房睡。我没有告诉博比，但我就此想了很多。我不知道他们是否还“爱着”对方，不过很难想象尼克对什么事不怀有讽刺态度。

他似乎到凌晨才上床睡觉，而我们的深夜通信越来越频繁。

他告诉我他在圣三一学院上过英语和法语课，因此可能有几个老师都给我们上过课。他的专业是英语，毕业论文写的是卡里尔·丘吉尔。有时我们聊天时我会谷歌他的名字，看他的照片，提醒自己他长什么样。我阅读网络上关于他的一切，经常把他在采访中说过的话用邮件发给他，哪怕他阻止过我也还是照发不误。他说他觉得这“超级尴尬”。我说：那你也不要在凌晨 3:34 给我发邮件了（给我发吧）。他回复：我在半夜给一个二十一岁的人发邮件？我不知道你在说些什么。我才不会这么做。

一天晚上，在一本诗歌年选的发布会上，只剩下我和梅丽莎跟一个男小说家聊天，他的书我一本都没读过。其他人都去买酒了。我们在戴姆街上一家酒吧里，我的脚很痛，因为我穿了一双明知太小的鞋。小说家问我喜欢读谁的书，我耸耸肩。我不知道能不能通过沉默让他放过我，还是说轻慢他会是个错误，因为我不知道他的书风评如何。

你真的很酷，他对我说。是不是？

梅丽莎点点头，但并不是很热情。我的酷，要是我算酷的话，从来没有吸引过她。

谢了，我说。

而且你能接受赞美，这很好，他说。很多人会试图贬低自己，你的态度很对。

没错，我相当能听好话，我说。

这时我能看出他努力想和梅丽莎交换眼神，但梅丽莎无动于衷。他几乎快朝她抛媚眼了，但还是作罢。然后他转向我，一脸诡秘。

好吧，就是别太自以为是，他说。

尼克和博比又加入了我们。小说家对尼克说了什么，而尼克说了个“伙计”，是那种：哦，不好意思，伙计。待会儿我要在邮件里取笑他装腔作势。博比把头放在梅丽莎肩上。

小说家走后，梅丽莎喝光了杯里的酒，对我咧嘴笑。

你把他迷住了，她说。

你是在讽刺我吗？我问。

他是想跟你调情。他说你很酷。

我强烈地感受到尼克就在我肘边，尽管我看不见他的表情。我知道我拼命地想把控这场对话。

哈，男人喜欢对我说我酷，我说。他们只是想让我表现得像从来没听过这一点一样。

梅丽莎听了真笑起来。我很惊讶我居然能把她逗笑成那样。有那么一会儿我觉得我对她的判断有误，尤其误判了她对我的态度。然后我意识到尼克也在笑，于是我对梅丽莎的感受失去了兴趣。

太残忍了，他说。

别以为你是例外，博比说。

哦，我绝对是个坏人，尼克说。我笑不是因为这个。

/

六月底我去巴利纳待几天，看望我父母。我母亲并不强制我回去，但最近我们打电话时她开始说类似这样的话：哦你还活着的吧，是吗？下次你回家的时候我还认得出你吗，还是你得在衣领上别朵花儿？最后我买了张火车票。我给她发短信，告知她我什么时候来，落款写：为表孝顺，你忠诚的女儿。

博比和我母亲要好得不行。博比学历史和政治，我母亲认为这两门科目很正经。正儿八经的学科，她会说，同时对着我扬起半边眉毛。她是个社会民主人士，那时我记得博比以社会无政府主义者自居。我母亲来都柏林时，他们为西班牙内战拌嘴，两人都很享受。有时博比会转向我说：弗朗西丝，你是个共产主义者，来支援我。然后我母亲会笑着说：那家伙！你去问茶壶还差不多。她对我的社交或个人生活从来兴趣欠佳，这对我们两人都好，但当我和博比分手时她将之称为“一个真正的遗憾”。

星期六，她从车站接到我，我们下午坐在花园里。草刚剪过，散发出温暖、让人过敏的味道。天空柔和得像块布，鸟群像针线一样长长地拖过。母亲在除草，我假装除草，其实只是在说话。我发现我谈起在都柏林遇到的那些编辑和作家时出乎意料地激动。中途我取下手套擦额头的汗，然后再没戴上。我问她要不要喝茶，她没理我。然后我坐在倒挂金钟树荫下把灯笼花从枝上摘下来，又开始讲名人。这些词单纯地从我嘴里冒出来，很美味。我没想到我会有这么多话可讲，没想到我会这么喜欢讲这些。

最后母亲剥掉手套，坐在草坪椅上。我盘腿坐着，端详回力鞋尖。

你似乎很欣赏这个叫梅丽莎的女人，她说。

是吗？

她的确带你见了很多人。

她更喜欢博比而不是我，我说。

但她老公喜欢你。

我耸耸肩，说我不清楚。然后我舔舔大拇指，开始用它去擦回力鞋上的小泥点。

而且他们很富有，对不对？母亲说。

我觉得是。她老公家里很有钱。而且他们的家很漂亮。

被豪华房子冲昏了头脑，这不像你。

这句话刺痛了我。我继续擦鞋，就好像我没注意到她的语气。

我没有被冲昏头脑，我说。我只是在描述他们房子的样子。

我得说，这听起来很邪乎。我不知道这个女人这个岁数了围着大学生转是个什么意思。

她三十七岁，又不是五十岁。她在写我们的特稿，我跟你说过了。

母亲从草坪椅上站起来，在亚麻布园艺裤上擦了擦手。

好吧，她说。你可不是在蒙克斯顿的好房子里长大的。

我笑了，她伸出手扶我起来。她的手又大又蜡黄，一点都不像我的。它们充满了我缺少的实际性，我的手在它里头像件需要修的东西。

你今晚会去看你父亲吗？她问。

我抽回手，放进口袋里。

可能去，我说。

/

我从小就看出我父母彼此并不相爱。电影和电视剧里的夫妻一起干家务活，情意绵绵地谈起共同的回忆。我不记得看过父母在同一个房间里，除非他们在吃饭。我父亲有“情绪”。有时他犯情绪时，母亲会带我去她在克朗塔夫的妹妹伯尼家，她们会坐在厨房里聊天、摇头，我则看我堂妹艾伦玩《萨尔达传说：时之笛》①。我知道酒精在这些事件里掺了一脚，但究竟是怎么掺的在我看来却很神秘。

我喜欢去伯尼家玩。在那儿时我可以想吃多少饼干就吃多少，等我们回家时，父亲要么出去了，要么表现得很悔恨。我喜欢他不在的时候。他悔恨时试图跟我搭话问学校的事，我不得不选择哄他开心或无视他。哄他开心让我觉得自己不诚实，很懦弱，是个软蛋。无视他让我的心跳得很猛，之后我没法注视镜子里的自己。而且这会让母亲哭。

很难具体讲父亲的情绪构成究竟是什么。有时他一走就是好几天，他回来时我们会发现他从我的“爱尔兰银行”储蓄罐里拿钱，或者我们的电视不见了。其他时候他会撞上一件家具，然后情绪失控。有一次他被我的校鞋绊住后把它对着我的脸甩过来。鞋没甩准，落进壁炉里，我看着它冒烟，就好像冒烟的是我的脸。

① 《萨尔达传说：时之笛》是日本任天堂公司出品的电子动作冒险游戏。

我学会掩藏恐惧，这只让他更光火。我像鱼一样冷。之后母亲说：你为什么不把鞋从火里提起来？你就不能努把力吗？我耸耸肩。要是是我的真脸我也会任它在火里烧。

他傍晚下班回家时我会浑身僵硬，等过了几秒钟我才会完全知道他究竟有没有情绪。他关门或放钥匙的动作里有种东西会告诉我，清楚得就像他吼得把房子都震垮了一样。我会对母亲说：他有情绪。而她会说：别说了。但她和我一样清楚。我十二岁时，有一天，放学时他出其不意地来接我。我们没回家，开出了镇，开向布莱克罗克。都柏林地区快铁在我们左侧掠过，我能看到窗外普尔贝格发电站的双塔。你妈想把这个家给拆了，父亲说。我马上回答：求你放我出去。后来父亲以这句话来证明我母亲给我下了药，让我跟他对着干。

他搬去巴利纳后，我每隔一周去看他。他那时通常表现不错，我们晚饭吃外卖，有时去看电影。我经常观察蛛丝马迹，显示他的好心情结束、坏事即将上演。什么都有可能。但我们下午去麦卡锡酒吧时，父亲的朋友们会问：这是你的小天才，是吧，丹尼斯？他们会问我报纸背后填字游戏的提示，或者怎么拼很长的词。我说对时，他们会拍我的背，然后给我买红色的柠檬口味汽水。

她长大了要去给美国国家航空航天局干活，他朋友保罗说。你这辈子就赚回本啦。

她想干吗就干吗，父亲说。

博比只见过他一次，在我们学校毕业典礼上。他到都柏林来参加典礼，穿衬衫配紫色领带。母亲跟他讲起过博比，当他在典礼结束后见到她时，他握握她的手说：了不得的演出。我们在校图书馆吃三角形三明治，喝可乐。你长得像弗朗西丝，博比说。父亲和我对视，然后他讪讪地笑了。我可不清楚，他说。然后他对我说她是个“漂亮姑娘”，然后亲亲我的脸颊道了别。

上大学后我回的就没那么频繁了。我一个月回一次巴利纳，其间住在我母亲那儿。退休后，父亲的情绪变得更加捉摸不定。我开始意识到我得花多少的时间平息他的情绪，强装欢笑，收拾他踢倒的东西。我的下巴开始感到僵硬，我注意到我听到细微动静就会畏缩。我们的对话很不自然，他不止一次指责我改掉了口音。你看不起我，他在一次争执中说。别傻了，我说。他笑了，说：哦，你听听。真相大白喽。

吃过晚饭后我跟母亲说会去见他的。她捏捏我的肩膀，说她觉得这是个正确的决定。这是个正确的决定，她说。好姑娘。

我穿过小镇，双手插在夹克兜里。太阳正在落山，我琢磨着电视上正在放什么。我能感觉到头开始痛，仿佛太阳从天上降下来直接钻进了我脑子里。我每一步踩得尽可能的响，好不去想负面的事情，但人们投来好奇的眼光，我胆怯了。我知道我太软弱了。博比从来不会被陌生人吓倒。

我父亲住在加油站边一座小小的排房里。我按响门铃，手放回兜里。什么动静都没有。我又按了一次，然后扳了扳门把，黏糊糊的。门开了，我走进去。

爸？我说。你在哪儿？

房子里有炸薯条的油味儿和醋味儿。过道里放了块毯子，他刚搬进来时上面有花纹，现在被踩扁了，变成了棕色。电话上方的墙上挂了一张我们全家去马略卡岛度假时的照片，上面是一个穿黄色 T 恤的四岁的我。T 恤上写着 BE HAPPY（要开心）。

喂？我说。

我父亲从厨房过道里钻出来。

是你本人吗，弗朗西丝？他问。

对。

进来，我在吃饭。

厨房里一扇污迹斑斑的窗户对着一个水泥平地。没洗的盘子堆在水槽里，垃圾桶里的小东西溢出了塑料沿，落到地上：有收据，有土豆皮。父亲端端正正踩在上面，就跟没注意到一样。他正在从小蓝盘子上立的一只棕色口袋里吃东西。

你吃过饭了，对吧？他问。

吃过了，对。

跟咱们讲讲都柏林的新闻。

没什么新闻，不好意思，我说。

他吃完后，我烧了一壶水，往水槽里灌上热水和柠檬味的洗洁精。父亲走到另一个房间去看电视。水太烫了，我抬起手时能看见它都粉得发亮。我先洗了杯子和厨具，然后盘子，然后是罐子和平底锅。全部都洗干净后，我放掉池子里的水，擦了厨房表面，把土豆皮扫回了垃圾桶。看着肥皂泡无声地滑下菜刀刃，我突然想自残。但我把盐罐和胡椒罐收拾好，然后走进客厅。

我走了，我说。

你就走啦，真的?

垃圾桶得倒了。

再见，父亲说。

7

七月，梅丽莎邀请我们去她的生日宴会。我们有一阵没见她了，博比开始操心该买什么给她，我们应该分别送她礼物还是合买一份。我说我反正就准备给她送一瓶酒，讨论的结果就成了这样，别的我也不关心。在活动上碰到时我和梅丽莎越来越刻意避开眼神接触。她和博比咬耳朵然后笑，像高中生一样。我没有勇气真正去讨厌她，但我知道我想这么做。

博比穿一件紧身高腰T恤和黑牛仔裤去赴会。我穿了一条肩带纤细繁琐的夏裙。这是个温和的傍晚，我们到的时候天才刚开始暗。云是绿的，星星让我想起砂糖。我们能听到狗在后院里叫。我好像有很长时间没见着尼克了，对此我有点紧张，因为我在我们的通信里总是装得很搞怪又满不在乎。

梅丽莎来应的门。她轮流拥抱我们，在我的左颧骨上亲了一口，我感觉到她脸上抹的粉。我闻出她用的是哪一款香水。

不用带礼物的！她说。你们太客气了！进来，喝点东西。见到你们太好了。

我们跟着她走进厨房，里面光线昏暗，放着音乐，全是戴长项链的人。一切看上去都又便宜又宽敞。有几秒我觉得这是我家，我在这里长大，这里的一切都属于我。

柜台上有葡萄酒，后面的杂物间里有烈酒，梅丽莎说。你们随意。

博比给自己倒了一大杯红酒，跟着梅丽莎走进暖房。我不想跟在后面，于是假装自己想喝烈酒。

杂物间从厨房后门进，只有橱柜那么大。里面大概有五个人，在吸大麻，高声笑着什么。其中一个是尼克。我走进时有人说：哦不，警察来了！然后他们又笑了。我站在那儿，觉得自己比他们年轻，又惦记着裙子后背的口子究竟开得有多低。尼克坐在洗衣机上喝一瓶啤酒。他穿着白衬衣，领子敞着，我注意到他好像脸红红的。房间里很热，烟雾缭绕，比厨房热多了。

梅丽莎说烈酒在这儿，我说。

对，尼克说。你要喝什么？

我说我要一杯金酒，与此同时每个人都用抽嗨了的眼神平静地注视着我。除了尼克还有两女两男。女人们都没在看对方。我看着我的指甲，确保它们是干净的。

你也是演员吗？有人问。

她是作家，尼克说。

他于是把我介绍给其他人，我马上就忘掉了他们的名字。他在往一只大的玻璃杯里倒大量的金酒，他说哪里还有汤力水，于是我等着他找给我。

我没有冒犯的意思，那人说，来了好多女演员。

对，尼克得管住他的眼睛，另一个人说。

尼克看着我，不过很难说他是尴尬了还是只是嗨了。那句话明显带着性意味，但我不知道它究竟在指什么。

不，我用不着，他说。

那梅丽莎心态很开放了，另一个人说。

他们听了都笑了，但尼克没有。这会儿我已经知道我在他们的笑话里被解读成带点红颜祸水意味的人。我倒不介意这个，事实上我在想写邮件时我会让它听起来有多好笑。尼克递给我杯金汤力，我不露齿地一笑。我不知道他是希望我拿了酒就走，还是认为我走是无礼的。

探亲探得怎么样？他问。

哦，很好，我说。双亲安康。谢谢你关心。

你是哪儿人，弗朗西丝？其中一个男人问。

我在都柏林，但我父母在巴利纳。

原来你是个乡巴佬，那男人说。我还以为尼克不会跟乡巴佬交朋友呢。

好吧，我是在桑迪芒特[①]长大的，我说。

全爱尔兰男子足球锦标赛[②]你支持哪个郡的代表队？有人问。

我张嘴吸进二手烟，它尝起来有股甜甜的腐臭。作为一个女人我没有郡，我说。轻慢尼克的朋友让我很愉快，虽然他们看起来人很好。尼克笑了，就像他刚想起什么暗自发笑似的。

外面厨房里有人喊了句蛋糕什么的，所有人都离开了杂物间，除了我和尼克。狗钻进来，尼克用脚把它顶出去，然后关上了门。他突然看起来很害羞，但或许只是热得发红。外面厨房里还在放

---

① 桑迪芒特位于都柏林市内。

② 全爱尔兰男子足球锦标赛（简称All Ireland）是15人制的盖尔式足球赛，与一般足球赛不同。

詹姆斯·布莱克的《逆行》。尼克在邮件里提过他很喜欢那张专辑，我在想宴会的音乐是不是他选的。

不好意思，他说。我太嗨了，眼睛都看不清楚。

我嫉妒你。

我把背靠上冰箱，拿手轻轻在脸旁扇风。他举起啤酒瓶，拿它碰我的脸颊。玻璃冰凉湿润到极点，我下意识地猛抽口气。

爽吗？他问。

嗯，不可思议。放在这里怎么样？

我把裙子一边的肩带放下来，他把瓶子抵在我的锁骨上。一滴凝结的冰凉水珠滚过我的肌肤，我打了个寒颤。

太爽了，我说。

他什么也没说。他的耳朵红了，我发现。

放在我大腿背面，我说。

他把瓶子换到另一只手上，拿瓶子靠上我的大腿背面。他冰凉的指尖划过我的皮肤。

像这样？他问。

再紧点。

我们在调情吗？

我亲了他。他默许了。他的嘴里很烫，他把空出的手放在我的腰上，仿佛他想要碰我。我想要他想得不行了，觉得自己蠢透了，什么也没法说，什么也没法做。

几秒后他从我身侧抽走，擦了擦嘴，动作很轻，好像他要确认那个吻还在那儿。

我们大概不该在这里做那个，他说。

我咽了一口口水。我说：我该走了。然后我离开了杂物间，用手指夹着下嘴唇，试图不在脸上流露出任何表情。

暖房里博比正坐在窗台上和梅丽莎聊天。她招呼我过去，我感觉我必须加入她们，虽然我并不想。她们的蛋糕快吃完了，只剩两行细细的奶油和果酱，看上去像牙膏。博比在拿手吃，梅丽莎用叉子。我微笑着，不由自主地又摸了一次嘴唇。我摸的时候就知道这是个坏主意，但我没法停下来。

我正在跟梅丽莎说我们有多崇拜她，博比说。

梅丽莎平静地扫了我一眼，掏出一包烟。

我觉得弗朗西丝谁也不崇拜，她说。

我耸耸肩，无助地。我喝完金汤力，给自己倒了杯白葡萄酒。我希望尼克走进房间，这样我就能越过料理台看他。现在我只能看着梅丽莎，心想：我恨你。这念头不知从哪里冒出来的，像个笑话，或者一个感叹号。我甚至不知道我是不是真的恨她，但这三个字感觉起来听起来都很对，就像我刚记住的一首歌的歌词。

又过了几个小时，我再没看见尼克。博比和我计划在他们的空房过夜，但大部分客人直到第二天早上四五点才回去。那时我都不知道博比在哪儿。我上楼去空房找她，但房里没人。我和衣躺在床上，想我会不会感觉到什么情绪，比如悲伤或者后悔。然而我只是感觉到一大堆不知道如何命名的东西。最后我睡了过去，醒来时博比不在。早晨外面灰蒙蒙的，我独自走了，谁也没碰见，便乘上公交车回了市区。

8

那天下午，我躺在床上开着窗抽烟，穿着背心和内裤。我宿醉未消，而博比还没有音讯。透过窗户我能看见微风挪动落叶，两个小孩在一棵树后时隐时现，其中一个拿着一把塑料激光剑。这让我放松，至少让我不再感觉糟糕。我有点冷，但不想因为加衣服把这个魔法打破。

最后，下午三四点，我起床。我什么也不想写。事实上我感觉即使我试图去写，我写出的东西也是丑陋的、装腔作势的。我不是我假装自己是的那种人。我想到在杂物间尼克朋友面前故作聪明的自己，觉得很恶心。我不属于富人的家。我只是托博比的福才受邀去那种地方，她在任何地方都合得来，并且她的那种气质让我相形之下变成隐形人。

那天傍晚我从尼克那里收到一封邮件。

> 嗨，弗朗西丝，昨晚发生的事我真的很抱歉。我太他妈蠢了，我难过极了。我不想成为那种人，也不希望你认为我是那种人。我感觉糟透了。我根本就不应该让你经历那些。我希望你今天感觉好些了。

我强迫自己等了一小时再回复。我看了会网上的卡通画，泡了杯咖啡。然后我把他的邮件又读了好几遍。他的整封邮件还是像以往那样全部用小写，这让我松了口气。在这种紧张时刻要是启用首字母大写那就太戏剧性了。最后我回了信，说吻他是我的错，我很抱歉。

他立刻回复了。

> 不，这不是你的错。我比你大差不多11岁，而且那也是我妻子的生日。我行为不当，我真的不想让你负疚。

外面天渐渐黑了。我头晕，坐立不安。我想着要不要去散步，但外面在下雨，我又喝了太多咖啡。我的心跳快得身体要受不了了。我按了回复键。

> 你经常在派对上亲吻女孩吗？

他在大概二十分钟内回复了。

> 自从我结婚后，从来没有过。不过我认为这或许让我亲你这件事更糟了。

我手机响了，我接起来，但仍然注视着这封邮件。

你想和我一起去看《巴西》吗？博比问。

什么？

你想和我一起去看《巴西》吗？你忘了？蒙蒂·派森[①]演的那部反乌托邦电影。你说你想看的。

什么？我说。好，行啊。今晚？

你在睡觉还是干吗？听起来怪怪的。

我没在睡觉。抱歉。我在上网。好，一起玩。

半小时后博比到了我的公寓。她到后问我能不能在这儿过夜。我说好。我们坐在我的床上抽烟，谈论昨晚的宴会。我的心跳得很快，因为我知道我在骗她，但表面上我是个擅长撒谎的人，甚至很好胜。

你的头发真的很长了，博比说。

你要不要把它剪短？

我们决定剪。我在客厅镜子前一把椅子上坐下，身上裹着旧报纸。博比拿我用来开厨房用品的剪刀来剪，但她先用沸水和仙女牌洗洁剂清洗了剪刀。

你还觉得梅丽莎喜欢你吗？我问。

博比有点宽容地对我微笑了一下，就好像她从没想过这点似的。

人人都喜欢我，她说。

但我的意思是，你觉得她和你有默契吗，和其他人相比。你知道我的意思。

我不知道啊，她挺难读懂的。

---

① 蒙蒂·派森（Monty Python），又叫巨蟒剧团，英国荒诞派喜剧组合。

我也这么觉得，我说。有时候我觉得她讨厌我。

不，她很喜欢你这个人。我觉得你让她想起了自己。

我觉得自己更不诚实了，一股热流爬上我的耳朵。或许自知背叛了梅丽莎的信任让我觉得自己像个骗子，或许我们之间这种想象的纽带其实意味着别的什么。我知道是我去亲尼克而不是他亲了我，但我也认为他想让我这么做。如果我让梅丽莎想起她自己，是不是我也让尼克想起了梅丽莎？

我可以给你弄个刘海，博比说。

不要，大家已经很容易把我俩搞混了。

你为此受伤这一点让我很受伤。

剪完头发后我们泡了壶咖啡，坐在沙发上讨论学校的女性主义社团。博比在前一年退社了，因为他们请了一个支持侵略伊拉克的英国嘉宾。社团部长在社团 Facebook 主页上将博比对邀约的拒绝描述为“挑衅的”和“教派主义的”，我们私下里都同意这完全是扯淡，但因为嘉宾其实没有接受邀请，菲利普和我就还没有正式宣布退社。博比对这一决定的态度变幻不定，这大致是一个风向标，标志我和她在某段时间内的关系如何。关系好时，她认为这显示了我的宽容，甚至显示了我对性别革命事业的自我牺牲。我们对某事产生小分歧时，她有时会拿它举例证明我的不忠和在意识形态上缺乏骨气。

他们这段时间对性别歧视有没有立场？她问。或者团内分成两派？

他们当然希望有更多的女 CEO。

你知道吗，女军火商人太少了，我一直这么觉得。

我们最后放上了电影，但博比看着看着就睡着了。我不知道她喜欢在我这里睡是不是因为离她父母太近会让她焦虑。她没提这个，而且虽然她通常对感情生活的细节很坦白，对家庭事务却并非如此。我不喜欢一个人看完这部电影，就把它关了。最后博比醒过来，上床好好去睡了，在我房间床垫上。我喜欢在我醒来时有她在那儿睡觉，这让我感到安心。

那晚她还在睡时我打开笔记本，回复了尼克的上一封邮件。

/

自那以后我反复掂量要不要告诉博比我亲了尼克。尽管最后我决定不，但我还是仔细彩排了告知博比时的方式，该向她强调哪些细节，隐瞒哪些细节。

就这么发生了，我会说。

这太疯狂了，博比会回答。但我一直觉得他喜欢你。

我不知道。他当时很嗨，这件事很蠢。

但在邮件里他明确表示这是他的错，不是吗?

我清楚我这样假设和博比对话主要是为了告诉自己尼克对我有兴趣，而且我知道在真实生活中博比根本不会这么说话，所以我放弃了。我的确有强烈的欲望向某个能理解这种局面的人倾诉，但我同样不愿冒险让博比告诉梅丽莎，我认为她会这样做的，并非出于有意识的背叛，而是努力将她自己进一步织入梅丽莎的生活。

我决定不告诉她，这意味着我无法告诉任何人，也无法被任何人理解。我向菲利普提起我亲了一个不该亲的人，但他不明白我在说些什么。

是博比吗？他问。

不是，不是博比。

比你亲博比这件事更糟糕还是不那么糟糕？

更糟糕，我说。糟糕得多。别提了。

老天，我想不出还有什么事比这还糟糕。

试图跟他讲这件事是没有意义的。

我曾经在一场派对上亲了前任，他说。好几周的麻烦。我完全没法专注。

是吧。

不过她有个男朋友，这让事情更复杂了。

我猜也是，我说。

/

第二天在霍奇斯·菲吉斯书店[①]有一场新书发布会，博比想去，还想得本签名书。那是七月一个非常暖和的下午，发布会开始前一个钟头，我坐在家里，用手指理顺头发的结，我刮得太用力了，分开的一小撮一小撮头发卷在一起，啪地断掉了。我心想：他们甚至可能都不会去那儿，我回家后还得扫干净这些发丝，然

---

① 霍奇斯·菲吉斯书店（Hodges Figgis），在乔伊斯《尤利西斯》中有所提及。

后心情低落。或许我人生中不会发生什么重要的事了，我得不断清扫东西到死。

我在书店门口遇到博比，她朝我挥手。她左腕上戴了一排手镯，挥手时它们优雅地沿着她的手臂滑落。我发现我经常认为，如果我长得像博比，我身上就不会发生坏事。这不会像醒来后发现一张新的、陌生的脸：这会像醒来后发现长了一张我已经熟知的脸，我已经想象过的属于我的脸，因此它感觉会很自然。

去活动场地的路上，我透过楼梯扶手看见尼克和梅丽莎。他们站在书籍陈列的旁边。梅丽莎的小腿裸露在外，很苍白，她穿着一双脚踝系带的平底鞋。我停下脚步，摸了摸自己的锁骨。

博比，我说。我的脸是不是有点亮光光的?

博比回过头，皱起眼端详我。

嗯，有一点儿，她说。

我静静地吐气。此刻我什么都做不了，因为我已经站在了台阶上。我希望我没问。

不过不是那种不好看的亮，她说。你看起来很好看，怎么了?

我摇摇头，我们继续爬楼。朗读会还没开始，每个人都满怀期待地举着红酒杯四处转悠。虽然面向街道的窗户已经开着，房间里还是很热，小口小口的凉风碰到我裸露的手臂，让我微微颤抖。我在出汗。博比在我耳边说了什么，我点点头，假装在听。

终于，尼克看过来，我回头迎上。我觉得有把钥匙在我体内用力转动，力气大得我无法阻挡。他的双唇张开，仿佛要说什么，但他只是吸了口气，然后似乎咽了下去。我们既没有做手势也没有挥手，我们只是注视着对方，仿佛我们已经在进行一场私密对话，没人能偷听到。

几秒后我意识到博比没说话了，我转头看她，她也在望尼克，她的下唇伸出了一点点，像在说：哦，这下我知道你在盯着谁了。我想找个杯子抵在脸上。

好吧，至少他知道怎么穿衣服，她说。

我没有假装糊涂。他穿着一件白 T 恤和一双麂皮鞋，那会儿人人都穿的那种沙漠靴。就连我也穿沙漠靴。他看起来英俊是因为他人英俊，尽管博比不像我对美的威力那么敏感。

或者是梅丽莎给他打扮的，博比说。

她自顾自地微笑，像在掩饰一个谜，不过她的行为一点都不神秘。我拿手梳了梳头发，移开视线。一块方方正正的白色日光落在毯子上，像雪一样。

他们都分床睡了，我说。

我们双目相接，博比微微抬了抬下巴。

我知道，她说。

朗读会上我们没有像以往那样交头接耳。发布的新书是一位女作家的短篇小说集。我看向博比，但她始终看向前方，于是我明白她因为某件事在惩罚我。

朗读会结束后我们看见了尼克和梅丽莎。博比过去找他们，我跟在她后面，拿手背冰我的脸。他们站在茶点桌边，梅丽莎探身给我们各拿了一杯葡萄酒。白的还是红的？她问。

白的，我说。只喝白的。

博比说：她喝红酒的时候嘴巴就像，然后她对着她的嘴画了一个小圆圈。梅丽莎递给我一杯，说：哦，我知道你的意思。不过我觉得没那么糟。那样子带了点很吸引人的邪恶。博比同意她的观点。就好像你一直在喝血，她说。梅丽莎笑了，说：对，把处女当作供品。

我端详着葡萄酒，它清澈通透，几乎是那种带绿的浅黄，像玻璃切出来的颜色。我回头看尼克，他正看着我。窗户的光打在我背上，热乎乎的。我还在想你会不会来，他说。很高兴见到你。然后他把手伸进口袋，好像他担心会拿它去干什么似的。梅丽莎和博比还在聊天。没人注意到我们。没错，我说。很高兴见到你。

9

接下来那周，梅丽莎在伦敦工作。那是那年最热的一周，博比和我坐在空荡荡的大学校园里吃冰淇淋，努力把自己晒黑。一天下午我发邮件问尼克我能不能过去和他聊聊。他说当然能。我没有告诉博比。我把牙刷装进包里。

当我到他家时，所有的窗和门都开着。我还是按了门铃，然后听见他说“请进”，声音从厨房传来，他甚至都没看来人是谁。我还是把门关了。我走进去时他正在拿茶巾擦手，看上去他刚刚洗完什么东西。他微笑着说想着要再见到我让他一直很紧张。狗躺在沙发上。以前我没见过它上沙发，因此我猜想是不是梅丽莎不让它上来睡。我问尼克他为什么紧张，他笑了，微微耸肩，动作看起来不那么焦虑，更为轻松。我背靠在料理台上，他把毛巾叠起来。

所以，你结婚了，我说。

对啊，看起来是。你想喝杯酒吗？

我接受了一小杯啤酒，不过仅仅是因为我想要手里握点什么东西。我有点躁动不安，就是那种你知道你已经犯了错并且不知道结果会如何而感到的焦虑。我告诉他我不想当一个破坏别人家庭的人。他笑了。

这话真有趣，他说。这是什么意思？

我是说，你从来没搞过婚外情。我不想破坏你的婚姻。

哦，好吧，这段婚姻在几次外遇之后还是存活下来了，我只是没有参与其中任何一次而已。

他的语气是在逗我笑，我被逗笑了，尽管它还让我在道德方面放松了些，我猜他说的目的也在于此。我本来就不想对梅丽莎抱有同情，现在我感觉她彻底走出了我同情的范围，好像她在另一个故事里，有着完全不同的人物。

上楼时我告诉尼克我从来没和男人做爱过。他问这是不是个大问题，我说我不认为它是，但要是他到时才发现可能会有点奇怪。我们脱衣服时我努力装作很随意，保持四肢稳定，不要乱晃。我很怕在他面前脱衣服，但我不知道如何掩饰我的身体才看起来不古怪或者倒胃口。他的上身非常壮观，像尊雕塑。我怀念他看见众人向我鼓掌时我们之间的那段距离，此刻它似乎能保护我，我甚至需要它。但当他问我是不是真想这么做时，我听见自己说：我不是真的跑到这儿来跟你说话的，你知道吧。

在床上他经常问我怎么样觉得舒服。我说一切都很舒服。我觉得我的脸很红，我能听见自己发出很多声响，但只是一些字母，不是实际的词语。我闭上双眼。我的身体内部热得像滚油。我被一种无法抗拒的强烈能量所支配，它几乎在恐吓我。求求你，我在说。求求你，求求你。最后尼克坐起来，从床头柜里拿出一盒避孕套，我心想：这之后我可能再也没法说话了。但我没有挣扎就屈服了。尼克低声说“抱歉”，就像让我躺在那儿等了几秒是他犯的一个小错。

一切结束后，我躺在床上颤抖。我在全程都那么吵、那么戏剧性，现在已经无法像我在邮件里装的那样毫不在意。

这感觉还行，我说。

是吗？

我认为我比你享受。

尼克笑了，他抬起手臂把手放在脑后。

不，他说，你没有。

你对我很好。

是吗？

真的，我很感谢你这么好，我说。

等等。嘿。你没事吧？

小颗小颗的泪珠开始从我眼里滑落，掉在枕头上。我不是难过，我不知道我为什么哭。我以前也会这样，和博比在一起时，她认为我是在释放内心压抑的情感。我没法停住眼泪，于是转而谦卑地笑笑，显示我根本不是全心全意在哭。我知道我显得尴尬极了，但我无能为力。

以前也有过，我说。跟你无关。

这时尼克伸手抚摸我的身体，我的胸部下方。我像动物一样感到慰藉，于是哭得更厉害了。

你确定？他问。

确定。你可以问博比。我是说，别问她。

他微笑着说：好，我不会的。他在用指尖抚摸我，他摸他的狗时就是这样。我用力搓了把脸。

你真的很帅，你知道吧，我说。

他笑了。

仅此而已？他问。我以为你喜欢我的个性。

你有个性吗？

他翻身平躺下来，盯着天花板，脸上带着忍俊不禁的表情。我不敢相信我们做了，他说。我这会儿才知道我已经不哭了。我对能想到的一切都感到满意。我触摸到他的手腕内侧，说，是的，你可以相信。

第二天早上我起得很晚。尼克早饭做了法式吐司，我乘公交回了市区。我坐在车后排，靠窗，太阳像电钻一样往我脸上压，我裸露的肌肤切实地感觉到座位的布料。

那天傍晚，博比说她需要找个地方过夜，从而避开“家庭状况”。好像周末埃莉诺丢了些杰里的东西，在继而引发的争吵到达顶峰时，莉迪亚把自己锁进厕所里，尖叫着说她想死。

非常狼狈，博比说。

我跟她说可以住我这儿。我不知道还能说什么。她知道我的公寓是空的。那天晚上她弹我的电子琴玩，用我的笔记本电脑放活页乐谱，我用手机检查邮件。没人联系我。我捡起一本书，但看不进去。我那天早上什么也没写，前天早上也是。我开始读著名作家的长采访，意识到我和他们是多么得不一样。

你收到一条消息，博比说。

不准读。我来看。

你为什么叫我不准读?

我不想让你看到，我说。把电脑给我。

她把电脑递给我，但我看她并不准备继续弹琴。消息是尼克发来的。

> 尼克：我知道，我是个坏人
>
> 尼克：你这周想再来一次吗?

谁发的？博比说。

你能不能别问了?

你为什么说“不准读”?

因为我不想让你读到，我说。

她风情万种地咬着拇指甲，然后爬上床坐到我旁边。我合上电脑屏幕，她笑了。

我没有点开，她说。但我看见是谁发的了。

好啊，你真行。

你真的喜欢他，是吧?

我不知道你在说什么，我说。

梅丽莎的老公。你对他是来真的。

我转了转眼珠。博比躺回床上，咧嘴笑了。我那一刻非常恨她，甚至想要伤害她。

怎么了，你嫉妒了？我说。

她微笑了，但心不在焉的，好像她在想别的什么事情。我不知道再跟她说些什么。她又去弹了会儿电子琴，然后她想睡觉了。第二天早上我醒来时她已经走了。

/

那一周大部分晚上我都和尼克在一起。他没在工作，所以早上他去健身房运动几小时，我去经纪公司，或者逛逛街。到了傍晚他做晚饭，我和那只西班牙猎犬玩。我告诉尼克我觉得我这辈子都没吃过这么多东西，这是实话。在家里我父母从不会用西班牙香肠或紫茄子做菜。我从没吃过新鲜的牛油果，不过这件事我没告诉尼克。

一天晚上，我问他害不害怕梅丽莎发现我们，他说他觉得她不会发现的。

但是你发现了，我说。她外遇的事。

不，是她告诉我的。

什么，真的？一点征兆都没有？

头一回，是这样的，他说。非常不真实。她出差去某个书展，然后早上五点左右给我打电话，说她有事要告诉我，就这样。

操。

但那次外遇很短，他们后来没有继续交往。另外一个持续得就久得多了。我或许不该告诉你这些秘密，对吧？我不是想说她坏话。起码我自己不觉得我在说坏话。我不知道。

吃晚饭时我们交流了彼此人生的细节。我解释了为什么想摧毁资本主义，以及为什么我觉得男子气概对个体来说是种压迫。

尼克告诉我他“基本上”是个马克思主义者，他不希望我因为他拥有一套房产而看不起他。不买房就得永远租房，他说。但我承认这让人困扰。听起来他家非常有钱，但我对深究这个话题有所顾忌，因为我已经为从未付钱而感到不安。他父母没离婚，除尼克外还有两个孩子。

讨论时，我说的笑话尼克都笑了。我告诉他我很容易被喜欢我笑话的人诱惑，他说他很容易被比他聪明的人诱惑。

我猜你只是不常遇见比你聪明的，我说。

瞧，互相奉承是不是感觉非常好？

性爱美妙极了，发生时我经常哭。尼克喜欢我骑在他上面，他可以坐起来背靠床头，我们可以低声说话。我能看出他很喜欢我告诉他感觉很棒。如果我说多了他很容易就会射精。有时我喜欢这么做，只是为了能凌驾于他，事后他会说：上帝，很抱歉，刚才太尴尬了。我喜欢听他这么说，甚至胜过喜欢做爱本身。

我对他住的房子着了迷：一切都无可挑剔，早上地板冰凉。他们在厨房有一台电动的咖啡研磨机，尼克买来咖啡豆，吃早餐前放一小把在研磨机里。我不确定这是不是装腔作势，但咖啡味道好得惊人。我还是告诉他这很装腔作势，他说，你喝什么？他妈的雀巢？你是个学生，别装作你很有品位。当然，私下里我喜欢他们厨房里的一切贵重器具，就像我喜欢尼克徐徐地把咖啡压出来，液体表面形成一层薄薄的深色泡沫。

那一周他几乎每天都和梅丽莎通话。通常她在傍晚打来电话，然后他拿着电话走到另一个房间去，而我要么坐在沙发上看电视，要么去外面抽烟。他们通常聊二十分钟甚至更久。有一次他走进来时我看完了整整一集美剧《发展受阻》，是香蕉摊子被烧掉的那一集。我从来没听到尼克打电话时说了些什么。我问过一次：她没起疑心什么的吧？而他只是摇摇头，说，没有，别担心。在卧室之外的地方，尼克在肢体上对我并不亲近。我们一起看电视的样子就像我们在等梅丽莎下班回来一样。如果我想亲他，他就让我亲，但总得我主动。

很难摸清楚尼克真实的感受。在床上他从不逼迫我做任何事，他对我的需求却非常敏感。尽管如此，他身上还是有种空洞、克制的感觉。他从未赞美过我的外表。他从未自发地抚摸或亲吻我。每次我们脱衣服时我仍然会紧张，我第一次给他口交时他那么安静，我停下来问他是不是很痛。他说没有，但当我继续时，他又彻底安静下来。他不抚摸我，我甚至不知道他是不是看着我。结束时我感觉糟透了，就好像我在害他忍受什么，它对我们两人来说都是折磨。

那周四，我走出经纪公司后，在市区和他擦肩而过。我当时和菲利普在一起，趁上班空隙去买咖啡，我们看见尼克和一个高个子女人，她一手控制着一辆手推车，一手打电话。尼克抱着一个婴儿。婴儿戴了一顶红帽子。他们经过我们时尼克挥了挥手，我们甚至飞快地对视了一眼，但他们并没有停下来聊天。那天早上他看着我穿上衣服，两手垫在脑后。

那不是他的孩子吧？菲利普说。

我感觉我在玩一款电子游戏，却不知道任何控制键。我只是耸耸肩，说，我觉得他没有孩子，他有吗？不久后我收到尼克发来的短信：我姐姐劳拉和她女儿。抱歉当时我没停下来，她们时间有点紧。我回复：宝宝真乖。我今晚能过来吗？

那天晚上吃饭时他问我，你真的觉得宝宝乖吗？我说我没仔细看，但远看她好像挺可爱的。哦，她最可爱了，尼克说。叫雷切尔。我这辈子爱的东西不多，但我真的爱那个宝宝。我第一次见她时我哭了起来，她那么小。这是迄今为止尼克在我面前感情流露得最多的一次，我很嫉妒。我想拿我的嫉妒开个玩笑，但又觉得嫉妒一个婴儿很变态，而且我怀疑尼克不会觉得它好笑。你真可爱，我说。他似乎察觉到我的冷淡，于是别扭地说：你大概太年轻了，还不会对宝宝动感情。我很受伤，一言不发地拿刀在意大利烩饭里划。然后我说，不，我真的觉得你很可爱。这不像你。

什么，好像我平时都很粗鲁暴躁似的？他问。

我耸耸肩。我们继续吃饭。我知道我开始让他紧张，我见他坐在桌对面打量我。他一点都不粗鲁或者暴躁，我决定记下这个问题以后再问，我感觉他不经意间暴露了某种深藏的恐惧。

那晚我们脱衣服时我感觉他的床单贴在我的皮肤上很冰，我指出它很凉。这房子吗？他说。你觉得晚上凉吗？

不，我是说刚才，我说。

我去亲他，他任由我亲，但很心不在焉，而且缺乏真情实感。然后他抽身说：你要是晚上觉得冷，我可以开暖气。

我不冷，我说。床单刚才有点冷，仅此而已。

好。

我们做了爱，感觉挺好，事后我们躺在床上仰头看天花板。空气压进我的肺，我觉得很宁静。尼克碰我的手，问：你现在暖和了吗？我很暖和，我说。你这么关心我的体温，我很感动。哦好吧，他说。要是你冻死了我会很难堪的。但他说这话时摸着我的手。警察可能会问些问题，我说。他笑了。没错，他说。比方说，你床上怎么会有这么一具美丽的尸体，尼克？这只是个玩笑，他不会真的说我美丽的。但我还是很喜欢这个玩笑。

星期五晚上，梅丽莎从伦敦回来之前，我们看了《西北偏北》，分喝了一瓶葡萄酒。尼克在接下来的一周要出国去爱丁堡拍戏，所以我暂时没法再见他。我不记得我们那晚说的绝大部分的话。我记得加里·格兰特扮演的角色在火车上和那个金发女人调情的场景，不知道为什么我用短促的美国口音高声重复她的台词。我说：我并不*特别*喜欢我开始读的这本书。尼克笑得很厉害，没什么特别的原因，大概是我的口音太烂了。

现在你来模仿加里·格兰特，我说。

尼克用电影里美国中大西洋地区的口音[①]说：我遇到一个迷人女性时，必须得假装自己没有和她做爱的欲望。

你一般会假装很久吗？我问。

这该我问你，尼克用正常的声音说。

我觉得我发现得挺早的。但我当时怀疑我只是在自欺欺人。

---

① 二十世纪中叶在美国东北地区上流社会流行的口音，混杂了英国口音。

哦，我对你也是这个感受。

他举起酒瓶，把我们的杯子添满。

所以这只是性，我说，还是你真的喜欢我?

弗朗西丝，你喝醉了。

你可以跟我讲，我不会生气的。

对，我知道你不会，他说。我认为你想让我说这只是性。

我笑了。我很高兴听他这么说，因为我就是想让他这么想，还因为我认为他也知道这一点，所以在开玩笑。

别太难过，我说。相当享受。我以前大概也说过。

只说了几次。但要是可以的话我喜欢你这么写出来。某样能长久的东西，我临死前能看一眼。

他那时把手滑进了我的双膝。我穿着一条条纹连衣裙，光着腿；他触碰我的瞬间我觉得又热又顺从，好像睡着了一样。我拥有的所有力量似乎都完全离开了我，当我试图说话时我结巴了。

你老婆回家后怎么办?我问。

嗯。我们能想出办法的。

10

自从那晚她在公寓过夜后，我再没和博比说上话。因为我和尼克在一起，别的什么都没想，我没试图联系她，也没过多地去想她为什么没有打电话。梅丽莎回都柏林后，我收到博比发的邮件，主题写着“嫉妒???”

> 跟你说，我不在乎你是不是暗恋尼克，而且我当时也不是想让你难堪还是什么的。抱歉最后变成那样。(我也不是要说教，说他结婚了，我确定梅丽莎外遇过。)但是你居然说我嫉妒他，这太他妈混蛋了。谴责一个同性恋女人暗地里嫉妒男人实在是太典型的恐同行为了，我以为你知道这一点的。但比这更糟糕的是，你说得像是我在和一个男人争着博取你的注意力，这实在是太贬低我们的友谊了。这说明你究竟是怎么看我的，你真的把我们的关系排在你对某个中年已婚男人转瞬即逝的性兴趣之后吗？这太他妈伤我感情了，说实话。

我在上班时收到的邮件，不过当时在那儿工作的人都不在附近。我读了好几遍。不知为什么我把它删了，然后又马上去垃圾箱文件夹把它找回来。然后我把它设成“未读”，又点开它读了一遍，仿佛是第一次读它。博比当然是对的。我说她嫉妒就是为了伤害她。我只是不知道它真的奏效了，或者不知道我竟然可以伤到她，无论我多努力去尝试。我不仅意识到我可以伤害博比，还意识到我事实上无心插柳地做到了这一点，并且没有注意到，这让我很不安。我在办公室里绕着走，拿只塑料杯子从冷却器里接了点水，虽然我并不渴。最后我重新坐下来。

我打了几份草稿才写好回复。

> 嘿，你说得对，这么说的确很奇怪，也非常错误，我不该这么说。我当时有所戒备，我只是想让你生气。我很愧疚为了这么蠢的事伤害了你的感情。我很抱歉。

我发了信息，然后登出我的邮箱，干了会儿活儿。

十一点左右时菲利普来了，我们聊了一会儿。我跟他说我这周什么都没写，他扬起眉毛。

我还以为你很有纪律性呢，他说。

我以前是。

你这个月过得不好？你看起来是这样。

午饭时间我重新登录进我的邮箱。博比回复了。

> 好吧我原谅你了。但是说真的，尼克？你现在好这口了？我只是觉得他大概会不带任何讽刺地阅读像《练出完美腹肌的妙招》这种文章。
>
> 如果你真得选个男人的话我猜想的是像菲利普这种弱不

禁风、女兮兮的类型，这实在太出乎我意料了。

我没有回复。博比和我一直都很蔑视社会对男性生理支配的近乎邪教式的追求。甚至就在最近，我们还在乐购商场阅读购物层售卖的男士杂志里的愚蠢语段，并因此被请出商场。但博比对尼克的看法不对。他不是这样的。事实上他是听了博比对他的残忍印象会笑、并且不会去纠正她的那种人。但我没法向她解释这个。我当然没法告诉她我觉得他最可爱的一点，就是他会喜欢像我这种长相平淡、情绪冷淡的女人。

下班时我很疲倦，开始头痛，相当痛。我走回家，决定在床上躺一会儿。当时是下午五点。我直到午夜才醒过来。

尼克出发去苏格兰前我再没见过他。早上他很早就在片场，我们只能在网上聊天，在深夜时分。通常那时他都很累，似乎很疏离，对他的信息我开始写很短的回复，甚至根本不回。在线上他聊很琐碎的事，比如他有多讨厌他的同事。他从来不说他想念我，或者想过我。每当我提起我们在他家共度的时光，他都试图跳过它，开始讲别的事。作为回应我发觉自己变得冷漠尖刻。

尼克：片场上唯一讲道理的人只有斯蒂法尼

我：那你干吗不和她搞外遇

尼克：好吧我觉得这样只会破坏我们的工作关系

我：这是个暗示吗

尼克：而且她至少六十了

我：而你大概……六十三?

尼克：很好笑

尼克：要是你想的话我可以去问问她

我：哦，请你务必

我在家在Youtube上看他在电影和电视剧里出演的片段。他曾在一部长青的犯罪电视剧某集里扮演被绑架的小孩的年轻父亲。这是我看得最多的片段。他哭的样子和我想象他在现实生活中哭的样子一模一样：他恨自己会哭，但恨到极致，于是哭得更厉害。我发现如果我在我们晚上聊天前看过这个视频，我会对他更温情。他拥有一个非常基础的HTML粉丝网站，自从2011年起就没有更新过，聊天时我有时会逛它。

那时我生病了，得了膀胱炎。有一阵，那种持续的不适和轻度发烧在心理上感觉还行，我就没管它们，但最后我去看了大学校医，她给我开了抗生素和止痛药，它们让我昏昏欲睡。傍晚我经常盯着自己的双手，或努力专心看笔记本屏幕。我感觉恶心，好像我的身体充满了邪恶的病菌。我知道尼克没有忍受类似的副作用。我们之间没什么是平等的。他像拿手揉一张纸一样毁了我，并把我扔了。

我努力重新开始写，但我写的所有东西都带着浓浓的苦涩，让我无地自容。有的我删了，有的我藏在自己绝不会打开的文件夹里。我又开始钻牛角尖。我专注于我认为尼克对不起我的地方，他说过或暗示过的残酷无情的话，这样我就能恨他，从而名正言顺地将我对他的强烈情感定义为单纯的恨。但我意识到他对我唯一的伤害就是不再喜爱我，而他完全有权这么做。在其他任一方面他都既礼貌又周全。有时我认为这是我人生中经历过的最糟的痛苦，但这同样也是一种非常肤浅的痛苦，任何时候只要他说句话，就能将它彻底解除，并转化成没头没脑的快乐。

一天晚上在线时我问他是不是有施虐倾向。

尼克：这我还不知道

尼克：你为什么问这个?

我：你看起来像是会有的人

尼克：嗯

尼克：这很不妙啊

过了一会儿。我盯着屏幕，什么都没打。我只剩一天的抗生素了。

尼克：你能想出什么例子吗?

我：不能

尼克：好吧

尼克：我觉得我伤害别人往往是因为自私

尼克：而不是以伤害为目的

尼克：我做了什么伤害到你了吗?

我：没

尼克：你确定？

我又任由时间过了一会儿。我拿指肚盖住电脑屏幕上他的名字。

尼克：还在吗？

我：对

尼克：哦

尼克：我猜你不太想说话

尼克：没关系，反正我也该睡觉了

第二天早上他给我发了一封邮件：

我觉得你最近不太想和我联系，那我就不再跟你发消息了，行吗？我回来后会来找你。

我想写一封饱含恶意的回信，但最后我根本就没回复。

第二天晚上博比提议一起看一部尼克的电影。

这会很奇怪的，我说。

他是我们的朋友，这为什么会奇怪？

她正在用我的笔记本电脑在 Netflix 上搜索。我泡了一壶胡椒薄荷茶，我们在等茶叶泡开。

Netflix 上有的，她说。我看到过的。讲的是一个伴娘嫁了她老板。

你为什么会找他的电影？

他演的是个小配角，但在某处脱了衬衣。你就喜欢这个，对吧？

真的，别说了，我说。

她不再说了。她盘腿坐在地上，伸手给自己倒了点茶水，看是不是泡好了。

你是喜欢他这个人？她问，还是只是说，他长得帅，而且娶了个有趣的人？

我知道她还在对我说她嫉妒的那句话耿耿于怀，但我已经道过歉了。我不想纵容她对尼克的敌意，尤其因为我这会儿没和他说话。在我看来很明显博比现在没有那么伤心了，她过去可能被我伤过，但现在她只是喜欢在我恋爱时嘲弄我罢了。我看着她，好像她离我非常遥远，是我曾经拥有的朋友，或某个我忘了名字的熟人。

梅丽莎没那么有趣，我说。

博比回家后，我找出她提起的那部电影。它是六年前发行的，那会儿我十五岁。尼克扮演的角色和主角发生了一场令人遗憾的一夜情。我找到视频链接，跳到第二天早上他从她浴室走出来的场景。他看起来更年轻，脸也不一样，哪怕在这个视频里他还是比我老。我把这个场景看了两遍。他走后，主角打电话给她朋友，她们歇斯底里地嘲笑尼克饰演的角色是个多么混蛋的男人，这是她们重建友谊的一个瞬间。

看完后我给他发了一封邮件。我写道：

好，要是你希望如此的话。愿你电影拍得顺利。

他在大约凌晨一点时回复了。

我应该早点告诉你，八月的大半个月我都要和梅丽莎及其他一些人去法国北部住。在一个叫埃塔布勒的村里，一个大别墅。总是人来人往的，你要是愿意的话欢迎来那里住上一会儿，不过要是你不喜欢，我也能理解。

邮件提醒来时，我正盘腿坐在床上，试图写一个说唱诗作品。我回复：

所以我们还在谈婚外情还是已经结束了？

他没有很快回复。我猜他睡觉去了，但想到他可能还没睡，我就不想工作了。我给自己泡了杯速溶咖啡，然后看了些其他说唱诗表演者的 Youtube 视频。

终于系统提醒我有一条短信。

尼克：没睡吧

我：嗯

尼克：好吧，听我说

尼克：我不知道你想要什么

尼克：很明显我们没法经常见面

尼克：而且婚外情还挺累的

我：哈哈

我：你在和我分手吗

尼克：如果我们没法见到彼此

尼克：那这场婚外情就仅仅变成

尼克：为它担心

尼克：你知道我意思吗

我：我不敢相信你在发短信跟我分手

我：我以为你会离开你的老婆我们一起私奔

尼克：你不用反应这么剧烈

我：你怎么知道我需要什么

我：或许我其实很难过

尼克：你难过吗

尼克：我从来不知道你对任何事情的感受

我：好吧这已经不重要了，不是吗

他早上要早起去片场，所以他睡觉去了。我一直在想我给他口交的那次，他只是躺在那儿静静地让我去做。我之前从来没这么干过，我想解释。你本可以告诉我我做得太差了而不是仅仅让我继续。这不善良。我觉得蠢透了。但我知道他真的没干什么错事。我想给博比打电话告诉她一切，希望她会告诉梅丽莎，然后尼克的人生就完了。但我觉得这故事讲出来太丢人了。

11

第二天我没去上班，因为我睡过头了。我给桑尼发了一封低声下气的邮件，她回复：我们还活着。我洗澡时已经中午。我穿上一条黑色T恤连衣裙，出门散步，不过天气太热，散步并不舒服。空气感觉很无助，被囚困在街上。商店窗户反射出炫目的阳光，我的皮肤很潮湿。我一个人坐在学校的板球场上，抽了两支烟，一支接一支。我头痛，还没吃饭。我的身体感觉被耗尽了，一无是处。我不想往里面放食物或药了。

下午回家时，我收到尼克的一封邮件。

> 我觉得我们昨晚的对话有点怪。很显然对我来说很难弄明白你想要什么而且我不太知道你说受到伤害是不是在开玩笑。在网上和你聊天很累的。我希望你不要难过什么的。

我回复：

> 别提了。九月见，祝法国天气好。

他之后没回我。

三天后，梅丽莎邀请博比和我八月去埃塔布勒的一座别墅住几天。博比不断给我发瑞安航空的网站链接，说我们应该去那里就待一周，或者甚至就待五天。我买得起机票，桑尼也不会介意我请假。

最后我说：好吧。咱们走。

/

博比和我以前去国外旅游过好几次。我们总是买最便宜的航班，凌晨或者深夜的那种，因此我们通常旅行的第一天都心情不佳，试图找免费 wifi。我在布达佩斯待的唯一一天是带着行李坐在一家咖啡店，博比一边喝蒸馏咖啡，一边投身于网上关于空袭的热烈讨论中，她还大声地向我直播。当我告诉她我对讨论并不特别感兴趣时，她说：有孩子们在死去，弗朗西丝。之后好几个小时我们都没跟对方说话。

出行前几天，博比不断给我发短信，提醒我要记得带什么东西。我天生就能记住我需要什么，而博比天生就很记不住。有天傍晚她带着一份清单来我的公寓，当我应门时她把电话夹在肩膀和耳朵之间。

嘿，我刚到弗朗西丝家，她说。你介不介意我把声音开成功放？

博比关上门，跟着我来到客厅，粗鲁地把手机丢到桌上，打开功放。

你好弗朗西丝，梅丽莎的声音说。

我说你好，但我实际的意思是：我希望你没发现我和你老公睡过觉。

那房子究竟是谁的？博比问。

是我朋友的，叫瓦莱丽，梅丽莎说。我称她是我朋友，实际上她已经六十多岁了。更像是导师。我出这本书她帮了很大忙，其他方面也是。总之，身世显赫。而且她喜欢别人在她不在的时候住在自己的各种房产里。

我说过她听起来很有意思。

你会喜欢她的，梅丽莎说。你可能能见上她，她有时会在那里住上一两天。她通常住在巴黎。

有钱人让我恶心，博比说。不过没错，我敢肯定她很好。

你过得怎么样，弗朗西丝？梅丽莎问。我感觉已经很久没见到你了。

我顿了顿，然后说：我很好，谢谢你。你呢？梅丽莎也顿了顿，然后回答：很好。

伦敦怎么样？我问。你上个月在那儿，对吧？

是上个月吗？她说。时间太好笑了。

她说她得回去吃饭了，然后挂了电话。我不觉得时间有哪里好笑，更不用说“太好笑”了。

那晚博比走后我写了一个半小时的诗，我把自己的身体比作一样垃圾，一张包装纸或者一片咬了一半又被丢弃的水果。以这种方式运用自我厌恶的情绪并没有让我感觉好一点，反倒让我精疲力尽。然后我侧躺下来，把《后殖民理性批评》半打开立在枕边。我偶尔举起一根手指翻动书页，让沉重且令人费解的句法像液体一样透过我的眼球沉入大脑。我在自我提升，我心想。我要变得很聪明，聪明到没人能理解我。

出国前，我给尼克发了封邮件告诉他我们要过来玩。我说：我敢肯定梅丽莎已经告诉过你了，我只是想向你保证我没有计划搞事情。他回复说：好，很高兴能见到你。我反复盯着这条消息，经常关上又打开来读。它如此空洞，没有语气也没有意义，让我很光火。就好像，我们的关系到了尽头，他把我重新降回到熟人那个等级。这段婚外情或许结束了，我心想，但一件事结束了和一件事从未发生是不一样的。在愤怒的驱使下我甚至开始在我的邮件和短信里搜索我们婚外情的“证据”，不外乎几条枯燥的协调短信：他什么时候回家，我什么时候会到。没有激情洋溢的爱的宣言或者露骨的色情短信。这说得通，因为婚外情发生在实际生活中而不是在网上，但我还是觉得被夺走了什么东西。

飞机上我和博比共用一副耳机，她忘带她的了。我们不得不把音量开到很大，好盖过引擎的声音。博比坐飞机时很紧张，或者她说她很紧张，但我认为她某种程度上是图好玩装出来的。我们一起飞时她要我握她的手。我真希望我能问她她认为我该怎么做，但我敢肯定要是她知道之前发生了什么，她一定会对我居然还要去埃塔布勒而感到震惊。某种程度上我也很震惊，但也很着迷。在那个夏天前我从未想过我是那种和别人老公睡了很多次还会接受妻子邀请的女人。我对这个事实怀有一种病态的兴趣。

博比全程几乎都在睡觉，我们落地时才醒过来。别的乘客站起来取行李时她捏捏我的手，说：和你一起飞真是很放松。你的性格很坚忍。机场闻起来有人工空气清新剂的味道，博比买了两杯黑咖啡，我在找究竟赶哪辆巴士。博比在学校学过德语，不会说法文，但无论我们去哪里，她总能用手和脸有效地进行沟通。我看见咖啡柜台背后那个男人微笑着看她，就像她是他宠爱的堂妹，而我则绝望地冲着售票桌前的女人重复着镇名和巴士公司。

博比去哪里都能打成一片。尽管她说她仇富，她的家却很有钱，因此其他有钱人将她视作同类。他们将她极端的政治观点视作某种小资的自我贬低，没什么大不了的，他们跟她介绍餐馆，或者告诉她去罗马在哪儿落脚。这些情况下我总是格格不入，无知又苦涩，但又害怕被人发现我是个有点穷的穷人，一个共产主义者。同样地，我和与我父母有相同背景的人也很难说上话，我担心我的元音听起来很装腔作势，或者我在跳蚤市场上买的宽松大衣让我看起来很有钱。菲利普也苦于看起来很有钱，尽管就事实而言那是因为他的确很有钱。博比轻松地和出租车司机谈论时事时，我们两人常常陷入沉默。

我们乘上去埃塔布勒的巴士时已经是早上六点。我很累，眼球后方的位置开始头痛，我得眯眼才能看清车票。巴士带着我们穿过碧绿的乡间，白雾缭绕，阳光穿透其间。巴士收音机里有人轻声用法语说话，有时发出笑声，然后放起音乐。我们经过两边的农田，立有手绘标志的酒庄，以及整洁无瑕的汽车免停的面包店，用干净的无衬线字体打着广告。路上车很少，天还早。

七点时天空褪成一种柔和、无边无尽的蓝色。博比靠在我肩上睡着了。我也睡着了，梦见我的牙有问题。我母亲坐在离我很远的地方，房间的尽头，她说：补这些东西很贵的，你懂不懂。我顺从地把舌头伸到牙齿底下，直到牙齿变松落在嘴里，再把它吐到手上。是那颗吗？母亲问，但我没法回答，因为我嘴里的洞正在冒血。血尝起来很厚，一坨一坨的，很咸。我能真真切切地感觉到它流下我的喉咙。好吧，吐出来，母亲说。我无助地朝地板上吐。我的血是黑莓的颜色。当我醒过来时巴士司机正在说：埃塔布勒。博比正在轻轻地扯我的头发。

12

梅丽莎在公交站等我们，就在港口旁边。她穿着一条红色裹身裙，领开得很低，在腰间收成一个蝴蝶结。她的胸很大，身材丰满，跟我的截然不同。她靠在栏杆上看海，海面平得像一张塑料布。她说要帮我们提包，但我说我们可以自己背，她耸耸肩。她鼻子上的皮肤在脱皮。她看起来很好看。

我们到家时，狗跑到外面，开始叫，站起来用后腿立着跳，像只小小的马戏团动物。梅丽莎对它视而不见，开了门。房子表面砌着石块，窗户带有蓝漆百叶窗，白色楼梯通向前门。屋里一切都整洁如新，闻起来有点清洁剂和防晒霜的味道。墙上贴了帆船图案，我看见架子上摆满了法语小说。我们的房间在楼下，底楼：博比的面向院子，我的面向大海。我们把行李放在里面，梅丽莎说其他人在后屋吃早饭。

花园里有个白色大帐篷罩着一张餐桌和几把椅子，帆布门卷起来，用带子拴住。狗跟在我的脚踝后，吠叫着博取我的注意力。梅丽莎把我们介绍给她的朋友们，一对叫德里克和伊夫林的夫妻。他们看上去和梅丽莎年纪差不多大，或者还要大些。他们正在饭桌上摆餐具。狗又冲着我叫，梅丽莎说：哦，它肯定喜欢你。你知道它需要护照才能出国吗？就像养了个刚学会走路的小孩子。我傻笑，狗拿头抵住我的小腿，呜呜叫着。

尼克从屋里走出来，端着盘子。我用力地咽了一口口水。他看上去很瘦，而且很疲惫。太阳照着他的眼睛，他眯着眼看我们，好像他没看见我们来了似的。然后他看见了我们。他说，哦，嗨，路上怎么样？他把视线错过我，狗发出长嚎。平淡无奇，博比说。尼克把盘子放下来，用手擦额头好像那里出汗了，虽然看上去并没有。

你以前就这么瘦吗？博比问。我记得你要壮点儿。

他生病了，德里克说。他得了支气管炎，他对这很敏感，不爱提。

是肺炎，尼克说。

你现在好些了吗？我问。

尼克朝着我的鞋的方向看过来，点点头。他说：对，是的，我很好。他看起来不一样了，脸更瘦，眼睛下面有潮湿的眼圈。他说他已经吃完抗生素了。我用力掐耳垂转移注意力。

梅丽莎把桌子摆好，我在博比身边坐下，她讲了很多好笑的事，不停地笑。每个人似乎都很喜欢她。桌上铺了一张有点黏的塑料桌布，摆了很多新鲜的牛角面包，各式各样的果酱和热咖啡。我想不出能说什么话不让我觉得自己不受欢迎。我很安静，添了三次咖啡。我手肘边有只小碗，里面堆着闪闪发光的白色砂糖块，我把它沉到杯里，一个接一个地搅化。

博比说了件关于都柏林机场的事，德里克说：啊，尼克的老地方。

你特别喜欢机场吗？博比说。

他可是个飞机客[1]，伊夫林说。他基本上就住那儿。

他甚至和一个空姐有过一场狂野的恋情，德里克说。

我的胸口收紧，但我没有抬头看。尽管我的咖啡已经太甜了，我还是又拈起一颗糖块，把它放在我的茶碟上。

她不是空姐，梅丽莎说。她在星巴克工作。

别说了，尼克说。他们会信以为真的。

她叫什么名字？伊夫林问。洛拉？

路易莎，尼克说。

最后我看向他，但他没有在看我。他扬起一边嘴角在微笑。

尼克和一个在机场遇到的女孩约会，伊夫林对我们说。

我不知情的，尼克说。

好吧，有点不知情，德里克说。

尼克看向博比，带着一种假装恼怒的表情，像在说：好了，又来了。但事实上他似乎并不介意讲这个故事。

这大概是三年前的事了，尼克说。我那时经常在那个机场候机，所以经常碰到这个女孩，等单时偶尔会说说话。反正有一周她约我去城里喝杯咖啡。我以为……

此时其他人都开始说话，有在笑的，有点评的。

我以为，尼克重复道，她真的只是想喝咖啡。

发生了什么？博比问。

嗯，我到了那儿，才意识到这是约会，尼克说。然后我彻底

---

① 特指经常乘飞机旅行的上流社会人士。

慌了，我感觉糟透了。

其他人又开始插话，伊夫林在笑，德里克说他怀疑尼克感觉没那么糟。梅丽莎说了些什么我没听清，她头都没抬，还盯着盘子。

于是我告诉她我结婚了，尼克说。

你肯定隐隐约约感觉到了，德里克说。她的目的。

说真的，尼克说。大家随时都一起喝咖啡，我实在没想到。

这可是个精彩的封面故事，伊夫林说。要是你和她外遇的话。

她好看吗？博比问。

尼克笑了，抬起一只手，掌心向上，就像在问：你觉得呢？他说，秀色可餐。

梅丽莎听后笑了，他微笑着盯着自己的大腿，好像他很满意自己能逗她笑。我在饭桌下用凉鞋跟踩自己的脚趾。

而且她年轻得可笑，是不是？德里克说。二十三还是多少。

或许她知道你结婚了，伊夫林说。有的女人喜欢已婚男人，有挑战性。

我用力踩自己的脚，疼痛沿着腿射上来，我不得不咬住下唇保持安静。移走鞋跟后我能感觉到脚趾一阵阵的痛。

我不这么认为，尼克说。我告诉她时她好像真的很沮丧。

吃完早饭后伊夫林和德里克去下面的沙滩了，博比和我留在屋里把东西从行李箱里拿出来。我们听到梅丽莎和尼克在楼上说话，但只能听见他们声音的韵律，听不清具体在说什么。一只大黄蜂从打开的窗户飞进来，在墙纸上投下一个逗号大小的阴影，又飞了出去。我收拾好后洗了澡，换上一条无袖灰色棉裙，听见博比在隔壁房间唱一首弗朗索瓦兹·哈迪[①]的歌。

大约两三点时，我们全体出门。去沙滩要沿一个铺好的小坡往下走，路过两座白房子，然后是嵌在岩石里的曲折台阶。沙滩上全是躺在彩色毛巾上的年轻家庭，相互往背上涂防晒霜。海浪已经退去，露出一片绿海藻干掉后结成的硬壳，一群年轻男孩在岩石脚下玩排球。我们能听见他们外国口音的叫喊。阳光照在沙地上，我开始流汗。我们看见伊夫林和德里克朝我们挥手，伊夫林穿着棕色连体泳衣，大腿上布满麻点，像搅拌奶油的质地。

我们把毛巾铺好，梅丽莎在博比颈背上涂防晒霜。德里克对尼克说海水叫人“神清气爽”。盐的气味卡在我喉咙里。博比脱掉衣服，只剩下比基尼。尼克和梅丽莎一起脱衣服时我调转过目光。她问了他什么，我听到他说：我没事。伊夫林说，你会晒伤的。

你要下水吗，弗朗西丝？德里克问。

每个人都转过来看我。我摸摸墨镜的边缘，耸起一边肩膀，甚至都不是一个完整的耸肩。

我还是躺在太阳底下吧，我说。

事实是我不想在他们面前露出泳装。我觉得我为了自己的身体应该这么做。没人介意，他们随我留在原地。他们一走我就取下墨镜，确认我脸上还没晒出墨镜框印。附近有小孩在玩塑料玩具，用法语冲着彼此吼叫，听起来既高雅又世故，因为我听不懂。

---

① 弗朗索瓦兹·哈迪（Françoise Hardy），法国歌手，活跃于二十世纪六十年代至今。

我身体朝上平躺着，因此看不见孩子们的脸，但有时在余光里能瞥到模糊的原色，一把铲子或一只桶，或是一闪而过的脚踝。我的关节处越来越沉，像被沙压着。我想起那天早上巴士上的燥热。

我翻过身，背朝上躺下后，博比从水里冒出来，打着冷战，面色惨白。她把自己裹在一条巨大的沙滩毛巾里，另一条浅蓝色的毛巾搭在头上，看上去像圣母马利亚。

那是波罗的海，她说。我以为心脏快骤停了。

你应该继续待在里面。要我说的话我现在有点太暖和了。

她把头上的毛巾取下来，像狗甩毛一样甩头发，一串水珠落在我裸露的皮肤上，我骂了句脏话。活该，她说。然后她坐下来，翻开她的书，她的身体还包裹在大毛巾里，毛巾上画了一个超级玛丽。

下水的路上大家都在聊你，她说。

什么？

没错，我们关于你进行了一场小组讨论。看样子你让人印象深刻。显然，这对我来说是个新闻。

谁说的？我问。

能不能在沙滩上抽烟的？

我告诉她我认为我们不能在沙滩上抽烟。她故意叹了口气，然后把头发里残余的海水挤了出来。因为博比不愿意告诉我谁称赞了我，我敢肯定实际上就是她本人。

尼克没说什么，她说。关于你是不是让人印象深刻。不过我在观察他，他看起来很古怪。

或许是因为你在看他。

或者因为梅丽莎在看他。

我咳嗽了一声，什么也没说。博比从手提包底翻出一支粗粮能量棒，然后开始嚼它。

你这暗恋究竟有多严重，按1到10打分的话？她问。10就是你上学时暗恋我的程度。

而1就是非常严重的暗恋？

她笑起来，嘴巴里全是能量棒。

算了，她说。是那种，你很喜欢跟他在网上聊天，还是，你想把他撕开喝他的血？

我不想喝他的血。

我无心地把这句话的最后一个字说重了些，博比从鼻子里喷了口气。我还没做好准备思考你想喝别的什么，她说。真恶心。我想告诉她我和尼克之间发生了什么，因为我可以用讲笑话的形式把它说出来，而且反正它已经结束了。但不知为什么，我什么也没说，而她只是说：和男人做爱，太怪了。

13

第二天我们正在清理早餐盘子，梅丽莎问尼克能不能开车去镇外一个购物中心买几把帆布折椅。她说她本来计划前一天去的，但她忘了。尼克对这个提议并不热情，但还是说他会去的。他大致说了句：哦，那地方远得要命。但语气没有非常确定。他正在水槽边洗碟子，我把它们擦干，递给梅丽莎，由她把它们放回碗橱里。站在他们之间让我觉得自己很笨拙，也很多余，我敢肯定博比看见我脸红了。她坐在厨房餐桌上，晃着腿吃水果。

那就把姑娘们带上陪你，梅丽莎说。

不要叫我们姑娘们，梅丽莎，求求你，博比说。

梅丽莎盯了她一眼，博比无辜地啃了一口油桃。

那么就带上这两个年轻女人陪你吧，梅丽莎说。

什么，供我消遣吗？尼克问。我觉得她们宁愿去沙滩。

你可以带她们去那个湖，梅丽莎说。或者你们可以去沙特罗德朗。

那地方还开着吗？他问。

他们讨论了沙特罗德朗那个景点开没开。然后尼克转头看向博比。他的手和手腕都是湿的。

你觉得开车长途旅行怎么样？他问。

别听他的，没那么远，梅丽莎说。会很好玩的。

她说这话时笑了，好像在表示她完全清楚它一点都不会好玩。她给了我们一盒糕点和一瓶玫瑰红酒让我们放在车里，以防万一我们想搞野炊。她感谢尼克时很快地按了一下他的手。

汽车整个早上都晒在太阳底下，我们得先把窗玻璃全部放下才能进车。车里闻起来有灰尘和塑料烘热后的味道。我坐在后面，博比把她那张小脸搭在副驾驶座的窗玻璃沿上，像条小猎狗。尼克打开收音机，博比把脸从窗口收回来，问：你没有 CD 播放器吗？我们能不能听听音乐？尼克说：当然可以。博比一面翻找 CD，一面公布她认为这是尼克的还是梅丽莎的。

谁喜欢动物共同体①，你还是梅丽莎？她问。

我觉得我们都喜欢。

但是谁买的？

我不记得了，他说。你知道的，我们分享那些东西，我不记得哪个是谁的。

博比越过椅背瞄了我一眼。我没理她。

弗朗西丝？她说，你知道尼克在 1992 年上过 4 频道一部关于天才儿童的纪录片吗？

我抬头看她，然后说：什么？尼克正在说：你从哪儿听说的？博比从盒子里取出一枚糕点，上面有掼奶油的那种点心，她拿食指把奶油舀到嘴里。

梅丽莎告诉我的，她说。弗朗西丝也是天才儿童，我觉得她

---

① 动物共同体（Animal Collective），2003年成立于巴尔的摩的美国实验流行乐团。

会很感兴趣。不过她没上过什么纪录片。而且她92年还没出生。

之后我就过气了，他说。梅丽莎干吗跟你讲这些东西?

她抬头看他，一边吮吸着食指上的奶油，那姿势看起来与其说是魅惑不如说是傲慢。

她跟我吐露秘密，她说。

我看向后视镜里的尼克，但他正在看路。

她对我一见如故，博比说。不过我不确定能有什么发展，我知道她结婚了。

也就嫁了个演员，尼克说。

博比三四口就吃掉了点心。然后她开始放动物共同体的CD，把音乐开得很响。我们到家用品店后，博比和我在停车场抽烟，尼克进去把帆布折椅买了。他回来时把椅子全用一只手拎着，看起来非常有男子气概。我拿凉鞋尖把烟头踩灭，他打开汽车后备厢，说，恐怕那个湖会让你们大失所望。

二十分钟后，尼克停车，我们沿着一条小路朝下走，两边都是树。湖又蓝又平，映射出天。周围没别的人。我们坐在湖边的草地上，在柳树荫下吃奶油点心。博比和我轮流拿葡萄酒瓶喝酒，酒又暖又甜。

能进去游泳吗?博比问。那湖。

嗯，我觉得可以，尼克说。

她把两腿在草地上伸直。她说她想游泳。

你没带泳衣，我说。

那又怎样?她说。这儿反正没人。

我在这儿，我说。

博比听了笑了。她把头朝后一甩，冲着树林大笑。她穿着一件无袖棉衬衫，上面印着小碎花，她的手臂在树荫下看着又细又暗。她开始解扣子。博比，我问，你不是来真的吧。

他可以脱衬衣，我就不可以？她说。

我举起双手。尼克咳嗽了一下，那种轻轻的、忍俊不禁的咳嗽。

事实上我没打算脱衣服，尼克说。

要是你想阻止我，我会生气的，博比说。

弗朗西丝在阻止你，我可没有。

哦，她，博比说。她死不了。

然后她把衣服叠放在草地上，朝那片湖走去。她背部的肌肉在皮肤下平滑地移动，在耀眼的阳光下几乎看不出她日晒出的印子，她看起来完好无缺、完美无瑕。只听得见她的肢体在水中穿行的声响。天气很热，点心已经吃完了。日光的方向改变了，我们不在树荫里了。我又喝了些酒，寻找博比的身影。

她真的是很无耻，我说。真希望我也像她一样。

尼克和我坐得很近，近到如果我歪过头就能靠上他的肩膀。太阳明亮得过分。我闭上眼睛，看眼皮底下穿过的奇怪的图案。热流沿着我的头发泻下来，小昆虫在矮灌木丛里低鸣。我能闻到尼克衣服上洗衣剂的味道，还有我待在他家时用的橙花油沐浴露的味道。

昨天很尴尬，他说。机场那女孩的事。

我试图露出一个可爱的、毫不在乎的微笑，但他的语调让我没法均匀地呼吸。听起来他一直在等待和我单独说话的机会，我迅速地成了他倾诉秘密的对象。

有的姑娘就是喜欢已婚男人，我说。

他笑了，我听见了。我继续闭着眼睛，任由眼皮底下的红色形状像万花筒一样转。

我说过我觉得那不是真的，他说。

你很忠诚。

我担心你会认为他们不是在开玩笑。

你不喜欢她？我问。

路易莎？哦，你知道的。她不错。但我晚上梦见的不是她。

尼克绝对从来没告诉过我他晚上会梦见我，或者甚至他很喜欢我。就口头上的表示来说，“我晚上梦见的不是她”是记忆中他第一次暗示我对他而言有某种特别的意义。

你现在跟谁在交往吗？他问。

然后我睁开双眼。他没在看我，而是盯着他的大拇指和食指间的蒲公英。他看起来不像在开玩笑。我把两腿并得紧紧的。

嗯，和一个人交往了一阵，我说。不过他和我分手啦。

他把花茎扭来扭去，露出一个勉强的微笑。

是吗？尼克问。他脑子里在想什么？

跟你讲，我也不知道。

他注视着我，我开始害怕脸上流露出的表情。

你在这儿我太高兴了，他说。很高兴能再见你。

我抬起一边眉毛，然后转过脸去。我能看见博比在银色湖面上一起一伏，像头海豹。

我对不起你，他说。

我机械地笑了笑，说：哦，就因为你伤害了我的感情？尼克发出一声叹息，像在放下一件很重的东西。他放松下来，我能看出他的姿态在发生变化。我朝后躺下，肩膀碰到草刃。

当然了，要是你有感情的话。他说。

你这辈子说过一句真诚的话吗？

我说过我很抱歉，那句话是真的。我想告诉你再见到你很高兴。你还想要什么？我可以低声下气，但我觉得你不是吃那套的人。

你觉得你了解我多少？我问。

于是他看了我一眼，仿佛他终于放下长久以来的伪装。那眼神很真诚，但我知道他可以把它排练得很好，就像他排练其他那些眼神一样。

好吧，我想更了解你，他说。

我们看见博比从水里走出来，但我仍然躺在尼克投下的阴凉里，他也没移走他的手臂，它几乎触到我的脸颊了。博比爬上岸，打着抖，把头发拧干。她穿上衣服后，女士衬衣被皮肤打湿，看起来几乎是透明的。我们抬头看她，问她水怎么样，她回答：好冷啊，冷得不可思议。

返程的车上我坐前排，博比打直双腿坐在后排。尼克和我看向对方时都飞快地移开视线，但时间长到足以让我们微笑。博比在后座上问：什么东西这么好笑？但她问得很懒，而且没有逼着我们回答。我把琼尼·米歇尔[①]的专辑放进CD播放器里，伸出窗户感受凉爽的空气扑在脸上。我们到家时傍晚刚刚降临。

/

那天晚上尼克和我并肩坐在桌边吃晚饭。吃完后梅丽莎又开了一瓶红酒，尼克探身过来替我点烟。他把火柴甩灭，然后把手臂很自然地搭在我的椅背上。似乎没人注意到这一点，事实上这大概看上去很自然，但我觉得他这么做时我根本没法集中注意力。其他人正在谈难民问题。伊夫林一直在说：他们中有些人有学位的，我们在说的这些人有的是医生有的是教授。我之前就注意到人们喜欢强调难民的资格证书。德里克说：先不管别的人，想想看把医生赶走。简直是疯了。

这是什么意思？博比问。除非他们有医学学位，不然就不放他们进来？

伊夫林说德里克不是这个意思，德里克打断伊夫林的话，开始讲西方国家的价值体系和文化相对论[②]。博比说寻求避难是人人都具备的权利，这是“西方价值体系”的组成部分，要是真的有这么个“价值体系”的话。她举起双手，在空中比了一对引号。

多元文化主义是个天真的梦，德里克说。齐泽克说得很好。

---

① 加拿大唱作人，风格多变，跨越民谣、流行、摇滚、爵士等。

② 人类学观点，认为文化并无优劣好坏，某一文化的行为不应由其他文化观点来判断，主张尊重多样性文化的存在。

国界存在是有原因的，你知道吧。

你不知道你说得有多么对，博比说。但我认为的原因和你认为的一定不一样。

尼克这时笑起来。梅丽莎别开眼睛，好像她没在听这场对话。我微微绷起双肩，感受尼克的手臂碰到我的肌肤。

我们都站在同一边，德里克说。尼克，你是个残酷的白人男性，你来帮我说说话。

我其实同意博比说的话，尼克说。尽管我肯定非常残酷。

哦，愿上帝宽恕我们，德里克说。谁需要自由民主制？或许我们应该把政府大楼给烧了，看看会带来什么后果。

我知道你在夸大其词，尼克说，不过我也越来越觉得这有道理。

你什么时候变得这么激进了？伊夫林说。你跟大学生厮混得太久了，他们把你给洗脑了。

梅丽莎往左手捧的烟灰缸里抖了点烟灰。她在微笑，一个有点滑稽的微笑。

没错，尼克，你以前支持警察国家的，梅丽莎说。发生了什么？

你邀请这些大学生和我们一起度假，他说。我无力抵抗。

她靠在椅背上，透过一丝烟雾注视他。他把手臂从我的椅背上抬起来，把香烟在烟灰缸里掐灭。我感觉到室内温度降了下来，眼前的一切都暗淡了一点。

你们之前去那个湖了吗？她问。

回来路上去了，尼克说。

弗朗西丝都晒伤了。博比说。

事实上我也没有真的晒伤，只是脸和手臂有点泛粉红，摸起来很暖。我耸耸肩。

好吧，博比坚持要把衣服脱了去泡水，我说。

你这个告密的，博比说。我替你脸红。

梅丽莎还在看尼克。他似乎一点都没被她的注视搞得不自在；他迎上她的目光微微一笑，笑容很放松，很有感染力，这让他看上去很英俊。她摇摇头，看上去不知是忍俊不禁还是气恼，然后转过头去。

那天深夜，大概凌晨两点，我们才上床睡觉。我在黑暗中躺在床上，听见楼上木地板轻微的动静，听见门顺滑地关上。没人说话。隔壁博比房间没有一点声响。我坐起来，然后又躺下。我觉得我在计划上楼倒杯水，虽然我一点都不渴。我甚至能听见自己替口渴找借口，说晚餐喝了那杯红酒，好像待会儿会有人采访我为什么要上楼一样。我又坐起来，摸摸额头，体温正常。我悄悄溜下床，爬上楼梯，穿着那条印了小玫瑰花蕾的白睡裙。厨房的灯亮着。我的心开始跳得厉害。

尼克正在厨房里把干净的红酒杯放进碗橱。他抬头看见我，说：哦，你好。我立马就像背书一样回答：我想喝杯水。他扮了个鬼脸，好像他并没真的相信我的话，但他还是递给我一个杯子。我接了水，靠着冰箱门站着喝。水是温热的，尝得出氯化剂的味道。终于尼克站到我面前，说，红酒杯子收拾完了，所以。我们注视着对方。我说他这样真的很蹩脚，他说他“相当清楚”这一点。他把手放在我的腰上，我感觉整个身体都向他飘去。我摸了摸他的皮带扣，说：你要是想的话，我们可以一起睡，但你要知道我只是带着讽刺意味和你上床。

尼克的房间和厨房在同一层。它是房子这层上唯一的卧室，其他的要么在楼上要么像我的卧室一样在地下。他的窗户开着，面向大海，所以我爬上床时他轻轻拉上百叶窗，关上了窗户。当他进入我身体时我把脸埋进他的肩膀，问：感觉好吗？

我一直想跟你说谢谢，他说。这是不是很奇怪？

我让他说出来，他说了。然后我跟他说我要高潮了，他闭上眼睛说，哦。事后我靠着墙坐起来，俯视着他，他躺在床上呼吸。

我这几周过得很糟糕，他说。网上聊天的事我很抱歉。

我知道我对你很冷漠。我不知道你得了肺炎。

他微微一笑，用手指抚摸着我膝盖内侧柔软的部分。

我以为你想让我不要找你，他说。我当时真的生病了，很孤独，你知道吗。听起来就像你完全不想理我。

我想说：不，我想听你说你晚上会梦到我。

我当时过得也很糟，我说。忘了它吧。

说真的，你很宽容。我觉得我本来可以处理得更好的。

但我原谅你了，所以现在没关系了。

他撑着手肘坐起来看着我。

没错，但我的意思是你很快就原谅我了，他说。尤其考虑到我当时还想和你分手。你要是想的话完全可以再拖一会儿。

不，我只是想重新跟你上床。

他笑了，好像听了很高兴似的。他重新躺下来，脸背着光，闭着眼。

我没觉得我表现很好，他说。

你还行。

我觉得我很难堪。

你的确很难堪，但我很可怜你，我说。而且和你做爱的感觉很好。

他什么也没说。我没法在他房里过夜，免得有人早上看见我离开。于是我回到自己的床上一个人睡，我把自己蜷得小得不能再小。

14

第二天我感觉很温暖，想睡觉，像个孩子。我早餐吃了四片面包，喝了整整两杯咖啡，里面加了奶油和糖。博比叫我小猪，她说她指的是“可爱”的那种。在餐桌下我的腿拂过尼克的腿，看他努力不笑出来。我的体内充满了一种热情洋溢的、几乎有点不怀好意的快乐。

在埃塔布勒接下来的三天也是这样度过的。在花园吃饭时，尼克、博比和我坐在餐桌一端，不断打断彼此说话。尼克和我都觉得博比简直太搞笑了，无论她说什么都会把我们逗笑。有一天吃早饭时博比模仿了尼克一个叫大卫的朋友，把尼克都笑出了泪花了。我们只见过大卫一次，在都柏林的一场文学活动上，但博比却惟妙惟肖地再现了他的声音。尼克还帮我们提高法语，他用法语和我们说话，并且在我们的要求下反复发小舌音。博比告诉他我已经会说法语了，我只是在假装不会说好上他的课。我们都看得出他脸红了，她远远朝我使眼色。

下午我们去沙滩，梅丽莎坐在大阳伞下读报纸，我们在太阳下躺着，喝瓶装水，给彼此的肩膀抹防晒霜。尼克喜欢去游泳，然后从水里冒出来往回走，身上湿漉漉地发着光，像古龙香水的广告。德里克说他觉得尼克看起来太娘了。我翻了一页罗伯特·菲斯克[①]的书，假装没在听。德里克问：梅丽莎，他花很多时间打扮自己吗？梅丽莎没从报纸上抬起头。她说，不，他就是天生丽质，我不得不说。我就是冲着他好看才和他结婚的。尼克笑了。我又翻了一页，虽然我连前一页都没读。

连续两夜，我都先在自己房间上床，等到整栋房子都安静了，就上楼去尼克的房间。熬夜没有让我太累，只是白天我常在沙滩上或者花园里睡着。我们的睡眠时间不超过四五个小时，但尼克从不抱怨太累了，或者催我回去，哪怕再晚。第一夜后，他晚餐时不再喝红酒。我觉得他什么酒都没喝了。德里克经常指出这一点，我注意到哪怕他说他不想喝酒，梅丽莎还是会叫他喝。

有一次我们游完泳后一起从海里出来时我问他：他们应该不知道的吧，你觉得呢？水没过我们的腰。他拿手掌替眼睛遮光，然后看着我。其他人都回到岸上了，拿着毛巾，我们能看见他们。阳光下我的手臂像丁香花一样白，上面全是鸡皮疙瘩。

没有，他说。我觉得没有。

他们晚上可能会听见动静。

我觉得我们挺安静的。

我们干的事好像太疯狂太冒险了，我说。

当然很疯狂了。你现在才意识到？

我把手浸在水里，海盐让手感到刺痛。我掬起一捧水，任它从掌心滑落回海面。

---

① 罗伯特·菲斯克（Robert Fisk），英国作家、记者，报道战争及武装冲突。

那你为什么还要和我好？我问。

他把手从眼睛上拿下来，开始摇头。他浑身上下白得像大理石。他看起来格外庄重严肃。

你在和我调情吗？他问。

来嘛。告诉我你渴望我。

他抓了一把水泼在我裸露的皮肤上。水溅在我脸上，冷得要命，都有点疼了。我抬头看着一尘不染的蓝天。

滚，他说。

我喜欢他，但他没必要知道这一点。

/

第四天晚上吃过晚餐后，我们一起走到村庄里。海港处的天带着珊瑚般的浅粉色，海的颜色却深得像铅。一排排游艇停在码头里，上下摇动，俊男美女赤脚提着酒瓶沿甲板走过。梅丽莎单肩背着照相机，偶尔拍照。我穿着一条海军蓝棉裙，带纽扣的那种。

走到冰淇淋店外，我的手机开始响。是我父亲打来的。接起电话的瞬间我出于本能背对其他人，像在隐藏自己。他听起来瓮声瓮气的，背景里有噪音。他说话时我咬着拇指甲，在齿间感受它的纹理。

没出什么事吧？我问。

哦，很好。我就不能偶尔给我的独生女打个电话吗？

他说话时音调时高时低，他喝醉了，这让我有一种不洁感。

我想去冲个澡，或者吃一片新鲜水果。我离群了一点点，但我不想完全把他们抛在后面。于是我在一盏路灯下逗留，他们在讨论要不要去吃冰淇淋。

你当然可以。我说。

过得怎么样？工作如何？

你知道我在法国吧？

什么？他说。

我在法国。

我有点不自然，因为重复了这么简单的一句话，虽然我觉得没人听到。

哦，你在法国是吧？他说。对，没错，抱歉。那边怎么样？

都很好，谢谢你问。

棒极了。听着，你妈下个月给你打钱，知道吗？学费。

哦，好。我说。好的。

博比冲我打手势，说他们要去一家冰淇淋店，我冲她微笑，感觉笑得很慌乱，然后挥手让他们先进去。

你不缺钱吧？我父亲问。

什么？不缺。

存点钱，知道不？这是个好习惯。

嗯，我说。

透过冰淇淋店橱窗，我看见玻璃下陈列了长长一排冰淇淋，还能看见柜台边伊夫林的剪影，在比画手势。

你现在存了多少钱？他问。

我不知道。没多少。

这是个好习惯，弗朗西丝。嗯？好习惯。多存钱。

之后没多久我们的通话就结束了。其他人从店里走出来，博比举着两个冰淇淋圆筒，给了我一个。她替我买了个冰淇淋，我为此对她感激不尽。我接过甜筒，感谢她，她打量我的脸，问，你还好吧？谁打来的？我眨眨眼，说，我爸。没什么新鲜的。她咧嘴一笑说，哦，好吧。冰淇淋嘛，不用谢。你要是不要就给我。我从眼角看见梅丽莎举起了照相机，我恼怒地转过身去，仿佛她举照相机这个动作欺负了我，或很久之前她做了什么事亏待过我。我知道这很任性，但我不觉得梅丽莎注意到了。

/

那晚我们抽了很多大麻，其他人都去睡觉后，我到尼克房间时他还很嗨。他穿得整整齐齐，坐在床边读苹果笔记本电脑上的什么东西，但他眯着眼，像看不清楚字，或读不懂一样。他那样看起来英俊极了。他大概有一点晒伤。我猜我大概也很嗨。我在他脚边的地板上坐下，头靠在他的腿肚子上。

你为什么坐在地上？他问。

我喜欢坐这儿。

哦对了，之前是谁打的电话？

我闭上眼睛，拿头更紧地去靠他，直到他说，不要压了。

那是我爸打来的。我说。

他不知道你在这儿？

我爬上床，坐在尼克身后，双臂环绕他的腰。我看见他在读什么，是一篇关于戴维营协议[①]的文章。我笑了，问，你嗨的时候就读有关中东的文章吗？

很有意思，他说。对了，你爸不知道你来这里吗，还是怎么了？

我跟他说过，他只是从不仔细听。

我轻轻揉了下鼻子，然后拿前额抵住尼克的背，靠在他白T恤的布料上。他闻起来很干净，像肥皂，带着淡淡的海水味。

他酗酒，我说。

你爸爸？你从来没跟我讲过。

尼克合上笔记本电脑，转过来看我。

我从没跟任何人讲过，我说。

尼克靠着床头坐着，然后问：是哪种问题？

他给我打电话时经常听起来都是醉的，我说。我们从来没有深入聊过这件事，或者任何事。我跟我爸不亲。

我爬上尼克的膝盖，面对面，他自然而然地拿手穿过我的头发，仿佛他以为我是别人。通常他都不会这样碰我。但他正凝视着我，我猜他肯定还是知道我是谁。

你妈妈知道吗？尼克问。当然，我知道他们离婚了。

我耸耸肩，说他一直都是老样子。我是个糟糕的女儿，我说。我从来都不好好跟我爸说话。但他在我上学时给我生活费，我太

---

① 1978年，在美国总统吉米·卡特的邀请下，埃及总统萨达特和以色列总理贝京在美国总统休养地“戴维营”签署的有关中东问题的重要协议。

坏了，是不是？

是吗？你是说你觉得你在助长他，因为你拿了他的钱，却不管他喝酒。

我看向尼克，他转过头仰视我，神情真挚，有点木木的。我意识到他真的很真诚，他真的想那样摸我头发，带着爱意。我说，嗯，我猜是这样的。

但你又能做什么呢？他说。经济上不能独立简直太烦人了。当我不再向我父母借钱后，我的生活一下就好多了。

但你喜欢你父母。你们处得来。

他笑了，说，哦老天，我们处得可不好。你在开玩笑吗？要知道就是他们俩，让我在十岁时就穿他妈的正装夹克，上电视讲柏拉图。

是他们让你这么做的？我问。我以为这是你自己的主意。

哦不。我当时很痛苦。问我的心理咨询师就知道了。

你真的会去看心理咨询，还是说你是在开玩笑？

他发出嗯嗯的鼻音，然后有点奇怪地摸了摸我的手。他显然还很亢奋。

不是玩笑。我有时会很抑郁，他说。我必须得吃药，接受治疗什么的。

真的？

真的，我去年有段时间病得不轻。然后，嗯，我在爱丁堡时有一两周特别严重，还得了肺炎。跟你讲这个大概挺无聊的，但我现在感觉好多了。

这不无聊，我说。

我知道博比在这种情况下会知道该说什么，因为她对公共语境下的心理健康有很多看法。我脱口而出：博比认为抑郁是人面对晚期资本主义的现状表现出的人道反应。尼克听了笑了。我问他想不想聊他的病，但他说他不想，并不是迫切地想。他的手指穿过我的头发，我的颈背，他的触摸让我想安静下来。

有一小会儿，我们接吻，什么都没说，偶尔我会说：我想要你。他那时呼吸会变得粗重，然后说嗯，哦，好，他老这么说。他把手伸到我裙子下面，抚摸我的大腿内侧。我出于一时冲动，握住他的手腕，他看着我。这是你想要吗？我问。他看起来很疑惑，就像我出了一个谜题，如果他答不出来我会替他回答似的。嗯，对啊，他说。这是……你想要的吗？我能感觉到我的嘴巴在收紧，开始磨下巴。

你知不知道，有时候你看起来不是很热情，我说。

他笑了，不是我期待的那种表示理解的反应。他低头看我，脸有点红。我不热情吗？他问。

我感觉有点受伤，说：我的意思是，我经常说我有多想要你，我多么享受，但你并不总会回馈我。我感觉很多时候我都没有让你满足。

他抬起手，开始摩擦颈背。哦，他说。了解。好吧，对不起。

我在努力，你知道的。要是我有什么地方没做好，我希望你告诉我。

他用一种略带痛苦的声音说：你什么都没做错。是我，你知道的，是我太怪了。

他就说了这些。我不知道怎么补充，反正看起来，很明显，无论我有多么露骨地索要他的安慰，他都不会如我所愿。我们又开始接吻，我努力不去想这些。他问我这次想不想双手双膝撑在床上，我说没问题。我们没有看对方脱衣。我把脸埋在床垫里，感觉到他抚摸我的头发。他的手臂绕过我的身体，说：到这里来一下。我跪着，立起身来，感觉到他的胸贴在我背上，当我转过头，他的嘴碰到了我的耳朵边缘。弗朗西丝，我太想要你了，他说。我闭上双眼。这些话仿佛穿过了我的大脑，就像它们直射入我的体内，停留在那里。当我说话时，我的声音听起来又低又撩人。你要是不能要我，你会不会活不下去？我问。他说：是的。

当他进入我时，我感觉已忘了该怎么呼吸。他用双手环住我的腰，我不停地叫他用力点，但当他真的用力后弄得我有点疼。他会问，你确定不痛吗？我告诉他我希望痛，但我不知道我是不是真的这么希望。尼克只说，好。过了一会儿，我什么都看不清了，感觉舒服极了，我都不确定我能说出完整的句子。我不断地说，求求你，求求你，但我不知道我在求他什么。他拿一根手指比在我的唇边，像是让我安静，我把它吸进嘴里，他碰到了我喉咙深处。我听到他说，哦，不，不要。但已经太晚了，他射了。他在流汗，还不停地说：操，对不起。操。我抖得厉害。我感觉我不知道我们之间正在发生什么。

那时外面已经有点亮起来，我得走了。尼克坐着，看我穿上裙子。我不知该对他说什么。我们带着痛苦的表情注视彼此，然后移开视线。回到楼下我睡不着觉。我坐在床上，双膝抵着胸口，看着光透过百叶窗缝隙移动。最后我打开窗，眺望大海。已经凌晨，天空蓝得银光闪闪，秀美无比。我能听见尼克在楼上走动。如果我闭上双眼，我能感觉自己离他很近，近到能听到他呼吸。我坐在窗边，直到听到楼上的门一扇扇打开，狗在吠，有人打开了咖啡机，准备早餐。

15

第二天晚上，伊夫林想玩一个游戏：我们分成几组，在纸上写下名人名字，然后把纸条投进一只大碗里。你从大碗里抽出一个名字，你的队友要问你和这个人名有关的问题，你只能回答是或不是，直到他们猜出这个人是谁为止。天色已暗，我们坐在客厅里，开着灯，敞着百叶窗。偶尔会有飞蛾透过窗飞进来，尼克会拿手把它逮住，然后把它甩到窗外去，德里克则会在一旁鼓励他把它给杀了。博比叫德里克别闹了，德里克说：你别跟我说蛾子也有动物权利，它们有没有？博比的嘴唇沾了红酒，颜色很深，她喝醉了。

没有，博比说。你要是想让它死那你自己动手去。

梅丽莎、德里克和我组成一队，尼克、博比和伊夫林是另一队。我们写名字、把纸条投进大碗时，梅丽莎又拿出一瓶红酒，虽然我们晚餐上已经喝了很多葡萄酒。梅丽莎给尼克倒酒时尼克拿手挡住了空酒杯的杯口。他们似乎交换了什么眼神，梅丽莎走开，给自己盛上酒。

他们那队先来，尼克抽了几个名字。他看到第一个，皱了皱眉，说，哦，好吧。博比问是不是一个男人，他说不是。是个女人？她问。尼克回答，对，没错。伊夫林问她是不是政治家、演员、运动员，尼克说这三样都不是。博比问：音乐家？尼克说，我没听说。

她出名吗？博比问。

嗯，得看你对“出名”的定义。他说。

我们知道这个人是谁吗？伊夫林问。

你们俩肯定都知道，尼克说。

哦，博比说。好吧，那，这个人我们在真实生活中认识咯？

他说是的。梅丽莎、德里克和我一言不发地坐在一旁看他们猜。我突然对手中的红酒杯很敏感，用拇指紧紧地捏着酒杯脚。

你喜欢这个人吗？博比问。还是不喜欢？

我个人吗？没错，我喜欢她。

她喜欢你吗？博比问。

这真的会帮助你猜出她究竟是谁吗？他问。

可能会。博比说。

我不知道，他说。

那么你喜欢她，但你不知道她是不是喜欢你，博比说。是因为你不太了解她吗？还是因为她太神秘？

他摇头，开始发笑，就好像他觉得这一连串问题很蠢似的。我注意到梅丽莎、德里克和我都一动不动。没人说话，也没人在喝酒了。

我猜二者皆有。他说。

你既不太了解她，她也很神秘？伊夫林问。

她比你聪明吗？博比问。

是的，不过很多人都比我聪明。这些问题不太具有策略性。

好吧，好吧，博比说。这个人更感性，还是更理性？

哦，理性，我猜。

嗯，不情绪化。博比说，她情商很低。

什么？不，我不是这个意思。

一股钝钝的热流冲上我的脸颊，我凝视着杯子。我认为尼克看上去略有些焦躁，至少说没有他以往佯装出的那么冷静、松弛，然后我又疑惑我是什么时候开始认为他平时的样子是装出来的。

外向还是内向？伊夫林问。

我猜是内向，尼克说。

年轻还是老？伊夫林说。

年轻，当然是年轻。

这是个小孩？博比问。

不，不，是个成年人。老天。

好吧，一个成年女性，博比说。你认为你会觉得她穿泳装好看吗？

在长得让人心焦的一秒钟里，尼克盯着博比，然后他把纸条放了下来。

博比已经知道这是谁了，尼克说。

我们都知道她是谁了，梅丽莎轻轻地说。

我不知道，伊夫林说。是谁？是你吗，博比？

博比淘气地咧嘴一笑，说，是弗朗西丝。我看着她，但我不知道这场戏是演给谁看的。博比是唯一一个觉得它有意思的人，但她并不介意这一点；她看上去就好像一切按照她的设计上演。我这才后知后觉地意识到，几乎肯定就是她把我名字放进去的。

这提醒了我她有多狂野，她喜欢深入参与到事情当中，把它们搅黄，我怕她，这不是第一次。她想把我私密的情绪暴露出来，想把这个秘密变成别的东西，变成一个笑话，或者一场游戏。

那一轮结束后房间里的氛围都变了。一开始我害怕别人知道我和尼克的事，以为他们晚上听到了我们的动静，害怕甚至梅丽莎已经知道了，但随即我意识到这是另外一种不同的张力。德里克和伊夫林似乎替尼克感到尴尬，就好像他们以为他一直在试图掩藏对我的感情；面对我他们表达出一种无声的关心，或许我应当感到受了冒犯，或者感到不快。当梅丽莎猜对比尔·克林顿后，我起身去卫生间，它就在客厅对面。我拿双手接冷水，把它沾到眼睛底下，然后拿干净毛巾把脸擦干。

在走廊外面，梅丽莎正等着用厕所。我快走过她时她问：你还好吧？

我很好，我回答。怎么了？

她抿起双唇。她那天穿着一条蓝色连衣裙，深领，下面带褶。我穿着一条牛仔裤，裤边卷起来，上面是一件皱巴巴的白 T 恤。

他没干什么吧？她问。我是说，他有没有骚扰你。

我意识到她在说尼克，我感到头重脚轻。

谁？我问。

她不快地瞪了我一眼，表示她对我很失望。

算了，她说。别在意。

我很内疚，我知道她试图关心我，而这或许让她痛苦。我轻声说：不，他当然没有骚扰我。我不知道……我觉得这没什么。

很抱歉。我觉得是博比在捣乱。

好吧，他暗恋你，她说。我敢肯定他倒也不会出格，我只是想告诉你如果发生什么让你不舒服的事，你可以跟我说。

谢谢你，你真好。不过真的，这没什么……我没觉得不舒服。

她听完后冲我微笑，好像她很释然，因为我很好，而且她丈夫也没做什么不妥的事。我也充满感激地冲她一笑，她在裙摆上擦干了手。

这不像他，她说。不过我猜你是他喜欢的类型。

我低头看我们的脚，我有点头晕。

或者其实我是在自卖自夸？她问。

我迎上她的眼睛，意识到她想逗我笑。我笑了，既感激她的善意，也感激她看上去对我的信任。

我觉得我才是受宠若惊，我说。

别因为他，他完全是个废物。对女人的品位嘛，倒是很好。

她指指厕所，我让开路，她走了进去。我用手腕把脸擦干，感觉皮肤湿漉漉的。我想知道她说尼克是个“废物”是什么意思。我听不出她说这话是带着爱还是恨；她能让这两样听起来都一样。

之后我们没玩多久。博比上床睡觉前我再没跟她说话。我坐在沙发上，直到所有人都走了，几分钟后，尼克回来了。他拉上百叶窗，靠在窗沿上。我打了个哈欠，摸着头发。他说，嘿，刚才太诡异了，是不是？博比干的那事。我承认这的确很诡异。尼克似乎对谈论博比的事很谨慎，就好像他不确定我究竟对她是什么感情。

你戒酒了吗？我问。

就是喝了有点累。而且我本来也更喜欢清醒时做这些事。

他在沙发扶手上坐下，像是以为我们坐一小会儿就会站起来。我问：你的“做这些事”是什么意思？他说，哦，就是我们这些刺激的深夜聊天啊。

你不喜欢喝醉时上床？我问。

我认为我不喝醉对我俩都好。

什么意思，是说你的表现吗？我没什么可抱怨的。

的确，你很容易取悦，他说。

我不喜欢听他这么说，虽然这是真的，他大概也这么认为。他的手抚过我的手腕内侧，我感觉自己开始颤抖。

也不是这样，我说。我只是知道你喜欢我躺在那儿告诉你你有多棒。

他的脸抽动了一下，说：这太刻薄了。我笑了，说，哦，不，我把你的幻想给毁了吗？那我还是变回叹息你有多强壮多有男子气概好了，如果这是你想要的话。他没再说什么。

反正我要去睡觉了，我说。我累坏了。

他用手摸着我的背，这个手势温柔得不像他。我一动不动。

你以前为什么没有外遇过？我问。

哦。我猜是因为我没有遇到谁。

什么意思？

有一秒我真的以为他会说：我从来没有遇到我渴望得到的人，就像渴望你一样。但他说：嗯，我不知道。我和梅丽莎很长一段时间都处得很好，那会儿我真的没怎么想过这事。你知道的，相爱的时候你不会去想这种事。

你们什么时候不相爱了？

这时他把手拿开了，我们的身体部位再也没有任何接触。

我觉得倒不是说我就不爱她了，他说。

所以你是在说你还爱着她。

嗯，对。

我盯着天花板上的灯具。它是关着的。游戏开始前，我们在桌上放了一盏灯，它的灯罩朝着窗外投下长长的影子。

如果伤害到了你，我很抱歉，他说。

不，当然没有。但是，我们这个就是你在和她玩的一个游戏咯？你通过和一个大学生搞外遇来引起她的注意？

啊。好吧。就为了让她注意到我？

不是吗？她又不是没看见你盯着我。她之前问我你是不是让我觉得不舒服。

老天，他说。好吧，我让你不舒服了吗？

我不想告诉他他没有，所以我翻了个白眼，从沙发上站起来，把衬衣抚平。

你这是要去睡觉了，他说。

我说是的。我把手机放进手包里带下楼，没有抬头看他。

你知道吗，这很伤人，他说。你刚才说的话。

我从地板上拾起我的线衫，把它搭在包上。我的拖鞋排在壁炉边。

你认为我会为了博得她的关注来找你，他说。你为什么会这么想我？

大概因为你还爱着你老婆，哪怕她已经对你不感兴趣了。

他笑了，但我没有看他。我看向壁炉上方的镜子，我的脸看上去糟糕透了，几乎让我震惊。我的脸颊红迹斑斑，像有谁扇了我一耳光，我的嘴唇干裂，几乎泛白。

你在嫉妒吧，弗朗西丝，是不是？他问。

你以为我对你有感情吗？别自作多情了。

然后我下了楼。我爬上床时感觉糟透了，与其说是因为悲伤，不如说是因为震惊和一种奇怪的乏力感。我觉得有谁抓住了我的肩膀，猛烈地将我前后摇晃，无论我怎么乞求都不停。我知道这是我的错：我故意激怒尼克和我吵架。现在，一个人躺在寂静的房间，我感觉我失去了对一切的控制。我能决定的只是要不要和尼克做爱；我没法决定它给我带来什么感受，或者它意味着什么。尽管我能决定和他争吵，以及争吵什么，我没法决定他能说什么，或者他的话能给我带来什么伤害。我蜷在床上，双臂收紧，苦涩地想：他拥有一切力量，而我一无所有。这并不全是真的，但这晚我第一次清楚地意识到，我多么严重地低估了我的脆弱。我对所有人撒谎，对梅丽莎，甚至对博比，只是为了能和尼克在一起。我将自己置于无人倾诉的境地，没有人会因为我做的事而对我表示同情。而当我做了这一切后，他却还爱着别人。我紧紧闭上双眼，把头深埋在枕头里。我想起前一晚，他对我说他想要我，我当时是什么感受。承认吧，我心想。他不爱我。这才让我心痛。

16

第二天早上吃饭时，梅丽莎说瓦莱丽要来。我和博比明天就要飞回爱尔兰了。大家讨论了一下该把哪个房间腾出来，而我看着餐桌对面一只泛金属红的瓢虫英勇地朝一块方糖行进。这只昆虫看起来像一个小机器人，长着小机器腿。

我们要去买晚餐用的东西，梅丽莎说。你们中有几个人可以去超市的吧？我会列个清单。

我可以去，伊夫林说。

梅丽莎正在往一只剖开的可颂上抹带盐黄油，她说话时下意识地举着刀晃来晃去。

尼克可以载你，她说。我们要买份甜点，那种新鲜的漂亮的。还有花。再载一个人去帮你，带弗朗西丝吧。你不介意吧？

瓢虫终于进了方糖碗，开始爬上白釉碗沿。我抬头，希望我脸上的表情够礼貌，然后说：当然不介意。

德里克你可以帮我们收拾一下花园里那张更大的餐桌，梅丽莎说。博比和我收拾屋子。

安排好待办事项后，我们吃完早餐，把盘子带进屋。尼克去找车钥匙，伊夫林坐在门前台阶上，双肘搭在膝上，戴着眼镜，看起来有点心不在焉。梅丽莎靠在厨房窗台上写清单，尼克抬起沙发靠垫问：有谁看到车钥匙了吗？我站在走廊里，背平贴在墙上，免得挡路。挂在钩子上，我说，但我声音太轻了，他没听见。我大概把它们放在衣服口袋还是哪儿了，尼克说。梅丽莎打开壁橱，正在看家里有没有这样那样的调料。你看见它们了吗？尼克问。但她没理他。

最后我无言地从钩上取下钥匙，在尼克走过时放进他手里。哦，在这儿，他说。好吧，谢谢你。他避开我的目光，但好像不只针对我，因为他似乎在回避所有人的目光。你找到它们了吗？梅丽莎从厨房问。你朝钩子上看了吗？

伊夫林、尼克和我下楼找车。这天早上雾气重重，但梅丽莎说一会儿雾就会散。我正要回头找她，博比就出现在她卧室窗口。她正在打开百叶窗。很好，她说。你抛弃我。去和你的新朋友到超市玩儿吧。

我有可能永远都不回来了，我说。

别回来，博比说。

我坐上车后座，扣好安全带。伊夫林和尼克坐进车里，关上车门，我们被密封在一个共享的私密空间里，我觉得我不属于这里。伊夫林富有感染力地打了个疲倦的哈欠，尼克启动引擎。

你最后解决车的那个问题了吗？尼克问伊夫林。

没有，德里克不让我找专卖店，她回答。他说他“正在处理”。

我们开出私人车道，开上朝下通往沙滩的路。伊夫林拿手揉镜片背后的眼睛，摇着头。雾是灰色的，像一层纱。我想象着拿拳头捶打我的胃部。

哦，“正在处理”，好吧，尼克说。

你知道他的。

尼克发出一个意味深长的哼唧声：嗯。我们沿着码头开，大船躲在雾后，像一个个概念。我拿鼻子碰车窗玻璃。

她之前表现得都挺好的，伊夫林说。我本以为。结果今天。

唉，都是因为瓦莱丽。他说。

不过在那开始之前，她还是挺放松的，不是吗？伊夫林问。

对的，没错。她的确挺放松的。

尼克打开左转信号灯，我什么也没说。很显然他们在讨论梅丽莎。伊夫林摘下眼镜，拿她柔软的棉裙擦镜片。然后她把眼镜戴上，看着镜中的自己。她注意到镜里的我，然后扮了个鬼脸。

永远别结婚，弗朗西丝，她说。

尼克笑了，说：弗朗西丝永远不会屈尊进入一个这么中产阶级的体制。他正在转方向盘，把车带过转角，他双眼紧盯着路。伊夫林笑了，盯着窗外的小船。

我不知道瓦莱丽要来，我说。

我没跟你说过吗？尼克问。我昨晚本来想说的。她只是来吃个晚饭，她甚至可能都不会过夜。不过对她从来都是接待皇室婴儿的规格。

梅丽莎和她的感情很复杂，伊夫林说。

尼克越过肩头看了看后窗，但没看我。他这样忙着开车挺好，因为这意味着我们可以聊天，但不用紧张地对彼此致意。当然了，他昨晚没有提起瓦莱丽是因为他在跟我讲他还爱着自己的妻子，而我对他来说无足轻重。而他本来准备跟我讲的瓦莱丽的事则暗示了一种亲密与亲近，现在我感觉它在我们之间已经完全消失了。

肯定不会有事的，伊夫林说。

尼克没说话，我也没说。他的沉默是重要的，而我的不重要；因为他对是否会有事的意见很重要，和我的不同。

至少不会完全让人难以忍受，她说。弗朗西丝和博比会缓冲一下紧张的气氛。

这就是她们的作用吗？他说。我还一直在琢磨来着。

伊夫林冲着镜子里的我微微一笑，说：好吧，她们也很具备装饰性。

这我就反对了，尼克说。强烈反对。

超市在城外，一栋表面是玻璃的大楼，安了很多空调。尼克推着一辆购物车，我们跟在他身后，穿过入口狭窄的单行道，走进一个卖平装书和男士手表的区域，手表陈列在安了防盗器的塑料盒子里。尼克说唯一需要用手提的是甜点和花，其他都可以放购物车里。他和伊夫林讨论了哪种甜点最不会引起争论，最后决定买那种很贵的、上面放了很多糖衣草莓的甜点。她去了甜点走廊，尼克和我继续走。

我们出去的时候我过来和你一起选花，他说。

不用的。

唉，要是我们选错了花，我宁肯说这是我的错。

我们站在咖啡区，尼克停下来端详各式各样的研磨咖啡，它们装在各种大小的包装袋里。

你没必要表现得这么有骑士精神，我说。

不，我只是觉得你和梅丽莎再吵架的话，我这一天就实在承受不了了。

我把手揣在裙子兜里，他把各种黑色包装的咖啡装到购物车里。

至少我们知道你会站在哪一边，我说。

他抬头，左手拿着一包埃塞俄比亚咖啡，脸上带着似笑非笑的神情。

谁？他问。那个对我再也不感兴趣的，还是那个拿我当性消遣的？

我感到整张脸猛地红起来。尼克把咖啡袋放下，但他还没开口我就走开了。我一路走到熟食柜台，再走到超市背后卖甲壳纲类生鲜的水缸。这些甲壳纲动物看起来非常古老，像神话遗迹。它们用钳子徒劳地敲击着水缸玻璃壁，用谴责的目光盯着我。我把冷的一面手贴在脸上，恶狠狠地盯着它们。

伊夫林从熟食区走过来，提着一只蓝色的薄塑料盒子，里面装着草莓馅饼。

别跟我说清单上还有龙虾，她说。

没有，我没听说。

她看着我，露出一个鼓励的微笑。不知道为什么，鼓励似乎是伊夫林和我打交道的主要模式。

大家今天都有点紧绷绷的，她说。

我们看见尼克推着购物车从另一条长廊穿出来，但他没看见我们就拐弯了。他右手捏着梅丽莎手写的单子，左手调整着购物车的方向。

去年发生了点意外，她说。瓦莱丽来的时候。

哦。

我们一同跟在尼克身后，我等着她说得更详细些，不过她没有。超市收银台附近有一方花店，摆着新鲜的盆栽植物和一桶桶剪下来的康乃馨和小菊花。尼克挑了两束粉色玫瑰和一束混搭的花。玫瑰花瓣又大又性感，花心收得很紧，隐在深处，就像某种带性意味的噩梦。他把花递给我时我没看他。我沉默着抱着它们走向收银台。

我们一起走出超市，没怎么说话。雨珠打在我们的皮肤、头发上，打在停车场里的车上，它们像一具具昆虫尸体。伊夫林开始讲有一次她和德里克把车用渡轮托运过来，在开往埃塔布勒的路上爆了胎，尼克不得不开车过来替他们换胎。我猜她讲这个故事大概是想哄尼克开心，讲点他过去做过的好事，甚至可能她自己都没有意识到。我这辈子从来没有那么高兴见到你过，伊夫林说。你本来可以自己换胎的，尼克说。要是你没有嫁给一个独裁者的话。

我们在房子背后停好车，博比跑出来，后面跟着那条狗。雾还没完全散掉，尽管这会儿都快中午了。博比穿着亚麻短裤，腿看上去很长，晒成小麦色。狗叫了两声。我来帮忙提东西，博比说。尼克勉强递给她一包采买，她看着他，像在试图传达什么信息。

我们走后一切还好吧？尼克问。

情绪高度紧张，博比答。

哦老天，尼克说。

他又递给她一包东西，她把它抱在肚皮前面。他提着剩下的东西，伊夫林和我小心翼翼地走进房间，抱着花和甜点，就像两个爱德华七世时代的女用人。

梅丽莎在厨房里，厨房没了桌椅，显得空荡荡的。博比上楼继续打扫瓦莱丽的卧室。尼克无言地把购物袋放在窗台上，开始收拾买来的东西，伊夫林把甜点盒放进冰箱上层。我不知道该把花放到哪里，就一直抱着。它们闻起来既新鲜又可疑。梅丽莎拿手背擦了擦嘴唇，说：哦，你们还是决定要回来的。

我们没走那么久吧？尼克问。

看上去要下雨了，梅丽莎说，我们只能把桌椅都搬到前屋的餐厅里。特别丑，椅子都不配套。

那是瓦莱丽的椅子，尼克说。我觉得她自己清楚它们究竟配不配套。

我没觉得尼克在尽全力安抚梅丽莎的情绪。我站在那儿，抱着花，准备说点什么，比方说：你们想让我把花放在哪儿？但我说不出话来。伊夫林正在帮尼克把东西拿出来，梅丽莎在检查我们买的水果。

你记得买柠檬了吧？梅丽莎问。

没有，尼克说。在单子上吗？

梅丽莎的手从油桃上垂下来，又举到她的额头上，就好像她要晕过去了一样。

我简直不敢相信，她说。你要出门的时候我跟你说了的，我专门说了不要忘了买柠檬。

好吧，我没听见。尼克说。

一阵短暂的沉默。我意识到我的大拇指根处一块柔软的皮肤顶在了一根刺上，已经开始发紫了。我试图重新调整花束，免得再被它们弄伤，同时又不让其他人意识到我还在房间里。

我一会儿去街边小店里买点，尼克最后说。又不是世界末日。

简直不敢相信，梅丽莎说。

我应该把这个放哪儿？我问。我是说，我能不能把它们插到花瓶里，还是？

房间里所有人都转过来看我。梅丽莎从我双臂里提出一束花，然后朝里面看。这些茎干得剪，她说。

我来剪，我说。

好，梅丽莎说。尼克会告诉你我们放花瓶的地方。我要去帮德里克收拾餐厅。非常感谢诸位今早的辛苦帮忙。

她离开房间，把门摔在身后。我心想：这个女人？这就是你爱的女人？尼克从我手臂间抽出花束，把它们放在柜台上。花瓶在水槽下面的橱柜里。伊夫林焦虑地看着尼克。

对不起，伊夫林说。

你别道歉，尼克说。

我大概该去帮帮忙。

当然，请便。

伊夫林走后，尼克拿一把剪刀把花束从塑料包装里取出来，开始修剪。我来吧，我说。你去买柠檬。他没看我。她喜欢斜着剪花茎，他说。你知道我的意思吗，斜着剪？像这样。他斜着把一支花茎尾部剪掉。我也没听见她之前说要买柠檬，我说。他听后笑了，博比走进来，我们背对着她。你现在要站在我这边了，是不是？他问。

我就知道你们背着我在交好，博比说。

我以为你在打扫卧室，尼克说。

就一个房间，博比说。还能打扫得有多干净。你是在把我支走吗？

我们走后发生了什么？尼克问。

博比跳上窗台，晃荡双腿，我一根一根地剪花茎，剪下的茎尾落在水槽里。

我认为你太太今天有点紧张，博比说。她之前对我折床单的技巧也不太满意。而且她还对我说她不希望瓦莱丽到后我“说任何挖苦富人”的话。她的原话。

尼克听了开始大笑。博比总是能把他逗乐，而我明白我总体来说或许给他的痛苦多过快乐。

剩下的下午，梅丽莎打发我们做各种琐事。她觉得杯子不够干净，于是我在水槽里把它们重洗了一遍。德里克拿了一瓶花去瓦莱丽的房间，还在床头柜上放了瓶气泡水和一只干净的杯子。博比和伊夫林一起在客厅熨了几只枕套。尼克出去买了柠檬，后来又出去买了方糖块。傍晚刚刚降临时，梅丽莎在做饭，德里克在擦银器，尼克、伊夫林、博比和我坐在尼克的房间里茫然地东看西看，相对无言。感觉我们像胆大的小孩儿，伊夫林说。

咱们开瓶红酒吧，尼克说。

你有什么遗愿未了吗？博比问。

没有，开吧，伊夫林说。

尼克下楼去车库，然后带回一些塑料杯和一瓶法国桑赛尔红葡萄酒。博比仰面躺在他床上，每次他让我高潮后我也经常那样躺着。伊夫林和我并肩坐在地板上。尼克把红酒倒进杯子，我们倾听德里克和梅丽莎在厨房说话。

瓦莱丽究竟是什么样的？博比问。

伊夫林咳嗽了一声，什么也没说。

哦，博比说。

喝完第一杯酒后，我们听见梅丽莎在厨房里叫尼克。他站起来，把酒瓶递给我。伊夫林说：我跟你一起去。他们一起出去了，带上了门。博比和我沉默着坐在房间里。瓦莱丽说她七点钟到镇上。现在已经六点半了。我给博比和我都续了杯酒，然后又坐下来，背靠着床。

你知道尼克喜欢你的吧？博比问。别人都注意到了。他讲笑话时都看你有没有笑。

我咬着塑料杯沿，直到听见它裂开的声音。我埋下头，看见边沿形成了一道垂直的白线。我想起博比前天晚上玩游戏时的举动。

我们玩得拢，我最后说。

完全有可能发生的。他是个失败的演员，他的婚姻也完了，这些都是完美的配料。

他难道不是个还算成功的演员吗？

好吧，从前他似乎能出名，但后来他没有，现在他太老了，或者有其他别的原因。和一个比他年轻的女人谈恋爱大概能让他找回一点自尊。

他才三十二，我说。

我认为他的经纪人已经放弃他了。不管怎么说，他看起来就像很尴尬自己还活着一样。

我感觉到一种越来越强烈的恐惧，伴随着我听博比说话，一种纤细却可感的恐惧在我肩头散开。最初我不明白这是什么。感觉像一种眩晕，或者生暴病之前那种模糊却诡异的感觉。我努力去想究竟是什么造成的，是不是我吃了什么东西，或者之前坐了那趟车。直到我想起昨晚发生的事我才明白究竟是什么原因。我很愧疚。

我确定他还爱着梅丽莎，我说。

有人可以爱一个人的同时和另外的人搞外遇的。

和一个爱着别人的人上床我会很郁闷的。

博比听后坐了起来，我能听见她的动静。她把腿晃下床，我知道她正在俯视着我，俯视我的头皮。

我感觉你认真地考虑过这事，她说。他挑逗你了还是干了什么？

倒也不算。我只是觉得我不喜欢当别人的备选。

倒也不算？

我的意思是，他大概只是想让她嫉妒，我说。

她从床上滑下来，握着酒瓶，然后把它递给我。我们一起坐在地板上，上臂贴着上臂。我往那只裂了的塑料杯里洒了一点点红酒。

你可以爱不止一个人，她说。

我很怀疑。

这和有超过一个朋友有什么区别？你和我是朋友，但你也有其他朋友，这难道说明你并不重视我吗？

我没有其他朋友，我说。

她耸耸肩，拿回红酒瓶。我把杯子转了个方向，这样酒就不会从裂缝里洒出来，我喝了两大口温暖的酒。

他跟你示好了吗？她问。

没有。我只是在说如果他真这么做了我也不会感兴趣的。

你知道吗，我亲过一次梅丽莎。我没跟你说过，对吧？

我转过头，盯着她，拧着脖子盯住她的脸。她笑了。她脸上带着有点古怪的、梦幻的神情，比平时还要好看。

你说什么？什么时候？我问。

好了，我知道了。就是她生日那回，在花园里。我们都喝醉了，你在床上睡觉。那事挺蠢的。

她盯着那瓶红酒。我看着她的侧脸，盯着这一串奇特的轮廓。她耳边有一道小划痕，大概是她自己挠的，颜色跟一朵花一样红。

什么？她问。你瞧不起我吗？

没，没有。

我听见瓦莱丽的车开进屋外私人车道的声音，我们把那瓶红酒塞到尼克的枕头底下。博比把她的手臂穿过我的，然后轻轻地亲了一下我的脸颊，这让我有点惊讶。她的皮肤很软，头发嗅起来是香草味的。我看错梅丽莎了，她说。我吞了一下口水，说：嗯，我们都有犯错的时候。

17

晚餐我们吃了鸭子配烤小土豆和沙拉。肉甜得像苹果汁，从骨头上一剥即落，一缕缕黄油味的深色肉丝。我努力放慢速度以示礼貌，但我很饿又很累。餐厅很大，铺木地板，一扇窗户面向街道，外面雨意绵绵。瓦莱丽说话是那种有钱英国人式的口音，太有钱了，以至于都不好笑了。她和德里克谈论出版业，我们其余的人都很沉默。瓦莱丽认为很多出版界的人都是冒牌货和雇佣文人，但她似乎觉得这很有趣，而不是因此难过。中途她拿方巾一角抹去了红酒杯上的一块污迹，我们都看着梅丽莎的脸，它皱缩了一下，然后像弹簧一样塌了下去。

尽管梅丽莎在用餐前用心介绍了我们所有人，瓦莱丽还是在吃甜点时询问博比是谁。博比报上姓名，瓦莱丽说：哦，如我所料。不过我得很抱歉地说，这种长相是经不起老的。我之所以能这么告诉你是因为我现在已经是个老女人了。

幸亏博比有的不仅仅是美貌，伊夫林说。

好吧，早点结婚，这是我的建议，瓦莱丽说。男人是很善变的。

了解，博比说。不过实际上我是同性恋。

梅丽莎脸红了，盯着她的杯子。我无声地抿紧嘴唇。瓦莱丽抬起一边眉毛，拿她的叉子指在我和博比之间。

我懂了，瓦莱丽说。你们两个是……？

哦不是，博比说。以前是，现在不是。

哦，我就说嘛。瓦莱丽说。

博比和我对视了一眼，然后转过头去，免得大笑或者尖叫出来。

弗朗西丝是个作家，伊夫林说。

呃，差不多算是吧，我说。

别说差不多，梅丽莎说。她是个诗人。

她写得好吗？瓦莱丽说。

在此期间她没有抬头看我。

她写得很好。梅丽莎说。

哦好吧，瓦莱丽说。我一直认为写诗没什么前途。

在我看来外行对诗歌的前途说不上有什么看法，再加上瓦莱丽反正也没注意到我的存在，我没说什么。博比在桌下踩我脚趾，并咳嗽了一下。吃完甜点后，尼克去厨房泡咖啡，他刚走，瓦莱丽就把叉子放下，瞥向关上的门。

他看起来没怎么好啊，是不是？她问。他身体怎么样了？

我盯着她。她还没有对我说过一句话，也没有直接问过我一句话，而且我知道她会假装没注意到我的视线。

时好时坏，梅丽莎说。他前段时间挺好的，但我觉得他上个月出了点状况。在爱丁堡的时候。

对，他得了肺炎。

不仅仅是肺炎，梅丽莎说。

太可惜了，瓦莱丽说。但他真的很消极。他总是任由自己被这些事情压垮。你记得去年吧。

我们没必要拉着姑娘们回忆一遭吧？伊夫林说。

没什么可保密的，瓦莱丽说。咱们这儿都是朋友。我很抱歉，尼克得了抑郁症。

没错，我知道。我说。

梅丽莎抬头看我，我没理她。瓦莱丽盯着插花，心不在焉地把一朵花往左挪了点。

你是他的朋友，对吧，弗朗西丝？瓦莱丽问。

我本来以为咱们这儿都是朋友，我说。

她终于看向我。她戴着一条非常艺术的棕色树脂首饰，手指上套着大而华美的戒指。

好吧，我知道他不会介意我询问他健康的，瓦莱丽说。

那么或许你可以在他在场时询问，我说。

弗朗西丝，梅丽莎说，瓦莱丽是我们的老朋友了。

瓦莱丽笑了，然后说：拜托，梅丽莎，我还没那么老吧，是不是？我的下巴在抖。我把椅子从桌边往后推，然后离席。伊夫林和博比目送着我，就像一辆开远的汽车上，后窗旁摆的不断点头的小狗。尼克在走廊里，端着两杯咖啡。嘿，他说。哦，出什么事了？我摇摇头，耸耸肩，这姿势很傻，什么意义都表示不了。我穿过他，走下后屋台阶，进了花园。我没有听见他跟在我身后，我猜他进餐厅和其他人汇合了。

我走到花园最低处，然后推开通向后巷的门。正在下雨，我穿着一件短袖衬衫，但并不觉得冷。我一把关上门，继续背对房子，向沙滩走去。我的脚越来越湿，我狠狠地用手背揉脸。汽车驶过，车灯是耀眼的白色，但街上除我之外空无一人。通往沙滩的小路没有街灯照明，这时我开始感觉冷。可我不能回去。我站在原地，双臂环抱发着抖，感觉到雨水浸透我的衬衣，棉布贴在我皮肤上。

其实尼克不大可能会被瓦莱丽的话刺痛。哪怕他真的发现了，他大概只会耸耸肩。我替他感到的痛苦似乎和他自己可能会感受到的毫不相关，这种现象在我身上也发生过。我们高中最后一年，博比竞选学生委员会的主席，她得了十二票，有个女孩得了三十四票。我看得出，博比有点失落，但并不沮丧。她微笑着，祝贺获胜者，然后上课铃响了，我们开始收拾书本。但我没有去上课，而是把自己锁在楼上卫生间一个小隔间里，哭到我听到午餐铃响，哭到肺痛，脸被揉得生疼。我没法解释究竟是什么让我感到如此凶猛、强烈的痛苦，有时一旦我想起那场竞选，我的双眼都会傻气地涌起眼泪。

终于，我听到后门开了，凉鞋在地上吧嗒有声，博比的声音响起：你这个笨蛋。你在干吗？快进来喝咖啡。一开始我没法在黑暗中看见她，但随即我感受到她的手臂穿到我的手臂下，听到她的雨衣摩擦有声。真是出好戏，她说。我有阵时间没见你发脾气了。

见鬼去吧，我说。

别激动。

她把小小的温暖的头垫在我脖子上。我想起她在湖边脱衣服的样子。

我恨那个女人，我说。

我能感觉到博比的呼气拍打在我脸上，没有加糖的咖啡那种苦苦的余味，然后她亲吻了我的嘴唇。她抽身时我抓住她的手，试图瞪她，但天太暗了。她就像一股思绪一般挣脱了我的手。

我们不应该这样，她说。显而易见。不过当你义愤填膺时你很可爱。

我的双臂毫无用处地垂荡在我身侧，她开始朝屋子走去。在掠过的街灯下，我看见她把两手揣在雨衣兜里，踩过一个个水洼溅起水花。我跟在后面，找不出话可说。

房子里那伙人已经散了，有的在客厅，有的在厨房，屋里放着音乐。我浑身湿嗒嗒的，镜中我的脸带着一种气鼓鼓的、不自然的粉红色。我跟着博比去厨房，伊夫林、德里克和尼克站在一起喝着咖啡。哦，弗朗西丝，你湿透了，伊夫林说。尼克背靠水槽站着，他从壶里倒出一杯咖啡递给了我。我们的眼睛似乎正在自顾自地说话。对不起，我说。伊夫林摸摸我的手臂。我吞下咖啡，博比说：我给她拿根毛巾吧？你们这群人啊，真的是。她把门关上走了。

对不起，我又一次说。我发脾气了。

是的，真遗憾我错过了，尼克说。我都不知道你还有脾气可发。

我们一直注视着对方。博比从房里回来，递给我一条毛巾。

我想起她的嘴，那种陌生又熟悉的味道，然后打了个冷战。我似乎再也无力控制正在发生的或者将要发生的一切。就好像我发了一场漫长的高烧，我只能躺着，等它慢慢变好。

我的头发干了之后，我们去另一个房间找梅丽莎和瓦莱丽。瓦莱丽很夸张地表示很高兴见到我，还表示有兴趣读一读我的作品。我露出孱弱的微笑，四下搜寻有什么可说或可做的。当然了，我说。我以后给你发点我的东西，没问题。尼克拿出一些白兰地，他替瓦莱丽倒了一份酒，她像母亲一样抓住他的手，说，啊，尼克，要是我的儿子们有你这么帅就好了。他递给她一个玻璃杯，然后说：有吗？

瓦莱丽就寝后，我们陷入紧张的、充满敌意的沉默。伊夫林和博比试图谈论一部她们都看过的电影，但最后大家发现她们想的是两部不同的电影，于是讨论戛然而止。梅丽莎起身把空玻璃杯带进厨房，然后说：弗朗西丝，你能不能帮我搭把手？我站起身。我能感觉到尼克注视着我，就像一个小学生注视着他母亲走进校长办公室。

我们端起剩余的杯子走进厨房，厨房很暗。梅丽莎没开灯。她把杯子放进水槽里，然后站在那里，双手捂着脸。我把端着的东西放在料理台上，问她还好吗。她停顿了很久很久，我以为她要开始尖叫或摔东西了。然后她迅速地拧开水龙头，开始把水槽接满。

你知道我也不喜欢她的，梅丽莎说。

我看着她。在昏暗中她的皮肤泛着银光，似鬼非鬼。

我不想你认为我喜欢她，或者我喜欢她谈论尼克的方式，或者我认为她的举止是得体的。我并不这么觉得。很抱歉晚餐时让你难受了。梅丽莎说。

不，我很抱歉，我说。我不该惹事的。我不知道我为什么要那么做。

别道歉。我要是有骨气的话我也会这么做。

我吞了一下口水。梅丽莎关掉水龙头，开始搓洗水槽里的杯子，她洗得很马虎，不怎么关心它们上面还有没有污渍了。

我觉得要是没有她帮忙我应该没法出版我的新书，梅丽莎说。告诉你这件事感觉挺丢人的。

不，一点都不。

我也很抱歉今天下午这么无理取闹。我知道你对我是什么看法。去年发生那件事后我真的很焦虑。但我想告诉你，我通常不是那么对尼克说话的。很明显我们之间的关系不算融洽，但我真的爱他，你知道吗。这是真的。

当然了，我说。

她继续冲洗着杯子。我站在冰箱边，不知道该说些什么。她抬起一只湿淋淋的手，沾了沾双眼下面的肌肤，然后把手放回水槽。

你没在和他上床吧，弗朗西丝？梅丽莎问。

哦老天，我说。没有。

好吧。对不起。我不该问的。

他是你丈夫。

对，我知道。

我一直站在冰箱边。我出了一身汗。我能感觉到汗液滑下我的颈背，流到两肩之间。我什么也没说，我把舌头咬住。

你可以回去和他们坐坐，她说。

我不知道该说什么，梅丽莎。

去吧，没事了。

我回到客厅。他们全都把脸转过来看我。我去睡个觉，我说。每个人都说这是个好主意。

/

那天晚上我敲尼克的门时，他把灯都关了。我听见他说进来，我把门关上，低声说：是我，弗朗西丝。嗯，我猜是你，他说。他坐起来，把灯打开，我站在他床头。我把梅丽莎问我的话告诉他，他说她也问过他同样的事，但时间上更早些，就在我当时在外面淋雨时。

我否认了，尼克说。你否认了吗？

当然了。

那瓶桑赛尔红酒立在他的床头柜上。我把它提起来，拔掉塞子。尼克看着我喝，我把瓶子递给他时他也喝了。他把最后那点喝光了，然后把它放回床头柜上。他盯着他的指甲盖，然后盯着天花板。

我不太擅长这种对话，他说。

我们不需要说话，我说。

好吧。

我爬上床，他把我的睡裙掀起脱掉。我把手臂环绕在他的脖子上，紧紧地抱着他。他亲了我像倒扣的碗一样紧实的腹部，亲了我大腿内侧。当他给我口交时我咬住手，避免出声。他的嘴巴感觉很硬。我的牙齿把大拇指咬出了血，我的脸已经湿了。当他抬起头时，他问，这样可以吗？我点头，感觉到床头在顶墙壁。他跪着立起身，我任由嘴巴发出一种绵长的、低语一样的音节，像一只动物会发出的声音。尼克抚摸着我，我把双腿闭紧，说，不，我要来了。哦，那很好，他说。

他从床头柜里取出盒子，我闭上双眼。我在那时感觉到他的身体，他散发的热气，和复合的重量。我的食指和拇指紧紧捏着他的手，好像我在试图把它压成一个可以吸收的大小。好，我说。我试图不让它这么快就结束。他深深地进入了我，我感觉我快死了。我用双腿缠住他的背，他说，老天，我喜欢这样，我喜欢这样做。我们一遍又一遍地耳语对方的名字。然后就结束了。

完事后我把头放在他的胸口，听他的心跳。

梅丽莎似乎是个好人，我说。你知道的，我的意思是，内心深处。

没错，我觉得她是。

这是不是说明我们是坏人？

我希望不是，他说。至少不是你。或许我是。

他的心开始加速跳动，像一口亢奋或痛苦的钟。我想起博比曾读过一篇干涩又带有意识形态的文章，讲开放关系的爱情，我想告诉尼克这篇文章，或许当作笑话一样讲出来，并不完全认真，只是当作一个悬浮的可能性，看看他是什么想法。

你考虑过告诉她我们的事吗？我问。

他叹口气，是那种听得见的叹息，像一个单词。我坐起来，他用悲伤的眼睛看着我，就好像这个话题压垮了他。

我觉得我应该告诉她，他说。让你为了我撒谎让我觉得很难受。而且我甚至都不擅长撒谎。梅丽莎那天问我是不是喜欢你，我承认了。

我的手掌放在他的胸骨上，我能感觉到他的血液在皮肤下跳动。哦，我说。

但是如果我告诉她了会怎么样？他说。我的意思是，你希望发生什么？我并不觉得你想让我搬过来和你一起住。

我笑了，他也笑了。尽管我们是在笑这段恋情不会有任何结果，但这还是感觉很好。

不，我说。但她也有过外遇，她并没有搬出去。

没错，但你知道吗，当时情况非常不一样。你看，很显然，最理想的情况是我告诉她，她说，去吧，过你的日子，我不在乎。我甚至不是在说那样的事不会发生，我只是在说它可能不会发生。

我的手指沿着他的锁骨滑动，说：我不记得一开始时我有没有想到过这一点——这一切注定会以难过告终。

他点点头，看着我。我想过，他说。我只是觉得这样也值得。

有几秒钟，我们沉默了。你现在怎么想？我说。我猜这取决于最后有多难过。

不，尼克说。虽然很奇怪，不过我不认为最后会难过。但是，我会跟她说的，怎么样？会有办法的。

我还没来得及说话，我们听见暗梯上传来脚步声。我们都没说话，脚步声来到门后。传来一阵敲门声，博比的声音说：尼克？他把灯关掉，说：唉，来了。他下床，穿上一条运动裤。我躺在床垫上，看着他。然后他打开门。我没法透过缝隙的灯光看见博比，我只能看见尼克的背影，他的手臂撑在门框上。

弗朗西丝不在房间里，博比说。我不知道她在哪里。

哦。

我检查了厕所和外面的花园。你觉得我应不应该去找她？我们要把其他人叫醒吗？

不，不用，尼克说。她，嗯。哦，上帝。她跟我在一起。

然后是一段长长的沉默。我没法看见博比的脸，或者尼克的脸。我想到她之前亲吻我的嘴唇，说我“义愤填膺”。尼克居然以这种方式告诉她，简直太糟糕了。我都能看出有多糟糕。

我没意识到，博比说。对不起。

不，这很自然。

好吧，对不起。晚安。

他祝她晚安，然后关上门。我们听着她的脚步声沿着暗梯降到地下层。哦，操，尼克说。操。我面无表情地说：她不会跟别人讲的。尼克发出一声令人恼火的叹息，说：好吧，我希望如此。他感觉心不在焉，就好像他意识不到我在房间里。我穿上睡裙，然后说我回楼下睡觉了。没问题，好的，他说。

第二天早上博比和我出发时尼克还在睡觉。梅丽莎送我们走到车站，我们带着行李，然后她静静地看着我们上了巴士。

第二部

18

那时是八月末。在飞机场，博比问我：你们俩这事，有多长时间了？我告诉了她。她耸耸肩，就像在说，好吧。从都柏林机场乘巴士回家的路上，我们听见一则新闻，一个女人在医院去世了。这是我之前听过的新闻，后来我忘了。反正我们太累了，没有精力讨论它。外面在下雨，打在巴士窗户上，我们在大学外面下了车。我帮博比把她的行李箱从放行李的隔间提出来，她挽起雨衣的袖子。大雨倾盆，她说。老样子。我要坐火车回巴利纳和我母亲住几晚，我跟博比说我会给她打电话。她拦了一辆出租车，我走向公交车站，赶 145 路去都柏林休斯顿火车站。

我到巴利纳那晚，母亲做了番茄牛肉意面，我坐在厨房桌边，把头发的结理顺。厨房窗外叶片上挂着雨丝，像一方方波纹绸。她说我晒黑了。我任由几根分叉的头发从指上落到厨房地板上，然后说：是吗？我就知道。

你在那边时跟你爸有联系吗？

他给我打过一次电话。他不知道我在哪里，他听起来喝醉了。

她从冰箱里拿出一个装着蒜味面包的塑料袋。我的喉咙很疼，我想不出说些什么。

他以前没这么糟的吧？我问。感觉更严重了。

他是你爸，弗朗西丝。该我问你。

我可没跟他朝夕相处。

壶里的水快烧开了，炉盘和烤面包机上笼罩着水壶释放出的大团蒸汽。我打了个抖。我没法相信早上是在法国醒来的。

我的意思是，你嫁给他时他是这样的吗？我问。

她没有回答。我看向花园，白桦树上挂着给鸟喂食的喂鸟器。我母亲对某些鸟很偏爱，喂鸟器是为那些娇小且脆弱惹人怜的鸟类准备的。乌鸦是完全没戏的。每当她看见它们她都会把它们赶走。它们都是鸟，我曾指出。她说没错，但有些鸟能照料自己。

摆桌时我感到一阵头痛袭来，但我不想说出来。每当我对母亲说我头痛，她都会说这是因为我没吃够，于是血糖低，不过我从没查过她这个说法背后的科学依据。饭菜做好后，我能感到背上也开始疼起来，就像某种神经痛或者肌肉痛，导致我没法坐直。

我们吃完后，我帮忙把碗装进洗碗机里，母亲说她要看一会儿电视。我把行李箱搬到房间，上楼时我发现我根本没法站直了走。我能看到的似乎比平时更亮也更清晰。我害怕走得太用力，就像我害怕它会把疼痛激发出来，让它变得更严重。我慢慢走进厕所，把门关上，双手扶住水槽。

我又在流血了。这次血浸透了我的衣服，我没有力气即刻把它们全都脱下来。我分了好几步，扶着水槽，终于脱掉了衣服。脱下的衣服湿湿的，像伤口处脱落的皮肤。我把自己裹在门背后挂的一件浴袍里，然后坐在浴缸沿上，双手紧紧按住腹部，沾了血的衣服弃在地板上。刚开始我感觉好点了，然后又更难受了。我想冲澡，但我怕我太虚弱了会摔倒或晕过去。

我意识到出的血里还有一坨坨灰色的东西，像皮肤组织。我从来没有看过这种东西，我吓坏了，我唯一能想到的安慰自己的念头是：或许这一切没有发生。每当我开始恐慌时我就不断回到这个念头，好像失去理智、出现平行现实的幻觉没有实际发生的事那么可怕一样。或许它真的没有发生。我任由双手颤抖着，等待感觉恢复正常，直到我意识到这不只是一种感觉，不是我可以自己排解的东西。这是一件我没法改变的外界现实。我从来没有感受过这样的疼痛。

我蹲下来拿手机，然后拨了家里的电话。母亲接起来时我说：你能上来一会儿吗？我有点不舒服。我能听见母亲上楼，问：弗朗西丝？甜心？她进来后我告诉她发生了什么。我太疼了，感觉不到尴尬，或者恶心。

你例假晚了吗？她问。

我试图想这个问题。我的例假从来没有特别准过，我估计距离上一次来有大概五周，不过也可能更接近六周。

我不知道，大概吧，我说，怎么了？

有没有可能你怀孕了？

我咽了一下口水。我没说话。

弗朗西丝？她问。

可能性极小。

但并不是不可能？

我的意思是，没有什么事是不可能的，我说。

好吧，我不知道该跟你说什么。要是你这么痛的话，我们得去医院。

我用左手抓着浴缸边，直到指关节都发白了。然后我转过头，朝着浴缸呕吐。过了几秒后，我用手背擦擦嘴，说：对，我们大概得去下医院。

/

等了很久后，他们在意外急诊病房给我安排了一张床。母亲说她要回家，睡上几个小时，要是有什么事叫我打电话给她。疼痛没有那么严重了，但没有完全消退。她跟我道别时我抓着她的手，她的掌面又大又暖，就像某样能从土里长出来的东西。

我上床后，一个护士给我挂了一个点滴，但她没告诉我点滴是干什么用的。我试图平静地盯着天花板，在脑中从十开始倒数。我躺在床上看，大部分病人都是老人，但病房里有一个年轻男人，要么醉了要么就是嗑药嗑嗨了。我看不见他，但能听见他在哭，然后向所有经过的护士道歉。然后护士们说：好了凯文，你没事了，乖。

来给我抽血取样的医生看上去不比我大多少。他似乎需要采很多血，还要取尿样，还问我一些性生活史相关的问题。我告诉他我从未在没有保护措施的情况下做爱，他并不相信似的动着下唇，说：从来没有，好吧。我咳嗽了一下，说：好吧，并不完全。然后他越过记事板看我。看他的表情，很明显他认为我是个蠢货。

不完全有保护措施？他问。我不明白你的意思。

我能感觉到我的脸烧起来，但我尽量用干巴巴的、满不在乎的声音回答。

不，我的意思是，不算完全的做爱。我说。

嗯。

然后我看着他，说：我的意思是他没有在我体内射，我说得很清楚了吧？他于是看回记事板。我们都强烈地恨着对方，我能看出来。走之前，他说他们会用尿液检测我是否怀孕了。一般来说 hCG[①] 在十天内都会升高，走前他这么说。

我知道他们之所以要测孕是因为他们认为我流产了。我不知道是不是那些组织块让他们这么以为。一股灼热的焦虑在我心中升起，无论是什么外部诱因激发了它，它的形式总是一样的：首先我认为我会死，然后其他人也会死，最后宇宙会在高温中灭亡。这种思路向外无穷扩展，最后大到我的身体无法容纳。我颤抖着，掌心汗湿，感觉又要吐了。我毫无意义地捶腿，好像这样能阻止宇宙灭亡一样。然后我从枕头底下找出手机，拨了尼克的电话。

铃响了好几声他才接起来。我说话时听不见自己的声音，但我觉得我大致说了我想跟他说话。我的牙齿在打战，我大概说的都是胡话。他说话时声音压得很低。

你喝醉了吗？他问。你这样给我打电话是干什么？

我说我不知道。我的肺在烧灼，额头很湿。

现在这里才凌晨两点，你知道吧，他说。所有人都还醒着，在另一个房间里。你是想给我惹麻烦吗？

---

① hCG（绒毛膜促性腺激素），女性妊娠前八周增长很快，用于判断是否受孕的关键指标。

我又说我不知道，他又对我说我听起来像喝醉了。他的声音里混杂着掩藏和愤怒，它们的比例很特别：掩藏让愤怒更饱满，愤怒是因为需要掩藏。

任何人都可能看到你在给我打电话，他说。老天，弗朗西丝。要是有人问起来我该怎么解释？

此时我又开始难受起来，这种感受好过恐慌。好吧，我说。再见。然后我挂断了电话。他没有打回来，但他发了一条短信，上面是一长串问号。我在医院，我输入道。然后我长按住删除键，直到整条消息都消失，一个字母匀速地跟着上一个字母。然后我把手机重新塞到枕头底下。

我试图让自己有条理地思考这些事。焦虑不过是一种产生负面情绪的生理反应。情绪只是情绪罢了，没有任何实体。如果我真的曾经怀过孕，那么估计我也已经流产了。所以呢？怀孕已经结束了，我不必考虑爱尔兰宪法、旅行权①、我目前的银行存款等等问题。尽管如此，它还是意味着在某段时间里，我的身体在我不知情的情况下怀着尼克的孩子，或者一个由一半我一半尼克神秘组合而成的孩子。这似乎是我需要调整适应的一个事实，尽管我不知道什么是“调整”，或者怎么“调整”，也不知道我此刻是否完全理性。我现在很累。我闭上眼睛。我发现我在想这孩子是不是个男孩。

几小时后医生回来了，向我确认我没有怀孕，这也不是流产，我的血液里也没有检查到感染或者其他不正常指标。他能看出，在

① 受天主教影响，爱尔兰宪法承认胎儿拥有同等人权，因此禁止堕胎，除非母亲生命受到威胁。修正法案同意母亲出国旅行，在国外进行堕胎。

他和我说话时我一直在颤抖，我的脸很湿润，我大概看起来像一条被吓傻的狗，但他没有问我有没有事。那又怎么样，我心想，我没事。他告诉我妇科医生八点上班，到时会来看我。然后他就走了，没有拉上帘子。外面开始亮起来，我没有睡觉。这个不复存在的孩子成为一种新的不复存在，成为一种不再存在但其实根本就没存在过的东西。我觉得自己很蠢，现在看来我曾怀过孕这个想法简直天真到让我感伤。

八点时妇科医生来了。她询问了我的例假周期，然后把窗帘拉上，给我做骨盆检查。我不知道她的手具体在干什么，但不管她在做什么，我都觉得疼得要命。那感觉就像它在拧我体内某道极其敏感的伤口。检查结束后我把双臂环抱在胸口，她说什么都点头，但我不确定我是不是真的听见她的话。她刚刚才伸进了我的体内，造成了我所经历过的最严重的疼痛，她居然还在继续说话，好像她以为我能记住她说的东西一样。这在我看来实在太疯狂了。

不过我确实记得她说我需要做 B 超，因为我的病有很多种可能性。然后她给我开了些避孕药，对我说如果我愿意，可以两盒药一起吃，这样可以每六周来一次例假。我说我愿意吃。她说几天后我会收到一封 B 超的通知。

好了，她说。你可以出院了。

母亲在医院门口接我。我关上副驾驶座的车门时，她说：你看起来简直像打了仗似的。我对她说如果生小孩就像骨盆检查一样的话，我很吃惊人类居然存活了这么久。她笑了，摸摸我的头发。可怜的弗朗西丝，她说。我们该拿你怎么办哪？

回家后我在沙发上一觉睡到下午。母亲给我留了张纸条，说她上班去了，如果需要什么就跟她说。醒后我感觉好多了，能够不佝偻着走动，还给自己泡了速溶咖啡，做了吐司。我给吐司抹上厚厚的黄油，然后小口小口慢慢地吃。然后我洗澡，洗到感觉真的很干净了，就裹在浴巾里蹑手蹑脚走回卧室。我坐到床上，头发上的水流到背上，然后大哭了一场。哭也没关系，反正没人能看见我，反正我不会跟任何人说。

哭完后我感觉非常冷。我的指尖开始变成诡异的白灰色。我仔仔细细用毛巾把皮肤擦干，用吹风机把头发吹到噼啪响。然后我摸到左手肘内侧柔软的部分，用拇指和食指紧紧地掐它，直到把皮肤扯开。就这样。然后就结束了。一切都会变好的。

19

那天下午，我母亲提前回家，她准备鸡肉冷菜，我坐在餐桌边喝茶。做饭时她似乎对我有点冷淡，直到我们坐下吃饭，她才和我说话。

所以你没有怀孕，她说。

没有。

你昨晚似乎不怎么拿得准。

嗯，测试还挺权威的，我说。

她微微露出一个奇怪的微笑，然后拾起盐罐。她小心地在她的鸡肉上撒了一点盐，然后把盐罐放到胡椒罐旁边。

你没跟我提起过在跟谁约会，她说。

谁说我在跟谁约会了？

是不是那个和你一起度假的朋友。那个帅哥，演员。

我平静地吞下一些茶，但我没有胃口吃饭了。

你知道是他老婆请我们去度假的，我说。

我没怎么听你提他的名字了。你以前经常提。

但是不知道为什么你似乎还是记不住他的名字。

她大笑起来。她说，我记得，叫什么尼克的。尼克·康韦。长得很英俊。我有天晚上还在电视上看见他了，我记得我替你把那节目录下来了。

谢谢你这么善解人意，妈妈。

好吧，我不希望这事和他有关系。

我说晚饭很好吃，然后感谢她替我做饭。

你听见我跟你说话了吗，弗朗西丝？她问。

我现在没法谈这个，真的不行。

我们在沉默中吃完饭。然后我上楼，在镜子里看我的手臂，我自己掐的那个地方。它现在已经泛红，有点肿，碰触的时候有点疼。

/

接下来几天我都待在家里，随处躺着，读书。我有很多下学期要读的学术书可以提前读，但我却开始读福音。不知为什么我母亲在我房间书架上留了一本小小的皮革装订的《新约》，夹在《艾玛》和一本美国早期作品选集之间。我在网上读到应该先从马可开始，按照这样的顺序读其他的福音：马太，约翰，然后路加。我很快就读完了《马可福音》。它被划分成很多小章节，读起来很轻松，我在红色笔记本里抄了一些有趣的段落。在《马可福音》里耶稣没有说太多的话，这让我更想读其他的福音了。

小时候我很讨厌宗教。在我十四岁前，母亲每周日都会带我去做弥撒，但她并不信教，而是将弥撒视作一种社交仪式，在去之前会让我洗头发。尽管如此，我看《圣经》，是认为耶稣大概挺有哲理。结果现在我发现他说的很多话都很晦涩，甚至让人不快。“凡没有的，连他自以为有的，也要夺去”，我不喜欢这个说法，不过也不确定有没有完全理解它的涵义。《马太福音》里有一段，法利赛人问耶稣婚姻是什么，我是在傍晚八九点时读到的，那时母亲正在读报纸。耶稣说，在婚姻中，“夫妻不再是两个人，乃是一体的了。所以，神配合的，人不可分开。”读到这里时我情绪低落。我把《圣经》抛到一边，但心情并未好转。

从医院回来后我收到一封尼克的邮件。

> 嘿。抱歉昨晚接电话时是那个反应。我担心有人看见屏幕上跳出你的名字，然后会流传出去。不过没人看见，我跟他们说是我妈打来的（请不要用心理学理论来分析它）。不过我注意到你听起来有点奇怪。一切还好吧？
>
> p.s. 大家都说你走后我情绪很差。伊夫林认为我在“思念”你，好尴尬。

我读了很多遍，但没有回复。第二天早上医院来了一封信，将 B 超的检查定在十一月。我认为这也等得太久了，母亲说全民医疗就是这个样子。但他们不知道我出了什么毛病，我说。她对我说如果是什么严重问题，他们绝不会让我出院。这我可说不准。不管怎么说，我取了处方上开的药，开始服用。

我给父亲打了好几个电话，但他没接，也没回我。母亲提议我“顺路”去看看他，他家在城那头。我说我身体还是不舒服，不想白跑一趟，因为他没有回电话。作为回应她只是说：他是你父亲。这句话在她口里就像一句祷文。我就当没听见。他又没保持联系。

我母亲讨厌我谈论父亲的口吻，就好像他只是一个普通人，而不是我重要的赞助人，或一个小有名气的人。这种恼怒虽然是针对我的，但也是她失落的症状之一，她很失望我父亲没赢得她希望我能给予他的尊重。我知道他们离婚前，她睡觉时要把钱包塞在枕套里。他穿着内裤在台阶上睡过去那次，我看见她在哭。我看见父亲躺在那里，体型庞大，满脸通红，头枕在一只手臂上。他打呼的样子，仿佛这是他此生最甜蜜的一觉。她没法理解我为什么不爱他。你必须爱他，她在我十六岁时对我说。他是你父亲。

谁说我必须得爱他？我问。

好吧，我想要你成为那种爱自己父母的人。

你高兴怎么想就怎么想。

我坚信我把你养大，教你对他人友善，她说。我就信这一点。

我对他人友善吗？很难找到一个确凿答案。我担心如果我真的有个性，恐怕会是那种不友善的个性。我之所以忧心这个问题，是不是只因为，作为一个女人，我感觉有义务把别人的需求放在自己的需求之前？“善良”是否是面对冲突时屈服的另一种说法？少女时期我曾在日记里写下这些思考：作为一个女性主义者，我有权力不去爱任何人。

我找到博比在法国时提起的那部纪录片的视频，那是 1992 年一档电视节目，叫《神童！》。尼克并不是节目里最主要的神童，一共有六个小孩，每个的兴趣领域都不一样。我快进到尼克看书的部分，旁白解释道尽管“尼古拉斯”才十岁，他已经读过好几部重要的古代哲学著作，并且就形而上学写了若干散文。小时候的尼克很瘦，像竹节虫。第一个镜头展示了达尔基[1]一栋巨大家宅，外面停了两辆气势恢宏的汽车。后来节目中尼克出场了，身后是蓝色背景，一个女人采访他，问他柏拉图理想主义，他回答得很游刃有余，看起来又不自负。中途采访人问：你为什么这么喜欢古代世界？这时尼克紧张地向四周看，像在找他父母。嗯，我并不爱它，他说。我只是研究它。你觉得自己是一位冉冉升起的哲学新星吗？采访人幽默地问。不觉得，尼克非常严肃地说。他拉了拉夹克的袖口。他还在四处张望，似乎在期待谁出来帮助他。那会是我最可怕的噩梦的，他说。采访人笑了，尼克很明显放松了不少。女人们的笑总是能让他放松，我心想。

医院回来后过了几天，我打电话问博比我们是否还是朋友。问她时我能感觉到自己的声音变得很蠢，尽管我试图让它听起来像个玩笑。我以为你那天晚上会给我打电话的，她说。我在医院里，我告诉她。我感觉嘴里的舌头变得很大，不受控制。

你什么意思？她说。

我解释了来龙去脉。

他们以为你流产了，她说。这还挺严重的，不是吗？

是吗？我不知道，我不知道我应该有怎样的感受。

她对着听筒大声叹了口气。我想解释我不知道我应该对这件事有多么强烈的感受，以及在回忆时还能对当时发生的一切有多

① 爱尔兰的富人区。

么强烈的感受。我很恐慌，我想对她说。我又开始想宇宙的热死亡。我给尼克打电话然后又把电话挂了。但是我之所以干这些事是因为我以为我身上要发生一件事，结果它最后没有发生。怀着一个孩子这件事，它蕴含的巨大的情感重量，以及未来可能造成的绵长悲伤，都化为乌有。我从来就没有怀孕过。我没法去哀悼从来都没怀过的孕，这样做或许还很不礼貌，但当我事后回忆时当时感受到的情绪依然真切。过去博比总能理解我对自身痛苦的剖析，但这次我怕自己在论证观点时会对着手机哭。

很抱歉我让你觉得我对你隐瞒了尼克的事，我说。

你很抱歉我这样觉得，好吧。

情况很复杂。

好吧，博比说。估计婚外情可能是这样的。

你还是我的朋友吗?

是。你什么时候去做 B 超?

我告诉她在十一月。我还跟她讲那个医生问我有没有避孕措施，博比听后不屑地哼了一声。我坐在床上，脚盖在床罩下。在另一面墙的镜子里我能看见我的左手，我空出来的手，正沿着枕套缝线上上下下紧张地摸来摸去。我放下手，看见它一动不动停在被子上。

不管怎么说，我不敢相信尼克居然想不戴套就解决了，博比说。太乱来了。

我含糊地替他说话：哦，我们没有……你知道吗，其实不是……

我不是在怪你，她说。我只是对他感到惊讶，仅此而已。

我在想该说什么。我们做的那些蠢事都不像是尼克的错，因为他总是顺从我的提议。

这大概是我提的，我说。

你这么说话听起来很像被洗脑了。

不是，但他真的非常被动。

没错，但他完全可以说不的，博比说。或许他只是想表现得很被动，所以他就不用承担任何过错。

我看到镜中我的手又开始做那个动作了。这不是我想要进行的对话。

你这么说让他听起来非常有心计，我说。

我不是说他是有意的。你跟他说你住院的事了吗？

我说没有。我感觉我张开嘴巴，想解释那通电话，他指责我喝醉了，于是我决定不跟她讲这件事，而是发出“嗯，没有”的声音。

但你和他很亲近，她说。你跟他分享事情。

我不知道。我不知道我们究竟有多近。

好吧，你跟他讲的要比跟我讲的多。

不，我说。没有跟你讲的多。他大概认为我从来不跟他讲任何事。

那天晚上我决定重读和博比的聊天短信。之前我也这么干过一次，那时我们刚分手，现在我又多了好几年的短信可以读。知道我和博比的友谊不仅仅停留在记忆里，知道哪怕她不再喜爱我，如有必要，我仍拥有这份文字证据，这让我很宽慰。显而易见，在我们分手那会儿，这也是我心中最主要的想法。博比永远都没法抵赖，她在某一时期曾非常喜欢我，这点对我来说很重要。

这次我把我们的对话连带着聊天时间放到一个巨大的文档里下载下来。我告诉自己，这文档太大了，没法从头读到尾，于是我决定搜索某些字或词组，然后读它们周围的对话。我第一次试的是“爱”，于是搜索出六个月前我们进行的以下对话：

博比：如果你不把爱视作一种跨人际现象

博比：而把它理解成一种社会价值体系

博比：那么它即与资本主义对立，因为它挑战了自私这一公理

博比：正是自私决定了不平等现象背后的逻辑

博比：但这也是奴性的，图方便的

博比：即母亲无私地将孩子养大，不带有任何谋利动机

博比：这似乎在某种层面上和市场需求相矛盾

博比：然而实际上只是为了提供免费劳动力

我：是的

我：资本主义为了利益生产“爱”

我：爱是话语实践，免费劳动力才是实际效应

我：但我是想说，我都懂，我就是反对字面意义上的“爱”

博比：这是废话，弗朗西丝

博比：你不能光说你反对什么东西

读完聊天记录后我爬下床，脱掉衣服照镜子。我发现自己偶尔会出于某种冲动这样做，不过我似乎没怎么发生改变。我骨盆两侧的髋骨仍然难看地向外突出，我的腹部仍然硬邦邦的，摸起来很圆。我看起来就像某种从勺子里过早落下来的东西，还没来得及定型。我的双肩斑驳散布着若隐若现的紫色毛细血管。我在镜前凝视了一会儿自己，感觉心中的厌恶越来越强烈，仿佛我在试验我的感受能有多强烈。最终我听到包里传出一阵铃声，于是去找它。

当我拿出手机时它显示我有一通来自父亲的未接电话。我打回去，他没接。这会儿我开始有点冷了，就把全套衣服都穿上，然后下楼对母亲说准备去父亲家看看。她正坐在桌边读报纸；她没抬头。好姑娘，她说。替我向他问好。

我沿着老路穿过城区。我没穿外套，在他房前按了门铃，单脚交替跳着取暖。我呼出的气把窗玻璃蒙上了雾。我又按了一次门铃，什么动静也没有。当我开门时，房间里悄无声息。门厅闻起来很潮，还有比潮更糟糕的东西，有点酸馊味。门厅餐桌下有个袋口扎紧的垃圾口袋。我叫着父亲的名字：丹尼斯？

厨房里的灯亮着，于是我推开门，然后出于条件反射地举起手遮脸。臭味太强烈了，几乎像有实体，像高温，或者触摸。餐桌和料理台上积了好几顿剩了饭菜的餐盘，腐坏程度不一，周围堆着脏餐巾和空杯子。冰箱门开着，在地板上漏出一块三角形的黄色灯光。一只青蝇沿着一大瓶蛋黄酱里插的一把餐刀爬行，还有四只抵着厨房窗户扑扇翅膀。我看见垃圾桶里有一小堆白色的蛆，漫无目的地蠕动着，像煮沸了的米。我倒退着逃出房间，关上门。

我在走廊里给丹尼斯打电话。他没有接。站在他的房间感觉就像看见某张熟悉的面庞冲我微笑，只是嘴里没牙。我又想自残了，它能将我带回我安全的身体中。我没这么做，而是转身走了出去。我隔着袖口把门关上。

20

我在文学经纪公司的实习在九月初正式结束。我们每个人都和桑尼有一次面谈，讨论未来规划，以及从这次经历中学到了什么，不过我看不出究竟能有什么好谈的。实习最后一天，我走进她办公室，她叫我关上门坐下来。

嗯，你不想在文学经纪公司工作，她说。

我微笑着，仿佛她在开玩笑。她正在看什么文件，然后把它们放到一边。她把手肘放在办公桌上，若有所思地拿手托着下巴。

我想不明白你，她说。你看起来没什么规划。

没错，我绝对没有。

你只是希望能撞大运。

我透过她身后的窗户，看向美丽的乔治王朝时期风格的建筑和驶过的公交车。又开始下雨了。

跟我讲讲你的假期，她说。梅丽莎写你们的那篇文章怎么样了?

我跟她讲了埃塔布勒，讲了德里克，桑尼认识他；讲了瓦莱丽，桑尼听说过她，并将她称之为一个“可怕的女人”。我扮了个鬼脸，我们笑了。我意识到我不想离开桑尼的办公室，我感觉似乎我正在放手一件还没做完的事。

我不知道我要做什么，我说。

她点点头，然后用力耸了耸肩，表示理解。

不管怎样，你的报告都写得很好，她说。如果你今后需要有人写推荐信的话，尽管找我。我敢肯定过不了多久我们就又会见面了。

谢谢你，我说。一切的一切。

她最后瞧了我一眼，带着同情或者绝望，然后又看回桌上的文件。她让我出去后叫菲利普进来。我照办了。

当晚我在公寓里熬到深夜，往我正在创作的长诗里塞逗号，修修补补。我看见尼克在线，给他发了条消息：嗨。我正坐在厨房餐桌边喝胡椒薄荷茶，因为冰箱里的牛奶馊了。他回复我，问我有没有收到五天前他发的邮件，我说收到了，叫他别在意之前那通我失态的电话。我不想告诉他我当时在医院里，也不想告诉他我住院的原因。这事悬而未决，而且还很难堪。他告诉我法国那边那群人都很想念我和博比。

我：一样想？

尼克：哈哈

尼克：好吧我可能有点，多想你一点点

我：谢了

尼克：晚上我听到有人在楼梯上走就醒过来

尼克：然后想起来你已经走了

尼克：失望透顶

我无声地笑了，虽然这里没人能看见我。我喜欢他像这样和我亲密无间，我们的恋情就像一个我们一同书写和编辑的Word文档，或者一个很长的私密笑话，除了我们没人能懂。我喜欢感觉到他是我的搭档。我喜欢想到他夜里醒过来想我。

我：这其实很萌啊

我：我想念你的帅脸

尼克：我之前本来想发一首歌给你，因为它让我想起你

尼克：但我又猜到你刻薄的回答于是又怂了

我：哈哈哈

我：请发给我！

我：我保证不刻薄

尼克：我能不能打电话给你

尼克：我喝了酒，打字简直累死我了

我：哦你喝醉了，所以才这么好是么

尼克：我认为济慈给你这样的女人取了个名字

尼克：法国名

尼克：你懂我的意思吧

我：请快打

他给我打了电话。电话里他听起来并不很醉，有倦意，让人舒服的那种。我们又说了一遍很想念彼此。我把胡椒薄荷茶捧在

指间，感觉它慢慢变凉。尼克又为那晚的电话道了歉。我是个坏人，他说。我叫他别那么说。不，我坏透了，他说。我是个坏人。他跟我讲他们在埃塔布勒的活动，那里的天气，他们去参观的某座城堡。我跟他讲我的实习快结束了，他说我反正从来没有特别投入的样子。或许我被个人生活中的戏剧给分散了注意力，我说。

哦对了，我想问的是，他说。你和博比之间怎么样了？我猜被她那样发现我们的事不太好。

唉，挺尴尬的。我也挺烦这事。

跟我是你们分手后你谈的第一次恋爱，是不是？

我猜是的，我说。你觉得是因为这个才怪怪的吗？

嗯，你们分手后似乎也没怎么疏远。某种意义上你们俩还是成天都在一起。

是她跟我分手的。

尼克顿了顿，当他开口时他听起来似乎在诡异地微笑。没错，我知道，他说。这很关键吗？

我翻了个白眼，但我很享受他这样。我把茶杯放在桌上。哦我知道了，我说。我知道你为什么给我打电话了，好吧。

什么？

你想跟我电话性爱。

他开始大笑。我就是想逗他，我沐浴在他的笑声中。他笑惨了。我知道，他说。太像我了。这时我想跟他讲医院的事，因为他心情这么好，他大概会说一些安慰我的话，但我知道这会让聊天变得严肃起来。我不喜欢把他圈到严肃的对话里去。顺便一提，他说，我今天在沙滩上看见一个长得很像你的女孩。

别人老说谁长得像我，我说。然后等我看到那个人时她从来都长得不好看，我还得假装不在乎。

哦，这个女人不是。这个女人非常有魅力。

你在跟我讲你看见的一个很有魅力的陌生人，真贴心。

她看起来很像你！他说。不过她大概没你那么有攻击性。或许我应该和她谈恋爱。

我喝了一口茶，吞了下去。我后悔这么久不回他邮件，又感谢他并不逮住它不放，或者装作很受伤。我问他那天在干吗，他说他在躲他父母的电话，并且为此感到很愧疚。

你爸跟你一样帅吗？我问。

怎么，你在打我爸的主意吗？他很右翼。我本来要说他已婚，不过这什么时候阻止过你了？

哦，说得好。现在是谁有攻击性？

对不起，他说。你这么右，你应该去引诱我爸。

你认为我是他喜欢的类型吗？

哦当然了。某种意义上你很像我母亲，话说回来。

我开始笑。我笑得很真诚，但还是想确保他能听到。

我在开玩笑，尼克说。你是在笑还是哭？你不像我母亲。

你爸真的是右翼？还是那也是你在开玩笑？

哦不，他是个货真价实的富人。仇恨女人。彻头彻尾地厌恶穷人。你可以想象他有多爱我，他的娘炮演员儿子。

这时我真的开始笑起来。你不是娘炮，我说。你直男得不能再直男了。你甚至还有个二十一岁的情妇。

这我觉得我父亲会赞同的。幸好他永远不会知道。

我环视一眼空荡荡的厨房，说：今天我提前打扫了我的房间，趁你还没从法国回来。

真的吗？我很高兴。我认为这算得上是电话性爱了。

你会来看我吗？

他顿了一下，说：当然了。我感觉他没有完全走神，但我知道他在想别的事。然后他说：你那晚电话里听起来真的很不对劲，你喝醉了吗？

别提了。

我只是觉得你通常不是个喜欢打电话的人。你当时没有难受还是别的什么吧？

我听到尼克电话那头的背景里有动静，然后听到一声小小的吱呀声。谁？他喊道。一扇门打开，我听到梅丽莎的声音说：哦，你在打电话。尼克说：对，等我一下。门再次关上。我什么也没说。

我会来看你的，他轻声说。我得挂了，行吗？

当然。

抱歉。

去吧，我说。过你的日子。

他挂了电话。

第二天，我和博比的朋友玛丽安娜从布鲁克林回来，跟我们讲她遇到的各种名流。她在喝咖啡时向我们展示了手机里的照片：布鲁克林大桥，科尼岛，玛丽安娜和一个照得很模糊的男人的合影，我私以为他并不是布莱德利·库珀[①]。哇，菲利普说。酷，我说。博比舔了舔茶匙背面，没有说话。

我很高兴和玛丽安娜重聚，很高兴倾听她的问题，好像我自己的人生还和从前一样似的。我问起她的男朋友安德鲁，他喜欢新工作吗，他的前女友在 Facebook 上给他发消息是怎么回事。我向她炫耀菲利普在文学经纪公司的实习，他要去当文学猎人、年入百万啦，我能看出他很享受。这至少比贩卖军火好，他说。博比哼了一声。老天，菲利普，这就是你的最高标准么？她问。至少我没卖武器？

从这一刻起对话不再受我掌控。我还没能向玛丽安娜提问，菲利普开始问我们埃塔布勒的事。尼克和梅丽莎还在那儿，他们要再过两周才来。博比告诉他我们“玩”得很开心。

跟尼克有什么进展吗？他问我。

我瞪了他一眼。他对玛丽安娜说：弗朗西丝在和一个已婚男士搞外遇。

不，我没有，我说。

菲利普在开玩笑，博比说。

名人尼克？玛丽安娜说。我想听他的事。

我们是朋友，我说。

---

① 布莱德利·库珀（Bradley Cooper），美国男演员。

但他明显暗恋她，菲利普说。

弗朗西丝，你这个狐狸精，玛丽安娜说。他不是结婚了吗？

幸福美满，我说。

为了转移话题，博比提起自己想搬出家，找一间靠近市区的公寓。玛丽安娜说那里房源很紧张，她说新闻里这么说的。

而且他们不收学生，玛丽安娜说。我是认真的，看那房源信息就知道了。

你要搬出去了？菲利普问。

法律应该明文规定说“不收学生”是违法的，玛丽安娜说。这是歧视。

你在看哪儿的房子？我问。你知道我那间公寓要把另一个卧房租出去。

博比看着我，发出一声轻笑。

我们可以做室友，她说。多少钱？

我去问问我爸，我说。

自从上次去他家后我再没同我父亲说过话。当天晚上喝完咖啡后我给他打电话，他接了，听起来还算清醒。我试图屏蔽那罐蛋黄酱的样子和青蝇撞在玻璃上的噪音。我想要和一个住在干净屋子里的人说话，或者一个只有声音的人，一个我不知道他生活的人。在电话里我们聊起那间公寓的另一个卧房。他告诉我他兄弟要带些人看几次房，我解释道博比正在找地方住。

谁？他问。博比是谁？

你认识博比。我们一起上学的。

你的朋友，是不是？哪个朋友？

好吧，我其实就一个朋友，我说。

我以为你想再找个女孩儿跟你一起住。

博比是女的。

哦，姓林奇的那个姑娘，是吧？他问。

博比其实姓康诺利，但她母亲叫林奇，我就不计较了。他说他哥哥可以按每月六百五十欧元的价格租给她，博比父亲同意支付这笔房租。他希望我能找个安静的地方学习，博比说。他什么都不知道。

第二天她父亲开着吉普车载着博比和她的全部家当过来了。她带了一些床单枕套，一台黄色的曲臂台灯，还有三箱书。她开始把明信片和照片贴在墙上，我把枕头装进枕套里。她贴了一张我们俩穿着校服坐在篮球场上的照片。我们穿着花格呢料长裙，配着缝线软皮鞋，但我们在笑。我们一起看着那张照片，里面我们两张小小的脸回望着我们，像我们的祖先，或者我们自己的孩子。

/

新学期一周后才开始，在此期间博比买了一把红色的尤克里里琴，她喜欢在我做饭时躺在沙发上弹奏《西班牙皮靴》[①]。她趁我白天出门的时候挪动家具的位置，从杂志上剪下图片贴在镜子

---

① 《西班牙皮靴》（*Boots of Spanish Leather*），鲍勃·迪伦名曲。

上，完全把这里当成了自己的家。她对公寓周边产生了强烈的兴趣。有一天我们在肉店买碎肉末时她问柜台后面那个店员他的手怎么样了。我完全不知道她在说什么，我甚至不知道她以前来过这个店，但我的确注意到那人手腕上打了蓝色石膏绷带。别说了，他说。要动手术了。他用小铲把红色的肉装进塑料袋。哦天哪，博比问。什么时候？他告诉她在圣诞节。他妈的我还没法请一天假，那人说。只有在你要去马西兄弟[①]那儿了才请得了一天假。他递给她一口袋肉，然后补了一句：在棺材里头休假。

开学前那篇特稿发出来了。杂志开售那天早上我去伊森连锁书店，翻阅杂志搜索我的名字。翻到一整页博比和我的照片时我停了下来。那张照片是在埃塔布勒的花园里拍的，我完全想不起来梅丽莎拍过这样一张照片。上面我和博比坐在早餐餐桌边，我靠过去像是在跟博比耳语，博比在笑。照片非常夺目，光线很美，它传达了一种自然和温暖，这是之前摆拍照片里所没有的。我想听博比对此的看法。跟在照片后面的文章很短，赞许地记录了我们的说唱诗表演，介绍了都柏林说唱诗界的整体情况。我们的朋友读了文章，说照片好看极了，桑尼给我发了封赞美的邮件。有一阵菲利普喜欢带着这本杂志到处走，用一种装腔作势的腔调朗读段落，但最后这个笑话也不好笑了。小杂志上随处可见这样的文章，更何况我和博比已经有好几个月没有一起表演了。

新学期开始后，学业让我又忙起来。菲利普和我一起走路去

---

① 马西兄弟（Massey’s），都柏林著名丧葬公司。

上研讨课，就许多十九世纪的小说家发表略微不同的意见，最后他总会说：好吧，你大概是对的。有天傍晚博比和我给梅丽莎打电话感谢她的文章。我们把电话开成免提，这样我们就可以坐在桌边跟她说话。梅丽莎跟我们讲我们离开埃塔布勒后错过的东西，雷雨天气，他们去城堡的那天，这些事我都听过了。我们告诉她我们搬到一起住了，她听起来很高兴。博比说：你哪天一定要过来看看。梅丽莎说乐意之至。她说他们明天就要回来了。我把袖口扯到掌心，然后心不在焉地拿它去擦桌上的一块小污迹。

我还在读我和博比的聊天记录，输入一些似乎专门用来惹恼我的词。搜索“感受”这个词翻出了这段对话，我们大二时聊的：

博比：好吧你确实不怎么爱表达你的感受

我：你老爱这么看我

我：认为我有某种不为人知的情感生活

我：我只是不怎么情绪化罢了

我：我不谈论它只是因为没什么可说的

博比：我不认为“不情绪化”是任何人能拥有的一种特质

博比：这就像说没有思想一样

我：你的情感生活跌宕起伏，所以你认为别人也都一样

我：如果他们不讨论这件事，那他们就是在隐瞒什么

博比：好吧，算了

博比：我们观点不同

并不是所有的对话都像这样。“感受”这个关键词还搜出了以下对话，来自这年一月：

我：我的意思是我对权威人物总是怀有负面感受

我：但直到我遇到你我才把这些感受转化成了观点

我：你懂我的意思吧

博比：你自己也会抵达那里的

博比：你有共产主义的直觉

我：其实不是，我大概只是痛恨权威，因为我讨厌别人叫我去干什么

我：如果没有你的话我大概会变成一个邪教领袖

我：或者安·兰德①的粉丝

博比：嘿，我也讨厌别人叫我去干吗！

我：没错但你是出于精神上的纯粹

我：而不是出于获得权力的意志

博比：从很多方面来说，你都是个糟糕透顶的心理学家。

我记得我们这段对话；我记得聊天时我有多费劲，我感觉博比在误解我，甚至有意识地避开我试图诉说的话题。我当时坐在母亲家楼上的卧室里，躺在被子下面，双手冰凉。身在巴利纳，

① 安·兰德（Ayn Rand，1905—1982），俄裔美国作家、哲学家，代表作《阿特拉斯耸耸肩》，强调个人主义、理性的利己主义和自由放任的资本主义。

没能和博比一起过圣诞，我想告诉她我想她。这就是我开始要说的话，或者想说的话。

回来几天后的一个下午，博比忙着上课，尼克来到我的公寓。放他进来时，我们彼此注视了几秒，这感觉像在喝冰水。他晒黑了，头发也比从前浅。哦，操，你看起来帅死了，我说。他听后笑了。他的牙齿白得漂亮极了。他环视一眼门厅，说：哦，这地方不错。地段很好，房租多少？我说房主是我叔叔，尼克看了我一眼，说：哦，你这个有信托基金的小朋友。你都没跟我讲过你家在自由街区有房产。是一整栋楼还是就这间公寓？我轻轻捶上他的手臂，说：就这间公寓。他摸我的手，我们又亲吻起来，我喃喃地说：来吧，来吧。

21

第二周我和博比去参加一本书的发布会，它里面收录了梅丽莎的几篇随笔。活动在坦普尔酒吧区举行，我选了一件尼克特别喜欢的衬衫，留了几颗扣子没扣，以便露出我的锁骨。我花了几分钟用化妆品和粉底仔细遮盖脸上的几颗小痘印。博比准备好后来敲厕所门，说：快点。她没有点评我看起来怎么样。她穿着一件灰色高领毛衣，反正比我好看多了。

尼克和我在过去一周里见了好几次，都是博比在上课的时候。他来时会给我买小礼物。有一天他带了冰淇淋，周三的时候带了一盒奥康奈尔街上一家店卖的甜甜圈。他到的时候甜甜圈还是热的，我们就着咖啡一面吃一面聊天。他问我最近有没有和我父亲联系，我擦去嘴唇上一颗糖粒，说：我觉得他过得不太好。我跟尼克讲了那间屋子。老天，他说。那听起来太痛苦了。我吞了一口咖啡。没错，我说。很不舒服。

这次对话后我问自己为什么可以跟尼克讲我父亲的事，却从来没能和博比讨论这个话题。尼克的确是一个聪慧的倾听者，我们聊完天后我通常会好很多，但博比也有这样的特质。更大的原因还是尼克的同情似乎是无条件的，就像无论我干什么他都会支持我，而博比则秉持一套原则，一视同仁，我也不例外。我并不害怕尼克看低我，但我却害怕博比这样。哪怕我的思绪毫无说服力他也很乐意听我讲，哪怕我讲述的故事里我的所作所为有损我的形象。

尼克来公寓时穿的衣服都很好，一如既往地好，我怀疑这些衣服都很贵。他脱衣服时不会把它们脱在卧室地板上，而是叠放在椅背上。他喜欢穿浅色衬衫，有时是隐隐有点褶皱质地的棉麻衬衫，有时是领尖带纽扣的牛津衬衫，袖口总是挽到小臂上。他似乎很喜欢一件帆布的高尔夫外套，但冷天时他改穿一件蓝色丝绸衬里的灰色羊绒大衣。我喜欢这件大衣，我喜欢它闻起来的味道。它的领很浅，只有一排纽扣。

周三那天，趁尼克在厕所，我试穿了那件大衣。我爬下床，把裸露的手臂穿进袖子，感受冰凉的丝绸滑过肌肤。大衣口袋沉甸甸的，装满个人物品：他的手机和钱包，他的钥匙。我把它们握在手里掂量，仿佛它们是我的。我凝视着镜中的自己。在尼克的大衣里我的身体看上去非常纤细苍白，像一根白色蜡烛。他走回房间，看见我后善意地嘲笑我。他去上厕所时总是穿着衣服，免得博比临时回来。我们的双目在镜中交汇。

我不会给你的，他说。

我喜欢它。

不好意思，我也喜欢它。

这很贵吗？我问。

我们还在镜中对视。他站到我身后，拿双手把外套撩开。我看着他注视着我。

它，嗯……他说。我不记得多少钱了。

一千欧元？

什么？不。两三百吧大概。

真想有钱啊，我说。

他把手滑进大衣，抚摸我的乳房。你谈论金钱的这种性感方式很有意思，他说。当然了，也有点让我不安。你不会想让我给你钱吧？

有点想，我说。不过我不会相信这种冲动的。

没错，感觉怪怪的。我有不急着用的钱，我也愿意给你。但给你钱这种交易行为会让我不舒服。

你不想感觉太有权力。或者你不想被提醒你想要感觉很有权力。

他耸耸肩。他还在大衣底下抚摸我。感觉很好。

我想我为了我们这段关系的伦理问题已经够挣扎的了，他说。给你钱大概对我来说有点太过了。不过，我也不知道。你大概有点现金会更快乐。

我看着他，在余光里看到我自己的脸，我的下巴微微抬起。在模糊的视线里我觉得我看起来相当糟糕。我从大衣里溜出来，由他把它拎着。我回到床上，用舌头舔嘴唇。

你对我们的关系感到很矛盾吗？我问。

他站在原地，有点无力地拎着那件大衣。我能看出他沉浸其中，有点心不在焉，忘了把它挂起来。

不，他说。好吧，有点，不过只在很抽象的层面上。

你不会要离开我吧？

他微笑了，一个害羞的微笑。要是我这么做了你会想我吗？他问。

我躺回床上，平白无故地笑起来。他把大衣挂起来。我把一条腿举向空中，然后把它慢慢地放在另一条腿上。

我会想念在聊天时碾压你的，我说。

他在我身旁躺下，手平放在我的腹部。继续说，他说。

我猜你也会想念这一点的。

被碾压？当然了。这就像我们的前戏。你说一些晦涩难懂的东西，我给一些无力的回应，你嘲笑我，然后我们做爱。

我笑了。他坐起来一点点，看我笑。

感觉很好，他说。它给我一个机会享受自己这么无能。

我撑起一只手肘，亲他的嘴。他凑过来，就像他真的很想被亲吻一样，我感受到我的力量席卷了他。

我让你觉得自己很糟糕吗？我问他。

你有时对我有点太尖锐了。我倒不怪你。不过我认为现在我们处得很好。

我低头凝视我的双手。我小心翼翼地说，就好像是在激将我自己似的：我本来不想抨击你的，但你好像并不太脆弱。

他看向我。他甚至都没笑，带着类似皱眉的表情，像是以为我在嘲讽他。好吧，他说。这样。我觉得没有谁喜欢被抨击。

但我的意思是你的性格里似乎没有脆弱的部分。就比如，我很难想象你会试衣服。你和自己相处时似乎从来没有在照镜子时注视自己，不知道穿这个好不好看。你像是个会为此感到尴尬的人。

好吧，他说。我是说，我也是人，我在买衣服前也会试穿。但我觉得我明白你的意思。人们的确倾向于认为我很冷淡，或者，不太有趣。

我很激动我们居然有相同的经历，我本以为它只发生在我身上，于是我迅速说：别人也觉得我很冷淡无趣。

真的？他问。在我眼里你一直都很有魅力。

一种突然而强烈的冲动攫住了我，我想说：尼克，我爱你。这具体来说，不是一种糟糕的感情；它有点好笑有点疯狂，就好像你从椅子上站起来，突然意识到自己喝醉了一样。但这是真的。我爱他。

我想要那件衣服，我说。

哦，是吗。不能给你。

第二天晚上，我们到新书发布会时，尼克和梅丽莎已经到了。他们站在一起，和一些我们认识的人聊天，有德里克，还有其他几个。尼克看见我们进来了，但当我试图和他对视时他没有迎上我的目光。他注意到了我，然后调开视线，再无回应。博比和我翻了翻书，但没买。我们对其他一些我们认识的人打了招呼，博比给菲利普发短信问他在哪儿，我假装阅读作者简介。然后朗读会开始了。

在梅丽莎朗读的全程，尼克都专注地凝视着她的脸，在对的地方发笑。我爱上了尼克，并不仅仅是着迷而是从内心深处依恋上他，以至于这份感情会对我的快乐造成持久的影响，而这种发现让我对梅丽莎产生了新的嫉妒。我不敢相信他每天傍晚会回到她身边，或他们一起吃晚饭，有时一起看电视机放的电影。他们聊些什么？他们逗彼此开心吗？他们是否会讨论他们的情感生活，他们会彼此推心置腹吗？他是不是尊重梅丽莎胜过尊重我？他是否更喜欢她？如果我和梅丽莎在一栋起火的大楼里快要死了而他又只能救其中一个，他是不是绝对会先救梅丽莎而不是我？和一个人做了那么多爱最后却让她活活烧死在我看来简直称得上罪恶。

朗读结束后，梅丽莎笑容满面，我们一齐鼓掌。她坐下后尼克在她耳朵边说了些什么，她的笑容变了，变成一个真正的笑容，她笑得露出了牙齿，眼角也带了笑意。他在我面前总是称呼她为“我太太”。一开始我觉得这很诙谐，甚至带了点讽刺，就像她不是他妻子一样。现在我的看法不同了。他并不介意让我知道他爱另一个人，他想让我知道，但他又害怕梅丽莎会发现我们的关系。他似乎以此为耻，想要保护她，不让她知道这件事。我被密封在他生活中某个特定的地方，当他和别人在一起时他不想看它，不想想它。

所有朗读都结束后，我去拿了杯红酒。伊夫林和梅丽莎站在一起，举着气泡水，伊夫林招手叫我过去。我赞美了梅丽莎的朗读。越过她的肩我看见尼克朝我们走来，然后他看见了我，犹豫了一下。伊夫林正在谈论这本书的编辑。尼克来到她肩旁，他们拥抱了一下，抱得太热情了，伊夫林的杯子都倒了，她得去收拾。尼克和我礼貌地点点头。这次他多注视了一秒我的眼睛，像是很抱歉我们以这种方式见面。

你看起来很好，伊夫林说。真的。

他几乎就住在健身房了，梅丽莎说。

我喝了一大口白葡萄酒，让酒在齿间涤荡。他是这么对你说的么，我心想。

很好，很管用，伊夫林说。你看起来神采奕奕。

谢了，他说。我感觉很好。

梅丽莎自豪地看着尼克，就好像是她把久病的他护理到康复似的。我不知道他说“我感觉很好”是什么意思，或者他想让我听到什么讯息。

你怎么样，弗朗西丝？伊夫林问。你最近怎么样了？

挺好，谢了，我说。

你今晚看起来有一点忧郁，梅丽莎说。

伊夫林轻快地说：要我是你也会忧郁的，一直跟我们这些老人待着。博比跑哪儿去了？

哦，她来了的，我说。我指了指收银台，不过我并不知道她具体在哪儿。

你快受不了老人了吧？梅丽莎问。

不，完全没有，我说。要我说的话我还可以跟更老的一起玩。

尼克盯着他的杯子。

我们得给你找一个更老的女朋友了，梅丽莎说。一个很有钱的女朋友。

我没胆量看尼克。环着酒杯杯茎，我用拇指掐住食指侧面，感受它带来的疼痛。

我不知道在那段关系里我要扮演什么角色，我说。

你可以给她写十四行诗的情诗，伊夫林说。

梅丽莎咧嘴笑了。不要低估了青春和美貌的威力，她说。

这搭配听起来会酿成灾难性的悲伤，我说。

你才二十一，梅丽莎说。你应该灾难性地悲伤。

我在努力，我说。

有其他人加入了聊天，然后开始和梅丽莎说话，我趁这个机会溜出去找博比。她在前门附近和收银员聊天。博比从没上过班，她喜欢和别人聊天，问他们上班的内容。她对哪怕最平淡无奇的细节也充满兴趣，不过她经常很快就把它们忘了。收银员是个脸上长痘的瘦高年轻男人，他正激情洋溢地向博比讲他的乐队。书店经理走过来讨论这本书，我们三个都没读过也没买。我站在他们身边，看着梅丽莎穿过房间，把手臂轻轻放在尼克背上。

当我看见尼克看向我们时，我转身面向博比，微笑着把她的头发掀到一边，对她耳语。她看向尼克，然后突然抓住我的手腕，非常用力，比她迄今为止碰我的任何一次都用力。我很痛，喉咙里轻轻倒吸一口气，然后她松开了我的手臂。我把手臂兜在肋骨前呵护。博比直视我的脸，用像死亡一样平静的声音说：你他妈不要利用我。她凝视了我一眼，严肃得让我胆寒，然后转身面向那个收银员。

我去拿了我的外套。我知道没人在看我，没人在乎我在想什么或做了什么，而我似乎感觉这种不正常的全新的自由贯穿了我全身，让我充满力量。只要我愿意，我就可以尖叫或者脱下衣服，我可以在回家的路上走到公交车面前，谁知道呢？博比不会跟在我后面。尼克甚至在公共场合都不和我说话。

我跟谁都没告别就一个人走回家了。打开家的前门时我的脚都在抽筋。那晚我坐在床上，在手机上下载了一个约会软件。我甚至上传了一张我的照片，梅丽莎拍的，我的嘴唇微张，眼睛看上去很大很瘆人。我听到博比回来了，听到她把包甩在门厅里，没把它挂起来。她在哼唱《绿色石子路》[①]，声音很响，我知道她喝醉了。我坐在黑暗里，浏览附近位置的一长串陌生人。我试图去想象他们，想象让他们亲吻我，但我却一直在想尼克，想象他从枕头上抬起脸看我，伸手抚摸我的胸部，就好像他拥有它。

我没告诉母亲我把那本小小的皮革装订的《新约》带到了都柏林。我知道她都不会意识到它不见了，如果我去解释，她不会明白为什么我会对这感兴趣。福音里我最喜欢的部分是《马太》里耶稣说：要爱你们的仇敌，为那迫害你们的祷告。[②]我对我的敌人们也怀有这种道德上的优越感。耶稣总是想成为一个更好的人，我也是。我用红铅笔在这段话下勾了好几遍，表明我理解这种基督式的生活方式。

我有一种让《圣经》更容易理解的方法，几乎是完美理解的方法，那就是把博比视作耶稣这个人物。她从来不完全直白地表达她的观点；她经常带着讽刺，或带着一点儿诡异疏离的神情说出这些话。关于丈夫和妻子的那些发言她是带着讽刺说的，而关于爱你的敌人那些话她是很真诚的。我能理解她会和我这种当别

① 《绿色石子路》（*Green Rocky Road*）是民谣歌手戴维·范·洛克代表作之一。

② 引自《马太福音》5：44（《圣经和合本修订版》）。

人情妇的人作朋友，而且她也有一群传播她看法的信徒。

新书发布会第二天，周五，我给博比写了封长信，为在书店时我俩之间发生的事道歉。我试图解释当时我感觉很脆弱，但我解释时既没用“脆弱”这个词也没用它的任何同义词。我说了对不起，说了很多次。她几分钟后就回复了：

没关系，我原谅你。但最近有时我感觉正在看着你消失。

读完这封邮件后我从桌边站起来，然后想起我正在大学图书馆里，但我并没有注意到周围图书馆的环境。我去了厕所，把自己关在隔间里。一股酸水从胃涌入嘴里，我趴在马桶边干呕。我的身体在这时消失了，消失在某个再也无人能看见的地方。谁会挂念它？我用一截厕纸擦干嘴，冲了厕所，然后爬上楼。我的苹果笔记本电脑已经黑屏了，反射着天花板上的灯光，焕发出一块长方形的光斑。我重新坐下来，退出邮箱账户，然后继续读一篇詹姆斯·鲍德温的散文。

准确来说，我不是在新书发布会后那个周末马上开始祈祷的，但我确实上网查了怎样冥想。主要就是闭眼，呼吸，同时平静地抛下游离的杂念。我主要关注我的呼吸，他们允许你这样做。你甚至可以计算呼吸次数。到最后你可以想任何事，只要你乐意。但在数了五分钟气息后，我什么都不想去想。我的大脑感觉空空的，就像一只玻璃罐子的内部。我借用害怕自身消失的恐惧进行了一场精神修行。我占据了消失，仿佛它可以昭示与启蒙，而不是总括和摧毁。大多数时间我的冥想都是失败的。

我父亲在周一晚上十一点左右打电话告诉我他当天往我银行账户里存了钱。他的声音在电话线那头迟疑不绝，愧疚漫上我的心头。哦，谢了，我说。

我在里头给你多存了点钱，他说，以备不时之需。

你不用这样的。我有钱。

嗨，别委屈自己。

打完电话后我觉得很不安，身上燥热，好像刚爬完一段楼梯。我躺下来，但没用。那天尼克给我发了一封邮件，里面是一首乔安娜·纽瑟姆[①]的歌。我回了一个比莉·霍利德的唱片《渴望你的我太傻》的链接，但他没有回。

我走进客厅，博比正在看一部阿尔及利亚的纪录片。她拍拍身边的沙发靠垫，我坐下来。

你有时候会不会觉得你不知道该怎么活？我问。

我正在看这个，博比说。

我看向屏幕，年代久远的战时影像资料配了一条声轨在解说法国军队扮演的角色。我说：我有时候觉得。这时博比竖起手指放在嘴上，说：弗朗西丝，我正在看。

/

周三晚上我在约会软件上认识了一个叫罗萨的人，他给我发了一串信息。他问我是否愿意见面，我说：当然了。我们在威斯特摩兰街上一家酒吧喝酒。他也在读大学，学医。我没告诉他我

---

① 乔安娜·纽瑟姆（Joanna Newsom），美国加州竖琴女歌手。

子宫的毛病。事实上我自夸身体有多么好。他谈起在学校他有多么用功，他认为这是他历练自我的时期，我说我很替他高兴。

我从没为任何事努力过，我说。

所以你才学了英语是吧。

然后他说他只是在开玩笑，事实上他参加他们学校的作文大赛得了金奖。我热爱诗歌，他说。我爱叶芝。

没错，我说。要说法西斯有什么优点，那就是它产出了不少好诗人。

然后他对诗歌也没什么可说的了。喝完酒，他邀请我回他的公寓，我让他解开了我的衬衣。我心想：这很正常。这件事再正常不过。他的上身很娇小柔软，和尼克的截然不同，而且他也没做任何尼克做爱时会做的事，好比抚摸我很久，低声说话。一切马上就开始了，几乎没有什么前戏。生理上我几乎什么感觉都没有，只是有轻微不适。我感觉自己变得僵硬沉默，我等待罗萨意识到我的僵硬，然后停下他在做的事，但他没有。我想叫他停下来，但又真切地觉得他会忽略我，虽然情况并不一定如此。不要给自己惹上什么法律麻烦，我心想。我躺在那儿，任他继续。他问我想不想来点粗的，我告诉他我不喜欢，但他还是扯了我的头发。我想笑，笑过后又恨自己感到高人一等。

回家后，我回到房间，然后从抽屉里取出一条塑封包装的创可贴。我很正常，我心想。我的身体和别人的没什么不同。然后我把胳膊挠到出血，从一个血点渐渐漫成一小滴血。我数到三，然后取出创可贴，仔细把它包在手臂上，然后丢掉了塑料封皮。

22

第二天我开始写一个短篇小说。那天是周四，我要到下午三点才有课，我就坐在床上，床头柜上放了杯黑咖啡。我本来没打算写故事，我只是过了会儿才发现我没有敲回车键，每一行都是完整的句子，并且彼此像散文一样相连。停下来时，我已经写了超过三千个字。已经过了三点，我还没吃饭。我把双手从键盘上抬起，在窗口的光线里它们看起来病恹恹的。等我爬下床，我感到一阵眩晕，视线里一切都打碎成一团光斑。我给自己做了四片烤吐司，没抹黄油就吃了。我把文件命名为《b》。这是我写的第一个短篇。

/

那天晚上，我和博比还有菲利普看完电影后一起去吃奶昔。看电影时我查看了六次手机，看尼克是否回复了我之前发他的一条短讯。他没有。博比穿着一件牛仔外套，抹了一种非常深的紫色口红，看起来几乎是黑色的。我把我们的奶昔收据叠成一种非常复杂的几何形状，菲利普试图劝说我们重新开始表演。我和博比的态度都很含糊，尽管我不知道具体原因是什么。

我有功课要做，博比说。弗朗西丝有一个地下男友。

我抬头看她，脸上带着彻彻底底的恐慌。我能感觉到它在我的齿间，恐惧猛烈敲击着神经末梢。她皱起眉头。

怎么了？博比说。他已经知道了，他那天就在说这个。

说什么？菲利普问。

弗朗西丝和尼克，博比说。

菲利普盯着她，然后又盯着我。博比把手抬到嘴上，动作很慢，手很平，水平地举着，然后轻轻摇了摇头。这对我来说足以表明她真的被吓到了，她并没在玩什么游戏。

我以为你知道的，博比说。我记得你那天说了的。

你在开玩笑吧，菲利普说。你没有真的和他搞外遇吧，弗朗西丝？

我试图把嘴巴努成一种随意的形状。这个周末梅丽莎要去拜访她妹妹，我发短信问尼克想不想在她离开期间来我这里和我待着。博比不会介意的，我写道。他看见了这条短信，但没有回复。

可他他妈的结婚了啊，菲利普说。

别搞道德说教，博比说。好像我们需要一样。

我只是继续把嘴巴向上抬起，幅度越来越小，并且避免和任何人对视。

他准备和他老婆离婚吗？菲利普问。

博比拿一只拳头揉她的眼睛。我轻轻地、嘴形很小地说：不。

我们这桌陷入一段漫长的、无人打断的沉默，然后，菲利普看着我，说：我从前不认为你会让任何人这样占你便宜。他说这句话时脸上带着一种被呛住了、尴尬的表情，我替我们三个人感到难过，我们就像是扮大人过家家的小孩。然后他走了，博比把他没喝完的奶昔从桌子那边滑到我这边。

抱歉，她说。我真的以为他知道。

我决定一口气能喝多少奶昔就喝多少。直到嘴巴开始痛了我也没停。直到头都开始痛了我也没停。我喝啊喝，直到博比说：弗朗西丝，你是不是打算在这儿淹死啊？于是我抬起头，好像一切都很正常，问：什么？

那个周末尼克邀请我到他家过。周五傍晚，我到时他正在做饭，看到他我一下放下心来，几乎想做一些傻气的浪漫举动，比如投入他的怀抱。但我没有。我坐在桌边，咬着我的指尖。他说我有点安静，我用牙齿咬下了一小块大拇指指甲，然后审视着它。

我大概应该告诉你，我说，我前几天和 Tinder[①] 上遇到的一个人上床了。

哦，真的吗？

尼克正在以他惯有的方式有条不紊地把蔬菜整齐地切块。他喜欢下厨，他跟我说这让他放松。

你没生气还是怎么的吧，有没有？我问。

我干吗生气？你要是乐意，跟谁上床都可以。

我知道。我只是觉得很蠢。我觉得这件事很蠢。

哦是吗？他问。那人怎么样？

尼克并没有从菜板上抬起头来。他用刀面把切好的洋葱丁赶

---

① 约会软件。

到菜板的一头，然后开始切红辣椒丝。

他糟透了，我说。他跟我说他喜欢叶芝，你信吗？在酒吧时我简直要阻止他背诵《茵纳斯弗利岛》。

哇，我同情你。

做爱的感觉也很糟。

喜欢叶芝的人都不懂得怎么和人亲近。

我们吃了晚饭，没有碰彼此。狗醒过来，想出去，我帮忙把盘子放到洗碗机里。尼克在外面抽烟，把门敞开，方便我们说话。我感觉他想让我走，但他太礼貌了不方便说。他问我博比怎么样了。还行，我说。梅丽莎呢？他耸耸肩。最后他把烟掐了，我们一起上楼。我爬上他的床，开始脱衣服。

你确定你想要来吗？尼克问。

他总爱说这种话，于是我只是说是，或者点了头，然后开始松开身上的腰带。我听见他在我身后说：因为我感觉，我不知道。我转过身，他站在那里，用手揉着左肩。

你似乎有点疏远，他说。如果你宁愿……如果你宁愿在别的地方待着，我不想让你觉得你被困在这里。

不。我很抱歉。我不是有意显得很疏远。

不是，我不是在说……我感觉和你说话很困难。这大概是我的错，我不知道。我感觉有点……

他从来没有这样说到一半止住。我开始有点不安。我又说我不是有意和他疏远。我不知道他想要说什么，我害怕他可能想讲什么。

如果你想要做爱的原因不是因为你想，而是因为别的什么，他说，那么还是不要做了。我真的不，你知道吗，我真的不想那样做。

我喃喃地说没问题、当然了，但实际上我不知道他具体在讲什么。听起来他似乎担心我对他产生了感情，而他试图在说他对除了性之外的东西不感兴趣。不管怎样我对他表达的东西都表示同意。

在床上他在我上面，我们没怎么做眼神交流。出于冲动我举起他的一只手，把它按在我的喉咙上。他的手凝固了几秒钟，然后他问：你想让我干什么？我耸耸肩。我想让你杀了我，我心想。他用手指抚摸过我颈部坚硬的肌肉，然后把手拿开了。

一切结束后，他问起我手臂上的绷带。是你自己弄的吗？他问。我看着它，没有说话。我能听见尼克呼吸，气息沉重，像是感觉很疲惫。我感受到很多我不愿去感受的东西。我觉得我是一个残缺的人，一文不值。

你会打我吗？我问。我是说如果我让你打的话。

尼克没有看向我，他双目紧闭。他说：嗯，我不知道。怎么了？你想让我打你吗？我也闭上双眼，缓慢地呼气，直到我的肺里没有一丝气体，我的腹部变得又小又平。

没错，我说。我想让你现在就这么做。

什么？

我想让你打我。

我觉得我不想这么做，他说。

我知道他坐了起来，俯视着我，虽然我仍然闭着眼睛。

有的人喜欢这种，我说。

你是说在做爱的时候吗？我以为你对那种东西不感兴趣。

这时我睁开眼睛。他在皱眉。

等等，你没事吧？他问。你为什么在哭？

我没哭。

结果巧的是我还真的在哭。就在我们说话时我的眼睛碰巧在做这件事。他抚摸着我湿润的那边脸颊。

我没在哭，我说。

你以为我想伤害你吗？

我能感觉到泪水从眼睛里涌出来，但它们并不像真正的眼泪那样滚烫。它们感觉凉凉的，像湖水里流出的小股细流。

我不知道，我说。我只是告诉你你可以。

但你想让我这么做吗？

你想对我做什么都可以。

好吧，他说。抱歉。我真的不知道该怎么回答你。

我用手腕擦干脸颊。算了，我说，别在意。咱们睡会觉吧。一开始尼克什么都没说，他只是躺在那儿。我没有看过去，但我感觉到床垫上他紧绷的身体，仿佛他准备突然坐起来一样。最后他说：你知道我们以前谈过这件事的，你不能心情不好的时候就拿我出气。

我没有在出气，我说。

那如果我和别的女人睡了然后到你家来炫耀你会是什么

感受?

我冻住了。其实我已经忘记了和罗萨的约会。我告诉尼克时他的反应那么平淡，整件事立即显得毫不重要，我再也没想过它。我甚至想都没想过这可能是造成尼克情绪低落的原因。我对自己承认，如果他对我做了同样的事——去找别的女人，和她毫无意义地做爱，然后在我准备他的晚饭时兴高采烈地告诉我——我肯定再也不会见他了。但这不一样。

你他妈结婚了，我说。

没错，谢谢你。简直帮大忙了。我猜就因为我结婚了你就可以想怎么对我就怎么对我。

我简直不敢相信你居然试图扮演受害者。

我没有，他说。但我认为如果你对自己足够诚实，你就会为我是已婚感到高兴，因为这意味着你可以随便发泄，而我必须承担一切责任。

我不习惯被他这样攻击，觉得有点害怕。我认为自己是一个独立的人，独立到别人的观点与我无关。现在我害怕尼克是对的：我将自己从批评中孤立出来，于是我可以随便胡来，并且保持我的正义感。

你跟我承诺过会跟梅丽莎讲我们的事的，我说。你以为我随时都在和别人撒谎心里是什么感受?

我以为你并不在乎这个。老实说，我以为你希望我告诉她只是为了看我们吵架。

如果你这样看我，那我们谈恋爱还有什么意思?

我不知道，他说。

我于是从床上爬起来，开始穿衣服。他认为我是一个残酷且小气的人，满心想着破坏他的婚姻。他不知道他为什么还要继续见我，他不知道。我扣上衬衫纽扣，感到如此深切的羞辱，连呼吸都感到困难。

你在做什么？他问。

我想我该走了。

他说好吧。我套上开衫，从床边站起来。我知道我将要对他说什么，这是我所能对他说的最绝望的话，就好像在我已经彻底丧失尊严之时，我还渴望着更糟糕的事发生。

问题不是你已经结婚了，我说。问题是我爱你而你很显然不爱我。

他深吸一口气说：弗朗西丝，你太戏剧化了。

去你妈的，我说。

我出去时狠狠把卧室门摔上。他在我下楼时吼了什么，我没听清。我走去公交车站，心里清楚我已经耻辱到不能再耻辱。哪怕我已经知道尼克不爱我，我还让他想跟我上床就跟我上床，既因为绝望，也因为我还天真地希望这是因为他并不明白他在给我带来怎样的痛苦。现在就连这一层希望也破灭了。他知道我爱他，而他在利用我对他的温情，并且他毫不在乎。木已成舟。坐公交车回家的路上我咬住脸颊内侧，盯着黑乎乎的车窗，直到最后尝出血味。

23

周一早上，我准备取点现金买东西吃时，ATM 机说我余额不足。我当时站在托马斯街，淋着雨，胳膊下夹着一只帆布包，感觉到眼睛后面疼。我又试了次那张卡，也不管身后已经排起了一小截队，我还听见有人轻声骂我“蠢游客”。机器咔嗒一响，把我的卡退了出来。

我拿帆布包挡在头发上，走路去银行。进去后我和一群穿西服的人排成一队，一个波澜不惊的女声通告：请前往四号柜台。我走去其中一个窗口，玻璃后的男孩让我插入卡片。他的名牌上写着“达龙”，看起来像还没完全进入青春期。他迅速看了一眼电脑屏幕，说我欠了三十六欧元。

什么？我问。抱歉，不好意思，你说什么？

他把屏幕转过来，给我看账户的最新明细：我从 ATM 机取了多少张二十欧元，我拿卡支付了多少杯咖啡。有一个月没有钱入账了。我感觉血从我脸上流走了，我清楚地记得当时的念头：这个在银行工作的小孩肯定认为我很蠢。

不好意思，我说。

你在等一笔钱入账吗？

是的。抱歉。

可能需要三到五个工作日才会入账，达龙和善地说。这取决于打款的方式。

我看见自己在玻璃窗上折射出的轮廓，苍白，令人不悦。

谢了，我说。这下我明白是怎么回事了。谢谢你。

我走出银行，站在门外，给我父亲打电话。他没接。我仍然站在街边原地，给母亲打电话，她接了。我告诉她发生了什么。

爸跟我说他给我打了生活费，我说。

他肯定是忘了，宝贝。

但是他给我打电话说他打了。

你跟他打过电话了吗？她问。

他不接。

好吧，我可以帮你一把，她说。我今天下午给你账户里打五十欧，你等他回复。怎么样？

我想跟她说等付了透支的钱后，就只剩十四欧了，但我没说。

谢了，我说。

你别担心。

我挂了电话。

回家后我收到一封瓦莱丽的邮件。她提醒我她对我的工作很感兴趣，并且说梅丽莎给了她我的电邮。我居然给瓦莱丽留下了持久的印象，这让我充满了恶狠狠的胜利感。尽管她在吃晚餐时忽略了我，我现在却成了她想要解开的有趣谜团。出于获胜后乐于和解的精神，我把新写的小说发给她，都没再检查一遍错字。世界像一团皱巴巴的新闻纸，就是拿来踢来踢去的。

那天傍晚我又开始感到恶心。两天前我刚吃完第二板药，当我坐下来吃晚饭时，食物在嘴里感觉黏黏的，很不对劲。我把餐盘上的东西倒进垃圾箱，但那股味道让我反胃，于是我开始冒汗。我的背很痛，我的嘴在流口水。我用手背触碰额头，感觉它又湿又烫。病又发作了，我心里清楚，却无能为力。

凌晨四点时我走到厕所里呕吐。胃吐空后我躺在厕所地板上颤抖，那股疼痛像一只动物一样爬上我的脊椎。我心想：或许我会死吧，谁在乎呢？我还有意识，知道我在大出血。当我感觉好点可以爬后，我爬回床上。我看见尼克在半夜给我发了一条短信：我给你打过电话，我们能谈谈吗？我知道他再也不想见到我了。我痛恨自己对他说的那些可怕的话，我痛恨它们说明了我是怎样的人。我想要他残忍，因为我活该。我想要他说他能想到的最恶毒的话，或者把我摇晃到无法呼吸。

早上疼痛没有消失，但我还是决定去上课。我多吃了一点扑热息痛，然后裹上外套出了门。去学校的路上一直在下雨。我坐在教室后排发抖，用电脑设了一个倒计时提醒我什么时候该吃下一次的药。有几个同学问我还好吗，下课后就连讲师也来问我。他看起来人很好，所以我告诉他我因为生病已经缺了很多课，现在不能再缺了。他看着我然后说：哦。尽管我在发抖，我还是摆出一个动人的微笑，然后我的闹钟响了，告诉我可以吃更多的扑热息痛。

然后我去了图书馆，开始写一篇两周后要交的论文。我被雨打湿的衣服还没干，我能听到右耳有一股细细的鸣声，但我绝大多数时候都忽略了它。我真正的担忧是思辨水平不再敏锐。我不确定我还记不记得“认识论的”这个词的确切意思，甚至不知道我还能不能阅读。我把头搁在图书馆桌子上休息了几分钟，听见耳鸣越来越响，直到听起来像有朋友在跟我说话。你会死的，我心想，当时这是一个让人放松的念头。在我的想象里死亡就像一个开关，能关掉所有疼痛和噪音，消除一切。

离开图书馆时外面还在下雨，冷得难以置信。我的牙在打战，我不记得任何一个英语单词。雨水像浅浅的海浪，在人行道上移动，如同特效。我没带伞，我察觉到我的脸和头发都已经湿了，湿到不正常。我看到博比在艺术大楼外躲雨，我开始向她走去，试图记起人们在打招呼时通常说些什么。这种回忆很陌生，很艰难。我抬起手向她挥舞，她走向我，在我看来速度很快，嘴里说着什么我听不明白的话。

然后我就晕了过去。当我再次醒来时我躺在躲雨的地方，一些人站在我身边，我一直在说：什么？所有人看到我说话时似乎都松了口气。一个保安正在拿对讲机通话，但我听不见他在说什么。腹部的疼痛像一只缩紧的拳头，我试图站起来，看博比在不在。我看见她在打电话，单手压着空出来的那只耳朵，像在努力听清对方声音。雨响得像一只没调准台的收音机。

啊，她醒了，博比对电话说。等一下。

然后她看着我。你好点了吗？她问。她看起来又干净又干爽，像产品目录上的模特。我头发上的水正流到我脸上。我还行，我说。她又开始打电话，我听不见她在说什么。我想拿袖子擦脸，但袖子甚至比脸还湿。大楼外面雨柱白得像牛奶。博比收起电话，扶我站起来。

不好意思，我说。太不好意思了。

这就是你上次得的那种病吗？博比说。

我点点头。博比把袖子扯长遮住手掌，然后拿它擦我的脸。她的毛衣又干又软。谢了，我说。人群开始散去，保安转到拐角处。

你需要去医院吗？她问。

我觉得他们只会告诉我等着做 B 超。

那咱们回家吧。怎么样？

她的手臂环过我的手臂，我们向外走上纳索街，刚好有辆出租车经过。司机停下来，不顾后面车辆的低鸣，让我们坐了上去。博比给了我们的地址，他们聊天时，我任由头向后躺着，看向窗外。街灯给人影沐浴上天使般的光芒。我看见店门，看见公交车窗背后的脸庞。然后我的眼睛合上了。

到家后，博比坚持由她来付车钱。我抓着铁栏杆站在大楼外，等她开门。进屋后她问我想不想洗个澡。我点点头，好。我撑住走廊墙壁。她放好洗澡水，我慢慢脱下衣服。一种可怕的疼痛在我体内跳动。博比重新出现在我面前，接过我的外套把它挂起来。

你脱衣服需要帮忙吗？她问。

我想起这天早上我发给瓦莱丽的那个短篇小说，现在我清楚地想起来那个故事是关于博比的，故事里博比被塑造成一个彻头彻尾的、让我无法忍受的谜，一股我无法用意志驯服的力量，我此生的真爱。这段回忆让我面色苍白。不知怎么我之前没有意识到这一点，或者强迫自己不去注意这一点，而现在我想起来了。

别介意，她说。我看你脱衣服已经有好几百次了。

我想笑，但我的嘴唇在呼气吐气，这大概扭曲了我的微笑。

不要提醒我，我说。

嗨，得了吧。没那么糟。我们也有过好日子。

你听起来就像在跟我调情。

她大笑。在那个故事里我描述了高考结束后在某人家举行的派对，我喝了一整瓶七百毫升的伏特加，整晚都在呕吐。每当有人试图来照顾我时我都会把他们推走然后说：我要博比。博比甚至都不在派对上。

我会用非常不性感的方式给你脱衣服，她说。别担心。

洗澡水还在流。我们走进浴室，我坐在合上的马桶盖上，她卷起衣袖试水温。她跟我说水很烫。我这天穿着一件白衬衫，我试图解开纽扣，但我的手在颤抖。博比关上水龙头，蹲下来替我把扣子解完。她的手指很湿，在纽扣孔周围留下了小小的深色印迹。她轻松地把我的手臂从袖管里抽了出来，就好像她在削土豆皮。

到时候到处都会是血的，我说。

幸好是我在这儿而不是你男朋友。

不，别说了。我在跟他吵架。最近，嗯。我们处得不太好。

她站起来，又走到浴缸边。她似乎突然有点心不在焉。在白色的浴室灯光下，她的头发和指甲盖闪闪发光。

他知道你病了吗？她问。

我摇摇头。她说要去给我拿条毛巾，然后离开了房间。我慢慢站起来，独个脱完了所有衣服，然后爬进了浴缸。

在小说里我加了一件我本人并没有参与的轶事。我们十六岁时博比去柏林学习了六周，寄宿在一户德国家庭，他们有个女儿和我们同岁，叫莱斯。有一天晚上，博比和莱斯没有事先商量就一起上了床。她们动作很轻，免得莱斯的父母听到，之后她们再未谈起这件事。博比并没有过多讲述这件事的感官细节，比如她在此之前是否对莱斯心怀渴望，她是否知道莱斯的心思，她们的那次究竟是怎样的。如果是别的同学告诉我同样的事，我肯定不会相信，但因为说的人是博比，我立马就知道这是真的。我渴望博比，并且和莱斯一样，为了和博比在一起什么事都可以做。她给我讲这个故事是为了说明她不是处女。她说起莱斯这个名字时没带特别的爱或恨意，莱斯仅仅是她认识的一个女孩，自那以后数月，或许自那以后永远，我都害怕某一天她也会像那样叫出我的名字。

洗澡水有香皂的味道，有点太烫了。水碰到我后在大腿上留了一圈粉红色印痕。我强迫自己一路滑入浴缸，水以一种淫荡的方式舔舐着我。我想看见疼痛从我的体内排放出来，排进水里，然后溶解。博比敲敲门，抱着一条粉色的大毛巾走进来，这是她从父母家带来的一条新毛巾。我闭上眼，她把毛巾挂在挂钩上。我听见她再次离开浴室，听到另一间房里响起水龙头的声音，听见她的卧室门开了又关。我能听到她的声音，她肯定是在打电话。

几分钟后，她走进浴室，向我举着她的手机。

是尼克，她说。

什么？

尼克要跟你说话。

我的手是湿的。我把其中一只从水里举起来，笨拙地在浴巾上擦干，然后从她手里接过手机。她又走了出去。

嘿，你还好吗？尼克的声音问。

我闭上双眼。他的声音里带着一种温柔的语气，我想爬进去，就好像这是个空心的东西，我能在其中悬浮。

我现在感觉好多了，我说。谢谢你。

博比把经过告诉我了。肯定很吓人。

有几秒钟我们都没说话，然后我们又都开始说话。

你先，我说。

他对我说他想来看看我。我说欢迎他来。他问我是否需要什么，我说不用。

好吧，他说。我这就去开车。你本来要说什么？

等你来了我跟你说。

我挂上电话，把它小心地放在脚垫没打湿的地方。我再次闭上双眼，任由水的温度涌入我的身体，感受洗发水人工合成的水果芬芳，浴缸坚硬的塑料质地，还有濡湿我脸庞的水雾。我在冥想。我在数我的呼吸。

过了似乎很长一段时间，十五分钟或半个小时，博比又走进来。我睁开眼睛，房间非常明亮，明亮得耀眼，令人诧异得美丽。好了吧？博比问。我告诉她尼克要过来，她说：好。她坐在脚垫边沿，我看着她从开衫口袋里取出一包烟和一只打火机。

她点燃烟后对我说的话是：你要写本书吗？我那时才意识到她没有回答菲利普关于我们表演的问题是因为她在某种层面上知道有什么东西发生了改变，知道我正在做别的什么事。她注意到这点给了我一种自信，同时也向我表明我在博比面前什么都藏不住。对于丑陋或平庸的事物，她或许很晚才会注意到，但我身体内部发生的真正的变化从来都瞒不过她。

我不知道，我说。你要写吗？

她眯起一只眼睛，像那只眼睛不太舒服。然后她又把它睁开。

我干吗要写书？她问。我又不是作家。

你今后要干吗？我们毕业之后。

我不知道。在大学工作吧，如果我行的话。

“如果我行的话。”这句话向我表明博比试图告诉我一件严肃的事，这种事没法通过言语表达，只能通过我们彼此关系里发生的变化进行传递。博比在句尾加“如果我行的话”简直是荒谬，因为她出身富裕、读书勤奋、成绩优异，而且在我们之间这句话根本讲不通。对我而言博比从来不是“如果我行的话”那种人。她对我而言是一个知道自己对人对事具备凶猛到令人恐慌的力量的人，唯一一个这样的人。她想要什么，就能得到，这一点我清楚。

“如果”是什么意思？我问。

我问得太露骨了，有一会儿，博比什么也没说，而是从开衫袖子上拣起一根掉落的头发。

我还以为你准备打倒全球资本主义，我说。

这个么，不能靠我一个人。总有人得从小活儿干起。

我不觉得你是个干小活儿的人。

我就是，她说。

我不知道我说“干小活儿的人”是什么意思。我相信小事的价值，好比带孩子，摘水果，打扫卫生。这些是我认为最有价值的工作，也是我认为最值得尊重的工作。我突然间告诉博比学校的工作对她来说还不够好，这让我感到困惑，但想象博比去做如此宁静又平凡的工作也让我困惑。我的皮肤和水是一个温度，我把一只膝盖移到水外，露在冰冷的空气里，又把它浸了回去。

好吧，那你会成为一个举世闻名的教授，我说。你会在巴黎索邦大学教书。

不会的。

她看起来有点恼怒，几乎要说什么了，但随即她的双目又变得平静而遥远。

你以为每个你喜欢的人都很特别，她说。

我坐了起来，浴缸硌得我骨头疼。

我只是个普通人，她说。当你喜欢上某个人时，你会让他们觉得自己和其他任何人都不一样。你现在就这样改变了尼克，你曾经也改变了我。

不是的。

她抬头看我，没有带一丝一毫的冷酷或愤怒，说：我不是想让你难过。

你就是在让我难过，我说。

好吧，对不起。

我扮了个鬼脸。浴垫上她的手机开始震动。她捡起来后说：喂？好，等我一下。然后她把电话挂了。是尼克，她要去门厅揿开门的按钮把他放进来。

我躺在浴缸里，什么都不想，什么都不做。几秒后，我听见她把前门打开，她的声音说：她今天过得够呛，对她好一点。然后尼克说：我知道，我会的。在这一刻我是如此爱他们，我想像一个善心的鬼魂一样在他们面前出现，给他们的生命撒上祝福。谢谢你，我想说。谢谢你们。你们是我的家人了。

尼克走进浴室，把门关上。这不是那件漂亮的外套吗，我说。他穿着它。他微微一笑，揉了揉一只眼角。我很担心你，他说。很高兴看你恢复了些，已经可以像平时一样搞商品崇拜了。你痛不痛？我耸耸肩。没有那么痛了，我说。他一直注视着我。然后他开始低头盯自己的鞋。他吞咽了一下口水。你还好吧？我问。他点点头，用袖子擦鼻子。我很高兴看见你，他说。他的声音听起来嗡嗡的。别担心，我说。我很好。他抬头看天花板，像在嘲笑自己，眼睛湿漉漉的。很高兴听你这么说，他说。

我告诉他我想从浴缸里出来，他替我把架子上的毛巾拿下来。当我从水里站起来时他看我的眼神一点都不下流，而是那种，当你看过一个人的身体很多次后，你和它就有了一种特别的关系的眼神。我没有把视线从他身上移开，甚至不觉得尴尬。我试图想象我此刻看起来是什么样：滴着水，被蒸汽熏得浑身发红，水沿着头发一股股地流下肩膀。我看着他站在那里，眼睛一眨不眨，表情宁静、深不可测，像一片海洋。我们都不需要开口。他用毛巾把我包住，然后我踏出了浴缸。

24

回到我房间里，尼克坐在床上，我穿上干净睡衣，拿毛巾擦头发。我们能听见博比在另一个房间乱弹尤克里里。安宁似乎正从我身体内部放射到外部空间。我又累又虚弱，但就连这些感受也都很安宁。最后我坐到尼克身边，他拿一只手臂环绕过我。我能闻到他衬衣领上香烟的味道。他问起我的病，我告诉他我在八月时去过一次医院，现在等着做 B 超。他抚摸我的头发，说我之前都没告诉他，这让他很难过。我说我不想让他同情我，他沉默了一会儿。

那天晚上的事我也很抱歉，他说。我觉得你想伤我的心，我反应过度了，对不起。

不知道为什么，我唯一说得出口的是：没关系，别多想。我只想得出这两句话，所以我尽可能温柔地说道。

好吧，他说。嗯，我能跟你说件事吗？

我点头。

我跟梅丽莎讲了，他说。我告诉她我们正在约会。可以吗？

我闭上眼睛。然后呢？我静静地问。

我们聊了一会儿。我觉得她还好。我跟她讲我想要继续和你见面，她也理解，就这样。

你没必要这么做的。

我一开始就该这么做，他说。没必要让你经历这些，我太懦弱了。

我们沉默了几秒钟。我既疲倦又幸福，仿佛身体里每个细胞都慢慢进入自己私密深邃的睡眠。

我知道我不是个多么出色的人，他说。但我真的爱你，你知道吗。我当然爱。很抱歉我从前没告诉过你，但我那时不知道你想听我说。我很抱歉。

我在微笑。我的双眼依然紧闭。事事都错的感觉真好。你从什么时候开始爱我的？我问。

从遇见你开始，我觉得是这样的。如果说得更玄乎一点的话，我会说我在遇见你之前就爱你了。

哦，你现在让我非常开心。

是吗？那就好。我想让你非常开心。

我也爱你。

他亲吻了我的额头。他说话时话音很轻，但我在他声音里听到一种潜藏的感情，这让我很感动。好啦，他说。好吧，你已经受够罪了。咱们以后就一直开心下去吧。

第二天，我收到一封来自梅丽莎的邮件。我当时正坐在图书馆里，用键盘录入一页笔记，她的邮件就在这时寄来了。我决定在读它之前绕着图书馆的桌子走一圈。我慢慢从座位上站起来，开始散步。馆内一切都是棕色的。窗外有一阵风唰唰地穿过树木。在板球场绿地上一个穿短裤的女人在跑步，手肘上下移动，像小小的活塞。我朝着我的书桌扫了一眼，确认笔记本电脑还在。它朝着虚空发出不详的光芒。我绕着房间走了半圈，然后又转回我的座位，就好像绕着书桌走路其实是某种体能耐力测试似的。然后我点开邮件。

你好，弗朗西丝。我并没有对你生气，我希望你知道这一点。我来找你只是因为我认为有些事情你我都应该清楚，这很重要。尼克不想离开我，我也不想离开他。我们会继续一起生活，作为夫妻。我把这一点写在邮件里，因为我不信任尼克会告诉你。他性格软弱，会身不由已地告诉别人他们想听的话。简而言之如果你和我丈夫上床是因为你暗地里相信有一天他会成为你的丈夫，那么你就大错特错了。他不会和我离婚，即使离了，他也永远不会娶你。同样地如果你和他上床是因为你相信他的感情，证明你是一个好人，或者甚至一个聪明的或有魅力的人，你需要知道尼克不会格外被相貌出众或品格端正的人所吸引。他喜欢伴侣能为他的所有决定负全责，仅此而已。从这段感情里你不会得到一种持久的自尊。我敢肯定你认为他百分百的默许非常迷人，但在婚姻中这其实让人非常疲倦。和他争吵是不可能的，因为他顺从到了病态的地步，你冲他大吼大叫只会让你更恨自己。我知道这一点是因为今天我冲着他大吼大叫了很久。因为我在过去“犯过错”，当他在我背后和一个二十一岁的女人上床时，我很难觉得自己真的受了委屈有理由宣泄，我痛恨这一点。

我的和任何遭遇同样情况的人感受一样。我哭得很厉害，不仅仅是断断续续的，还有好几次哭得超过一个小时。但就因为我曾经在一次文学节后和另一个女人睡了一次，几年后当尼克在精神病医院接受治疗时我和他最好的朋友外遇，甚至明知尼克发现后还是继续外遇，我的感情便不作数了。我知道我是个怪物，他或许会跟你讲我的坏话。有时我发现自己在想：如果我这么糟糕，他为什么不离开我？我认识对自己的配偶抱有这种想法的人。这种人后来会杀掉他们的配偶，大概。我不会杀掉尼克，但我必须要告诉你，哪怕我去杀他，他肯定会任我杀。哪怕他发现我正在策划谋杀他，他也不会挑明了说，以免我难过。我习惯了他一副可悲甚至可鄙的样子，我忘记会有人爱他。其他女人一旦了解他后都会丧失兴趣。但是你没有。你爱他，是不是？他告诉我你父亲嗜酒，我父亲也是。我在想我们被尼克吸引是不是因为他给了我们童年缺失的一种安定感。当他告诉我你们之间什么也没发生，他只是暗恋你时，我真的相信了。我放心了，可怕不可怕？我心想，好吧，他夏天才遇见你，他那会儿还不太对劲，自那以后他好多了。现在我意识到其实是你让他变好了，或者这是你带来的功效。你在让我的丈夫变好吗，弗朗西丝？你有什么权利这么做？他现在白天是清醒的了，我注意到了。他开始回复电邮接电话了。我工作时他有时会给我发关于希腊左翼的有趣文章。他也会发同样的文章给你吗，还是这些文章都是量身定制的？我承认你过分的年轻让我感到威胁。

想象你的丈夫竟然会喜欢更年轻的女人让我非常震惊。我从未意识到他会这样。二十一岁很年轻，对吧？但如果你十九岁，那么他还会这么做吗？他是那种三十多岁了还暗地里觉得十五岁的女孩迷人的变态男人吗？他搜没搜索过“幼女”这个词？这都是你进入我们的生活之前我不用去想的问题。现在我会想他是否恨我。当我和别人交往时我不恨他；事实上我觉得我更喜欢他了，但如果他想这么对我说的话我会想啐他。我认为最让我震惊的是他不想选择简单的选项——离开你。于是我知道我已经被你替代了。他说他仍然爱我，但如果他都不会照我所说的去做了，那么我又怎么相信他呢？当然我出轨时他从未像我这次这样反应激烈，我以前总以为他没有这样是我的幸运。现在我在想他是否真的爱过我。难以想象娶一个你不爱的人，但事实上这正是尼克会做的事，出于忠诚或对惩罚的渴望。你知道他的这一面吗，还是只有我知道？我有点希望我和你能做朋友。我曾经觉得你非常冷漠、不友好，最初我以为是因为博比，这让我感到怨恨。现在我知道你仅仅是因为嫉妒和恐惧，我对你的感受不同了。但你不需要嫉妒我，弗朗西丝。对于尼克来说你和他的幸福已经无法分割。我敢肯定他认为你是他成年生活的深爱。他和我之前从未瞒着彼此谈轰轰烈烈的恋爱。我知道我没法叫他停止见你，尽管我想。我可以叫你不要再见他，但我何必这么做呢？情况有所改观了，就连我也能看出来。从前我傍晚回家时他已经上床睡觉了。或者坐在电视机面前，电视频道自他起床以来就没变过。有一次我回家看见他在看一部情色片，里面两个啦啦队成员正在接吻，当他看到我时他耸耸肩说："我没有在看这个，我只是不知道遥控器在哪里。"当时我居然假装不去相信他，因为我觉得如果他真的在看啦啦队电影而不是坐在那儿不情愿地让电影继续放只因为他抑郁得不想去找遥控器，那还好一点。现在我不停地想起这个月的傍晚，我回家时他都在做饭，或者听收音机。他的胡子总是刮得很干净，他会询问我这天过得怎么样，他去健身房的衣服总是放在洗衣机里。我有时看见他带着一种自我评估的表情照镜子。当然了，我怎么会没发觉呢？但我以前总是说我希望他开心，现在我知道这愿望是真的。我的确想让他开心。哪怕事情是这样的我依然如此希望。好吧。就是这样。或许我们某天能一起吃个饭。（我会邀请博比的。）

我把这封邮件读了好几遍。在我看来梅丽莎不分段显得很做作，就好像她在说：瞧我胸中汹涌的情感。我也相信她仔细编辑过邮件，为了达成这种效果：永远记住究竟谁才是作家，弗朗西丝。是我，不是你。我立马冒出这些念头，带着恶意的念头。她没有说我是个坏人，没有说我的任何坏话，尽管在这样的情况下说我坏话是情有可原的。电邮里关于我的年轻那一段让我动容，我意识到她究竟有没有算计并不重要。我很年轻，她比我老。这足以让我感到抱歉，就好像我在自动售卖机里多投了几枚硬币。第二次读时我跳过了那一段。

邮件里我唯一真正想知道的是关于尼克的信息。他曾经住过精神病院，这对我来说是个新闻。我并未感到反感；我读过相关书籍，深知资本主义才是真正疯狂的东西。但我以为因为精神问题住院的人和我认识的人不一样。我知道我进入了一个新的社会场景，严重的精神疾病不再带有过时的含义。我正在经历第二次成长教育：学习一套新的认知，假装一种我还尚未具备的更高一层的理解力。照此逻辑尼克和梅丽莎就像将我带入世界的父母，或许比我的原生父母更恨我、更爱我。这也意味着我的确是博比邪恶的双胞胎姊妹，那时这个比喻并不显得太离谱。

我并没有很深入地循着这一思路思考，像是任由我的眼睛追随过路汽车的轨迹。我的身体弹簧似的扭在图书馆椅子上，两脚交叉，左脚背紧紧地抵在椅背上。我很愧疚，尼克以前病得这么厉害，而现在尽管他选择不告诉我，我也还是知道了。我不知道怎么处理这条信息。电邮里梅丽莎的口吻很冷酷，就好像尼克的病情是她外遇的一层黑色喜剧的背景，我不知道这是她的真实感受，还是只是她掩饰真实感受的一种方式。我想起伊夫林在书店反复告诉尼克他看起来多么好。

一个小时后，我回复的电邮内容如下：

> 要想的东西太多。吃个饭挺好。

25

那会儿是十月中旬。我把房间里能找到的现金凑在一起，再加上我忘记存银行的生日和圣诞得的礼金。一共是四十三欧，我花了四欧元半在一家德国超市买了面包、意面、罐装番茄。早上我问博比能不能喝她的牛奶，她朝我挥挥手，像在说：想用多少就用多少。杰里每周会给她生活费，我还注意到她开始穿一件新的配玳瑁扣子的黑羊毛大衣。我不想告诉她我银行账户的事，就只是形容自己“破产了”，口吻装得非常漫不经心。每天早上和傍晚我都给父亲打电话，每天早上和傍晚他都不接。

我们去梅丽莎和尼克的家吃了晚餐。我们去了不止一次。我注意到博比越来越喜欢和尼克聊天，甚至胜过喜欢梅丽莎和我的陪伴。当我们四人在一起时，她和尼克经常假装展开辩论，或进行其他竞技性活动，把我和梅丽莎排除在外。他们吃完饭后玩视频游戏，或者旅行装的磁性国际象棋，梅丽莎和我则谈论印象主义。有一次他们喝醉了，居然在后花园里彼此追逐。尼克最后赢了，但他累坏了，博比叫他“老人”，把枯叶甩到他身上。她问梅丽莎：我们哪个更好看，尼克还是我？梅丽莎看看我，用调皮的语气回答：都是我的孩子，一样爱。博比和尼克的新关系带给我一种微妙的影响。看见他们在一起，给予彼此全部关注，给我一种莫名的审美上的激动。就外貌而言他们都完美无瑕，像双胞胎。

有时我发现自己希望他们能靠得更近些，或者彼此抚摸，仿佛在试图完成一件头脑中尚未完成的事情。

我们经常进行政治讨论，我们的立场是相似的，但自我表述的方式不同。比如说，博比是一个反动者，而梅丽莎的论调灰暗悲观，她倾向于支持法治。尼克和我落于她们二人中间，更喜欢批判而不是拥护。一天晚上我们谈起美国刑事司法系统蔓延的种族歧视问题，谈起没有刻意去找就看到的警察暴力执法的视频，以及我们作为白人说视频“不忍直视”究竟意味着什么——我们都承认这一点，但没法说明究竟为什么这么困难。有一个视频里，一个穿游泳衣的黑人少女哭喊着她母亲的名字，与此同时一名白人警官跪在她背上，尼克说这视频让他不舒服到极点，甚至都没法把它看完。

我意识到这是在纵容，他说。但我也想，我看完它又会有什么帮助呢？这本身也让我沮丧。

我们还讨论了这些视频在某种程度上是否有助于滋生身为欧洲人的优越感，就好像欧洲警察系统的种族歧视问题没那么泛滥一样。

其实他们也一样，博比说。

没错，我不认为我们应该说“美国警察都是混蛋”，尼克说。

梅丽莎说她并不怀疑我们面对的是同一个问题，但很难看清究竟为什么会这样，并且似乎在我们想清楚之前，很难行动起来解决它。我说我有时想否认自己的种族，就好像：虽然我很明显是白人，我并不是“真正的”白人，和别的白人不一样。

我没有冒犯你的意思，博比说，但这真的一点忙都帮不上。

你没有冒犯我，我说。我同意。

自从尼克向梅丽莎坦白我们在一起后，我和他的恋情在某些方面发生了变化。白天我会给他发多愁善感的短信，他喝醉的时候会给我打电话，表扬我的个性。性方面和从前类似，但事后不同了。我不再感觉平静，而是莫名得毫无防备，像只装死的动物。仿佛尼克能伸进我柔软云朵般的肌肤，取走我体内的任何东西，好比说肺或者其他脏器，而我都不会试图阻止他。当我向他描述这种感受时他说他也这么觉得，但他当时很困了，可能没认真听。

校园四处堆起枯叶，我整日上课，在厄舍尔图书馆里找书。没下雨的日子，我和博比沿人迹稀少的小路边走边踢叶子，谈论风景画理念之类的话题。博比认为人们对“未被触碰的自然”的崇拜本质上是父权的，民族主义的。我说我喜欢房屋胜过田野。房屋更诗意，因为里面住了人。然后我们坐在学生餐厅，看雨打在窗户上。我们之间有什么东西发生了变化，但我不知道那究竟是什么。我们仍然能轻而易举地凭直觉猜到彼此的心绪，我们仍然交换会意的眼神，我们的对话仍然很长很深刻。那天她替我放洗澡水改变了某样东西，它改变了博比在我心中的位置，尽管我们还是我们自己。

那个月末，一个午后，我只剩大概六欧元时，我收到一个叫刘易斯的人发来的邮件，他是都柏林一家文学期刊的编辑。邮件说瓦莱丽把我的小说发给了他的杂志，说如果我同意发表，他很乐意在下期刊登它。他说他为此非常激动，并且有若干修改意见，问我有没有兴趣。

我打开我发给瓦莱丽的文档，一次性读完，不停下来去想我究竟在做什么。故事里的人物很明显是博比，她的父母很明显是她的父母，我很明显是我。认识我们的人读了故事不会认不出这是博比。对他们的呈现并不算负面，严格说来。故事强调了博比和我各自性格里最突出的部分，因为它写的就是性格主宰。但我认为，你总得有所选择，有所强调，写作就是这样。博比比任何人都更能理解的。

刘易斯还说我会获得稿费，并给了一个首次发表作品的作家所得稿费的比例。如果按现在这个长度发表，我的小说值八百欧元还多。我回复刘易斯，感谢他对我的作品感兴趣，告诉他我很乐意和他合作，按照他觉得妥当的方式修改。

那天傍晚尼克来公寓接我去蒙克斯顿。梅丽莎要在基尔代尔郡和她家人待几天。在车上我向他解释了那个短篇，讲了我和博比在浴室的对话，以及她说自己其实没那么特别。慢点来，尼克说。你说这个小说卖了多少钱？我都不知道你还写文章的。我笑了，我喜欢他装作为我骄傲。我告诉他这是我的第一部小说，他声称我简直让人害怕。我们讨论了博比出现在我小说里，尼克说他经常出现在梅丽莎的作品里。

但只是一笔带过，我说。好比“我丈夫在那儿”。这个故事里博比是主角。

哦对，我忘记你读过梅丽莎的书了。没错，她的确没有过多停留在我身上。不过我相信博比不会介意的。

我在想要不就不告诉她了。她又不会读杂志。

嗯，我觉得这主意不怎么样，他说。这还得要求其他许多人都不告诉她。和你们一起玩的那个人，菲利普那样的人。我妻子。不过当然了，你说了算。

我发出“嗯嗯”的音节，因为我认为他说得没错，但我不想要这么想。我喜欢他说我说了算。他的双手欢快地拍打着方向盘。我怎么老遇上作家？他问。

你只是喜欢在智力上能碾压你的女人们，我说。我猜你肯定暗恋过中学老师。

我在这方面真的臭名昭著。我和大学时一个讲师上过床，我跟你讲过吗？

我让他讲给我听，他说了。那个女人不是什么助教，她是货真价实的教授。我问她多大了，尼克狡黠地笑了笑，说：大概四十五？可能有五十。不管怎么说她丢了工作，简直太疯狂了。

我能理解她，我说。我不就是在你妻子生日宴会上亲的你吗？

他说他很难理解为什么他会让别人产生这种感受，这在他人生中发生的次数不多，但感情总是很强烈，并且他通常都没怎么介入。十五岁时他哥哥的朋友也对他产生了类似的感情。这女孩将近二十岁了，尼克说。她为我着迷。我就是这么失去童贞的。

你为她着迷吗？我问。

不，我只是害怕对她说不。我不想伤害她的感情。

我告诉他这听起来很凄惨，让我很悲伤。他飞快地说：哦，我不是在博同情分。我的确表达了同意，但并不是……好吧，这大概是违法的，但我的确同意了。

因为你害怕说不，我说。如果这种事发生在我身上你会说这是同意吗？

好吧，不会。但我并没有觉得生理上受到威胁。我的意思是，她的行为很怪，但我们都是青少年。我不认为她是个邪恶的人。

我们还在城里，堵在北码头一带的路上。傍晚刚刚开始，但天已经黑了。我看向窗外行人，以及路灯下移动的雨帘。我告诉他，我认为他作为恋爱对象如此吸引人是因为他被动得出奇。我知道我得主动亲你，我说。我知道你永远不会亲我，这让我感到脆弱。但我也感受到一种可怕的力量，就好比，你会任由我亲你，那么你还会任由我做什么？这有点叫人沉醉。我没法判断我能否完全控制你。

现在你感觉如何？他问。

感觉更像完全控制。是不是很糟糕？

他说他不介意。他认为我们应当试图矫正力量悬殊差异，这样对我们更好，不过他也补充道这一点没法完全做到。我说梅丽莎认为他"顺从到病态"，他说凭这一点就认为他在男女关系里是无助的是错误的。他告诉我他认为无助通常是施展权力的一种方式。我说他听起来像博比，他笑了。这是一个男人能从你那里获得的最高评价，弗朗西丝，他说。

那天晚上我们在床上谈论尼克姐姐的宝宝，他很爱她。有时他感到抑郁时会去劳拉家，就为了和宝宝近一些，看看她的脸。

我不知道他和梅丽莎是否计划要小孩，也不知道既然他这么爱小孩，他们为什么还不要。我不想问，因为我害怕发现他们的确计划要，因此我装出一副讽刺的口吻，说：或许我们俩可以生几个孩子。我们可以在一个多重伴侣聚居区把他们带大，让他们自己选名字。尼克对我说他已经有过类似邪恶的念头。

如果我怀孕了你还会觉得我有吸引力吗？我问。

当然了，还用说。

恋物情结那种？

好吧，我不清楚，他说。我的确感觉我比十年前更关心孕妇了。我喜欢想象为她们做好事。

那听起来很恋物啊。

什么对你来说都是恋物。我的意思更接近于为她们做饭。但如果说你怀孕了我还愿意操你吗，答案是会。放心好了。

我转过身去，把嘴巴靠在他耳边。我闭着双眼，这样就感觉我只是在玩一个游戏，不是动真格的。嘿，我说，我真的想要你。然后我感觉到尼克点头，甜蜜地热切地点。谢了，他说。他说谢了。我们接吻。我把背抵在床垫上，他谨慎地抚摸着我，像一头鹿拿自己的脸去碰什么东西。尼克，你真是太难得了，我说。我把钱包忘外套里了，他说。等一下。而我说：就这样来吧，我反正吃了药的。他把手平放在我头边的枕头上，有一秒里他一动不动，呼气很烫。好吧，你想这么做吗？他问。我告诉他我想，他不断地呼气，然后说：你让我自我感觉非常好。

我把双臂环绕在他颈上，他把手滑进我的腿间，以便进入我的身体。我们从前都会用避孕套，而这次感觉不一样，或许因为他的反应很不一样。他的皮肤很潮湿，喘息声很重。我感觉我的身体打开，又闭上，就像定格视频里一朵花的花瓣盛开又聚拢，看起来如此真实，以致让人产生幻觉。尼克说了声“操”，然后说：弗朗西丝，我不知道这感觉会这么好，不好意思。他的嘴非常柔软，非常近。我问他是不是已经要来了，他吸了一秒钟的气，然后说：对不起，我很抱歉。我想到他想让我怀孕的邪恶欲望，想到我到时候会感觉多么饱满和庞大，想到他会爱怜地骄傲地抚摸我，于是我听到自己说：不，没关系，我想要。这一刻感觉非常奇怪和美妙，他对我说他爱我，这我记得。他在我的耳朵边喃喃：我爱你。

/

那时我要赶好几篇论文，于是我画了张粗略的个人日程表。早上图书馆开门前，我坐在床上，按刘易斯发给我的修改意见修改。我能看见我写的故事渐渐成形，舒展开来，变得更长也更扎实。然后我冲澡，穿上松松垮垮的毛衣去学校待一整天。我经常能不吃饭待到傍晚很晚，然后回家，煮两把意面，浇橄榄油和醋把它们吃下，然后睡觉，有时甚至连衣服都不脱。

尼克开始参加新版《哈姆雷特》的排练，星期二、星期五下班后他会来公寓过夜。他抱怨厨房里从来没什么吃的，但当我用自嘲的语气说我破产了时，他说：哦，真的吗？对不起，我不知道。于是他每次来时会带吃的。他从坦普尔酒吧区的面包房带来新鲜面包、罐装蔓越莓果酱、盒装鹰嘴豆酱还有全脂奶油奶酪。他看着我吃东西的样子，问我究竟有多没钱。我耸耸肩。自那以后，他开始带鸡胸肉和塑料密封的牛肉碎肉，塞进我的冰箱。这让我觉得我被包养了，我说。他说：你看，如果明天不需要，你可以把它们冻起来。我感觉面对这些食物我需要装作觉得很搞笑，并且毫不在意，因为我认为尼克如果知道我真的没钱，并且在靠他带来的面包和果酱过活，他会觉得很不自在。

博比似乎很喜欢尼克来我们公寓，一部分原因是他总能帮忙。他教我们如何修厨房里漏水的水龙头。一家之主，她讥讽地说。有一次，他给我们做饭时，我听见他和梅丽莎通电话，谈起编辑对她文章的修改意见而引发的争论，他安慰她那人“完全不讲道理”。通话的大多数时候他只是点头，在炉盘上移动煮锅，说：嗯，我知道。这种角色似乎最让他适意：聆听，然后问一些睿智的问题，以显示他真的在听。这让他觉得自己是被需要的。他那次通话时的表现棒极了。我敢肯定那电话是梅丽莎主动打的。

那些夜里我们聊天聊到很晚，有时聊到能看见窗帘外面变亮。一天晚上我告诉他我在接受经济助学金以负担大学学费。他表示很惊讶，然后立刻说：抱歉我听起来很惊讶，我太无知了。我不应该认为每个人的父母都有钱负担这个。

这个嘛，我们不穷，我说。我不是出于自我保护这么说的。我只是不想让你觉得我是在贫穷环境里长大的罢了。

当然不是。

你知道吗，尽管如此，我的确觉得和你还有博比不一样。或许这差别很小。对我拥有的好东西，我都觉得不自在。好比说我的笔记本电脑，二手货，我堂兄的。但我还是觉得很不自在。

你有权拥有好东西，他说。

我用拇指和食指掐了掐羽绒被套。它很硬，布料粗糙，和尼克家里那种埃及棉的材质完全不一样。

我爸没有准时支付我生活费，我说。

哦，是吗？

嗯。这会儿我基本上没钱。

真的吗？尼克问。那你靠什么生活？

我用手指卷动着羽绒被套，感觉里面的颗粒。好吧，博比让我用她的东西，我说。你每次都会带吃的。

弗朗西丝，这太疯狂了，他说。你为什么不告诉我？我可以给你钱。

不，不。你自己都说过这会很奇怪的。你说有道德上的顾虑。

我更担心你挨饿。你看，你要是愿意的话你可以还我钱，我们可以称它为贷款。

我盯着羽绒被，它上面印着丑陋的花朵纹样。那个故事发表后我就有钱了，我说。我到时可以还你。第二天早上，博比和我吃早饭时尼克出门去 ATM 机取钱。当他回来时，我看出他不好意思当着博比的面给我钱，这让我很高兴。我不想让她知道我需要钱。我在他要离开时跟着他走进门厅，他取出钱包，数了四张五十欧元。看着他这样数钱让我觉得很不安。太多了，我说。他向我露出一个尴尬的表情，说：那就以后还我，别担心。我张开嘴，他打断我：弗朗西丝，没关系。对他来说或许真的不算什么。他离开前亲了我的额头。

/

十月的最后一天，我交了其中一篇论文，然后和博比一起出门去和朋友们喝咖啡。我对生活很满意，这是我记忆中最快乐的时候。刘易斯喜欢我的修改，准备在杂志一月刊上登载这个故事。有尼克借我的钱，还有到时用杂志的稿费还掉借款后还剩下的钱，我觉得自己难以置信得富有。就好像我终于逃离了童年和对他人的依赖。我父亲再也无法伤害我了，从此之后我对他感觉到一种全新的真诚的同情，就像一个善良的旁观者心中的那种同情。

那天下午我们和玛丽安娜碰面，来的还有她的男朋友安德鲁，大家都不太喜欢他。菲利普也在那里，和卡米尔一起，他们最近刚开始交往。菲利普在我面前似乎很局促，他很小心地和我对视，在我讲笑话时微笑，但那表情似乎是因为同情甚至怜悯，而不是发自真诚的友情。我觉得他的举动很笨拙，都谈不上冒犯，不过我记得心里希望博比也能注意到这一点，我们之后好就此讨论。

我们坐在大学绿地广场附近一间小咖啡店的楼上，话题在某一刻转向一夫一妻制，我对这话题没什么可说的。一开始玛丽安娜在探讨非单偶制是否是某种取向，就像同性恋那样，而有些人“天生”就没法过一夫一妻制，这引发博比指出，照这样说的话，没有性取向也是“天生”的。我小口小口啜着博比带给我的咖啡，一言不发，只是想听她说话。她说一夫一妻制是基于一种契约模型，这是为了满足父系社会男人们的需求，从而让他们能把财产传给自己亲生的后代，而这通常都由对妻子享有性权利而达成。非单偶制也可以是基于另外一种模型罢了，博比说。某种更自发的同意。

听博比用理论归纳一个论题令我兴奋。她的句子都非常清晰、明朗，就像她在用空气制造玻璃或水。她从来不犹豫也不重复自己的话。她常常迎上我的眼睛，我于是点头：是的，没错。这种赞许似乎鼓励了她，就好像她是为了在我眼中寻求认同，然后她又移开视线，继续说：我的意思是……

她说话时似乎没注意桌上其他人，但我注意到菲利普和卡米尔在交换眼神。有一次菲利普看向安德鲁，他是在座唯一另外一个男性，而安德鲁抬起双眉，像博比在说什么蠢话，或在宣讲反犹思想一样。我认为菲利普去看安德鲁是非常懦弱的，因为我知道他甚至都不喜欢安德鲁，而这让我非常不舒服。渐渐地我意识到有一阵大家都没说话了，玛丽安娜开始尴尬地盯着自己的膝盖。尽管我喜欢听博比像这样说话，我开始希望她能停下来。

我只是不觉得我们能爱不止一个人，卡米尔说。我的意思是，全心全意地，真切地爱他们。

你的父母有最偏爱的小孩吗？博比说。你肯定不太好受吧。

卡米尔紧张地笑了，她没法判断博比是不是在开玩笑，她还不够了解博比，不知道博比平时就这样说话。

这和儿女其实不太一样吧，卡米尔说。难道不是吗？

好吧，这取决于你是否相信那种跨越文化和时间的浪漫爱情，博比说。不过我猜咱们都相信一些很傻的事，不是吗？

玛丽安娜瞟了我一眼，只是一瞬，但我知道她和我是同样的感受：博比现在比以往更挑衅，她会伤到卡米尔的感情，而菲利普会生气的。我看向菲利普，意识到已经太晚了。他的鼻孔轻微喷张，他很生气，他要和博比辩论，他会输。

很多人类学家都同意人类天生就是一夫一妻制的物种，菲利普说。

你在理论上是这个观点吗？博比问。

不是所有东西都能用文化理论来解释的，菲利普说。

博比笑了，笑声从审美角度来说优美极了，像在表演某种彻头彻尾的自信，玛丽安娜倒吸了口气。

哦我的上帝，他们真的打算让你毕业吗？博比问。

那耶稣呢？我问。他也爱所有人。

他也是禁欲的，菲利普说。

这在史学上尚存争论，博比说。

你写《巴特尔比》[①]的论文怎么样了，菲利普？我问。你今天刚交上去，是不是？

博比听了我蹩脚的调解后笑了，她坐回到椅子上。菲利普没有看我，而是看着卡米尔，他们微笑着，像在分享一个不为外人道的笑话。我大为光火，我伸手救他免受侮辱，他不感谢我的努力，这是很不地道。他转过头去，开始谈他的论文，像是在领我

---

① 美国作家赫尔曼·梅尔维尔的小说《抄写员巴特尔比》。

的情，我假装没听。博比在她的包里找出一包香烟，其间抬起一次头，说：你应该读吉尔·德勒兹[①]。菲利普又瞟了一眼卡米尔。

我读了的，菲利普说。

那你完全没懂他的意思，博比说。弗朗西丝？你想出来抽根烟吗？

我跟着她出去。外面才刚过傍晚，空气清冽，夜空是海军蓝。她开始笑，我也开始笑，因为能和她单独在一起。她点燃了我们俩的香烟，然后喷出一朵云似的烟，笑着咳嗽。

人性啊，你说是不是，她说。你简直是个墙头草。

我只是尽可能保持沉默，显得聪明一点。

她被逗乐了。她亲昵地替我把耳后一缕头发理好。

你这是在暗示我吗？她问。

哦不。如果我能像你那样说话我肯定随时都在说。

我们朝着彼此微笑。天很冷。博比的香烟头忽隐忽现地闪着橙光，向空中释放星星点点的火光。她将脸转向街道，像在展示自己完美的侧影。

我最近过得像屎一样，她说。家里头乱套了，我不知道该怎么办。你以为你是能对付这种事的人，可等它发生了你才意识到你不能。

她让香烟垂在下唇，靠近嘴角，双手捋起头发扎成髻。那天是万圣节，街上很热闹，小队小队的人披着斗篷戴着道具眼镜或

---

① 吉尔·德勒兹（Gilles Deleuze，1925—1995），法国后现代主义哲学家。

穿着老虎戏装走过。

你说什么？我问。发生什么了？

你知道杰里有点情绪化，是吧？其实没什么。就是家庭闹剧，有什么好关心的？

我关心一切发生在你身上的事。

她把烟放回指间，用衣袖擦鼻子。在她双眸中那抹橘光像火一样。

他不想离婚，博比说。

我之前都不知道。

没错，他简直就像个混蛋。他编了各种有关埃莉诺的阴谋论，比如她要骗他钱之类的。最糟糕的是他居然以为我会站在他那边。

我想起她对卡米尔说：你父母是不是有个偏爱的孩子？我知道博比一直是杰里的最爱，他认为她妹妹被惯坏了，认为他老婆歇斯底里。我知道他跟博比讲这些事是为了获取她的信任。我一直以为被杰里偏爱对博比来说是一项特权，现在我发现它同样也是麻烦而危险的。

我都不知道你在经历这些，我说。

每个人都在经历什么，不是吗？这就是人生，基本上来说。有越来越多的事要处理。你和你爸的那档破事，你也从来不讲。你的日子也算不上无忧无虑。

我什么也没说。她的唇间吐出一缕细细的烟雾，她摇摇头。

对不起，她说。我不是这个意思。

不，你说得没错。

我们就这样站了一会儿，在吸烟挡板后面紧挨着。我注意到我们的手臂彼此触碰，然后博比吻了我。我接受了这个吻，我甚至伸手去抓她的手。我能感觉到她的嘴带来的柔软的压力，她的双唇张开，我闻到她用的保湿霜那种人工合成的甜香。我以为她要将手臂环过我的腰，但她抽身离开了。她的脸很红，看上去好看极了。她把烟头掐灭了。

我们回去吧？她说。

我的身体内部像机器一样嗡鸣。我盯着博比的脸，试图在上面寻找刚才发生的事的痕迹，但什么也没找到。她是在确认对我再也没有感情了，亲我就像亲墙壁吗？这是某种实验吗？回到楼上，我们穿上外套，一起走回家，一路谈论学校，梅丽莎的新书，那些和我们没什么关系的事情。

26

第二天傍晚，我和尼克去看一部关于吸血鬼的伊朗电影。去电影院的路上我告诉他博比亲我的事，他想了几秒，然后说：梅丽莎有时也会亲我。我不知道自己是什么感受，开始开玩笑。你背着我亲别的女人！我们马上就要到电影院了。我的确想让她快乐，他说。或许你希望我别说这个。我站在电影院门前，双手插在兜里。说什么？我问。你亲你的老婆吗？

我们现在关系变好了，他说。比之前要好。但我的意思是，你或许不想听这些。

你们关系变好我很开心。

我觉得我应该感谢你让我成为一个可以相处的人。

我们呼出的气像雾一样搁在我们之间，电影院的门旋开，带来一股热气和爆米花的油香气。

我们要赶不上电影了，我说。

我这就闭嘴。

看完后我们去戴姆街买炸豆丸子。我们坐在隔间里，我告诉他我母亲明天要来都柏林找她的妹妹，然后她要开车载我回老家去做B超。尼克问我预约的是哪一天，我告诉他是11月3日下午。他点头，在这些话题上他话不多。我换了个话题，说：我母亲对你起了疑心，你知道不。

是不是不妙？尼克问。

这时女店员端上了我们的饭，我不再说话开始吃。尼克谈起他的父母，说“去年那么多事之后”就再没见过他们。

“去年”出现的频率好像很高，我说。

是吗？

零零散散的。我知道那会儿事情比较糟。

他耸耸肩。他开始吃。他或许不知道我知道他住过院。我小口喝我的可乐，一言不发。然后他用纸巾擦嘴，开始说话。我没怎么期待他打开话头，但他说了。我们的餐间前后都没人，也没人在听，他的语气非常真诚、非常自谦，不是为了逗我笑，也不是想让我难过。

尼克告诉我，去年夏天他在加利福尼亚工作。他说日程安排得很紧，他很累，抽了太多烟，然后他一边的肺崩溃了。他没法把电影拍完，最后住进了美国一家非常糟糕的医院，认识的人都不在身边。那时梅丽莎为了写一篇关于移民社区的文章在欧洲旅行，他们没怎么说话。

他告诉我，等他们都回到都柏林时，他已经身心俱疲。他不想跟梅丽莎去任何地方，如果她有朋友过来，他大多会上楼试图睡觉。他们相处时彼此脾气很坏，经常吵嘴。尼克告诉我当他们刚结婚时他们都想要生小孩，但渐渐地当他提起这件事时，梅丽莎开始拒绝讨论。她那时三十六岁。十月的一个晚上，她告诉他她发现自己还是不想要小孩。他们大吵了一架。他告诉我他说了些很不讲道理的话。我们都说了，他说。但我对此很后悔。

最后他搬进了闲置的客房。他白天睡很久，瘦了很多。一开始，他说，梅丽莎很生气，她认为他在惩罚她，或者试图让她做一件她不想做的事。但后来她意识到他真的生病了。她试图帮忙，预约了医生和咨询师，但尼克从来不去。我现在真的没法解释，他说。我回头去看过去的行为，我自己都不能理解。

最后，十二月，他住进了一家精神病医院的套间。他在里面待了六周，那时梅丽莎开始和别人约会，他们共同的一个朋友。他会发现这件事，是因为梅丽莎把发给那人的短信发给了他。这对我的自尊来说或许是个打击，他说。但我不想夸大其词。我都不知道那时我还有没有什么自尊。他出院时，梅丽莎说她想离婚，他同意了。他感谢她试图帮他所做的一切，她突然哭起来。她告诉他她有多么害怕，她每天早上出门时有多愧疚。我以为你要死了，她说。他们谈了很长时间，向对方道歉。最后他们决定继续生活，直到他们有什么新安排。

那年春天尼克重新开始工作。他加强了锻炼，在他一个朋友执导的阿瑟·米勒的戏里演一个小角色。梅丽莎和克里斯——她交往的那个男人——分手了，尼克说他们的生活就这么过了下去。他们试图协商过一种他称之为“半婚姻生活”。他们和彼此的朋友见面，晚上一起吃饭。他续了健身房的会员卡，下午带狗去沙滩散步，重新开始读小说。他喝蛋白质奶昔，体重上来了。生活还不错。

这时你得明白，他说，我习惯了被每个人都视作负担。好比说我的家人和梅丽莎，他们都希望我能变得更好，但他们并不喜欢和我在一起。尽管我重新开始运转，我还是觉得自己是个没用的、可悲的人，你知道吗，就好像我在浪费别人的时间。就在这时我遇到了你。

我越过桌子盯着他。

我太难以相信你居然会对我感兴趣，他说。你知道吗，你给我发这些邮件，有时我发现自己在想，这是真的吗？每当我开始这么想，我就觉得很羞愧，我居然容忍自己这么想。就好比，一个糟糕的已婚男人自以为一个美丽的年轻女人想和他上床，还有比这更让人绝望的吗？你知道的。

我不知道该说什么。我摇头，或者耸了耸肩。我不知道你当时是这样的感受，我说。

不，其实，我当时不想让你知道。我想要当这个你认为很酷的男人。我知道有时你感觉我不爱表露情感。这对我来说很困难。这或许听起来像我在找借口。

我努力给他一个微笑，又摇了摇头。你没有，我说。我们两人都顿了顿。

我有时太残忍了，我说。我现在感觉很羞愧。

哦不，别对你自己太严苛了。

我盯着桌面。我们都陷入沉默。我喝完了自己的可乐。他把面巾叠起来，放在餐盘上。

过了一会儿，他告诉我这是他第一次讲述那年的故事和发生的事件。他说他从未从自己这个角度听这个故事，因为他习惯听梅丽莎来讲，他们的版本当然不一样。听我自己讲这个故事，就好像我是主人公一样，他说，感觉很奇怪。几乎感觉我在撒谎，尽管我认为我讲的每一件事都是真的。但梅丽莎讲的方式肯定会不同。

我喜欢你讲的方式，我说。你还想要孩子吗？

当然了，但现在已经晚了，我觉得。

说不准。你们还年轻。

他咳嗽了一下。他似乎想说什么，但最终又没有。他看着我吸可乐，我回头看向他。

我认为你会是一个很好的家长，我说。你本性善良。你很有爱。

他做出一副奇怪的表情，很惊讶的样子，然后长舒一口气。

我有点承受不了了，他说。谢谢你这么说。我现在得笑，不然我就要哭出来了。

我们吃完饭，走出餐馆。我们穿过戴姆街，然后向码头走去，尼克说：我们应该一起出去走走。一个周末什么的，你怎么想？我问他去哪里，他说，威尼斯怎么样？我笑了。他把手放进兜里，他也在笑，我认为是因为他喜欢想象我们两个一起出去玩，或者仅仅因为他刚才把我逗笑了。

就在那时我听到我母亲的声音。我听见她说：哎哟，你好，女士。她就在街上，我们面前。她穿着一件带衬里的黑色外套，戴一顶有阿迪达斯商标的小便帽。我记得尼克穿着他美丽的灰色大衣。他和我母亲就像两部电影里的人物，电影的导演完全不同。

我不知道你今晚就到了，我说。

我刚刚停好车，她说。我要去和你伯尼小姨吃晚饭。

哦，这是我朋友尼克，我说。尼克，这是我母亲。

我只能飞快地瞟他一眼，但我看见他在微笑，然后伸出手来。

鼎鼎有名的尼克，她说。我听过很多你的事。

哈哈，我也一样，他说。

她的确说过你很帅就是了。

妈，天哪，我说。

不过在我想象里你年纪要大些，我母亲说。你还是个年轻小伙呢。

他笑了，说过奖了。他们又握了握手，她跟我说明天早上见我，然后我们告别。那天是 11 月 1 日。河面上波光粼粼，公交车像一盒一盒的灯似的驰过，窗玻璃后面挂着人们的面庞。

我转过头看尼克，他的手又收回兜里。很愉快，他说。而且也没挑明我已婚了，再加一分。

我微微一笑。她很酷的，我说。

/

那天晚上我到家时，博比在客厅里。她坐在餐桌边，盯着一份打印出来的纸稿，角上钉着订书钉。尼克回蒙克斯顿了，说他晚些时候发邮件跟我商量威尼斯的事。博比的牙齿在轻微颤抖。我进屋时她没看我，这给我一种奇怪的虚无感，像我已经死了。

博比？我问。

梅丽莎发给我了。

她举起打印稿。我看得出它是双倍行距，有很长的段落，像篇散文。

发给你什么？我说。

有一秒她笑了，又或者只是排出紧憋着的一口气，然后她把纸页甩向我。我笨拙地拿胸口把它接住。我低头看着这些用细无衬线体打印出的文字。我的文字。这是我的小说。

博比，我说。

你还打算给我看吗？

我站在那里。我的双眼浏览到页面上方的句子，这一页我在讲我十几岁时有次去别人家参加聚会，博比不在，我身体不舒服。

对不起，我说。

对不起什么？博比说。我很好奇。对不起写了这个故事？我很怀疑。

不。我不知道。

真好笑。我觉得在过去二十分钟里我了解到的你的感受，比我在过去四年里明白的都多。

我头重脚轻，盯着稿子，直到文字像昆虫一样扭动起来。这是第一稿，我发给瓦莱丽的版本。她肯定给梅丽莎读了。

这是虚构的，我说。

博比从椅子上站起来，批判性地上下打量我的身体。一种奇怪的能量在我胸中聚集，仿佛我们要打架了一样。

我听说你靠它赚了大钱，她说。

没错。

操你。

我其实很需要那笔钱，我说。我知道这对你来说很陌生，博比。

她从我手中夺过纸稿，订书钉的背面拖过我的无名指，划破了皮肤。她把它举在我面前。

你知道吗，她说。你其实写得很好。

谢了。

然后她把它一撕两半，扔进垃圾桶里，然后说：我再不想和你住在一起了。她当晚收拾好东西。我坐在房间里听。我听见她滑动行李箱走向门厅。我听见她关上门。

第二天早上母亲在公寓楼外接我。我坐进车里，系上安全带。她本来在听古典音乐电台，我关上门后她把它关了。那是早上八点，我抱怨要这么早起床。

哦，不好意思，她说。我们本来可以给医院打个电话，安排好时间以便你睡个懒觉，那样是不是好一点？

我以为是明天做扫描。

是今天下午。

操，我温和地说。

她把一升的瓶装水放到我膝盖上，说：想什么时候开始请便。我拧开瓶盖。做扫描没有其他准备事项，只需喝大量的水，但我还是感觉整件事就像突然抛在我身上似的。我们有一阵没说话，然后母亲从余光里瞥我。

昨天那样碰见你真是有意思，她说。你看上去像个货真价实的大姑娘。

而我实际不是？

她一开始没有回答，我们的车在绕一个环岛。我透过挡风玻璃看着来往的车。

你们看上去非常优雅，她说。就像电影明星。

哦，那是因为尼克。他很光彩夺目。

母亲突然伸过来抓住我的手。车堵在路上。她握的力度出乎我意料，几乎有点狠。妈，我说。然后她松开我的手。她用手指把头发向后捋好，然后把双手放在方向盘上。

你真是个狂野的女人，她说。

我只学最好的。

她笑了。哦，恐怕我可比不上你，弗朗西丝。你得靠自己去弄明白这些事了。

27

到了医院，在建议下我喝了更多的水，多到我坐在候诊室时感到极度不适。这地方很忙。母亲从自动售卖机给我买了一条巧克力，我坐着，拿我的钢笔敲打《米德尔马契》的封面，这是我英语小说课的读物。封面画了一个维多利亚时期的女人，双眸悲伤，在捯饬鲜花。我怀疑维多利亚时期的女性实际上并未像同期艺术作品里描绘得那样经常碰花。

我在等待时，一个男人带着两个小女孩走进来，其中一个坐在折叠式婴儿车里。大一点的女孩爬上我旁边的座位，靠在他父亲肩上说什么，不过他没在听。小女孩扭动着身体想获取他的注意力，她那可以发光的运动鞋擦到了我的肩包，我的肩膀。她父亲终于转过来，说：丽贝卡，看看你干的好事！你在踢那个女人的手臂！我试图和他对视，然后说：没关系，没什么。但他没看我。对他俩来说，我的手臂并不重要。他只是想让他的小孩难过，让她感到自惭。我想起尼克和他深爱的小狗相处的样子，然后我不再去想这件事。

专科医生叫了我名字，我走进一个小房间，里面有台超声波仪器，还有张医用沙发，上面盖着白色薄纸。医师让我躺上沙发，然后在一个塑料工具上涂了一些胶状物，我躺在那里看天花板。房间很昏暗，昏暗得让人浮想联翩，仿佛它的某处藏着一片湖泊。

我们聊天，我不记得说了些什么。我觉得我的声音像从别处来的，像是我嘴里有台小收音机。

医师拿那个塑料东西重重压我的小腹下方，我向上看，努力不发出任何噪音。我的双眼浮起泪水。我感觉她随时会给我看一张颗粒分明的胚胎照片，讲一些关于心跳的事，于是我便会心地点头。拍摄一个空空的子宫的图像让我感到悲伤，就像在拍一个被抛弃的房子。

结束后我向女医师道谢。我走进厕所，在医院水龙头的热水下洗了很多次手。我可能把它们烫伤了一点，皮肤变得非常粉，指尖看起来有点肿。然后我回去，等待会诊医生叫我。丽贝卡和她的家人已经走了。

医生是个六十多岁的男人。他眯起双眼看我，好像我在某方面让他失望了似的。他叫我坐下。他正在看一个文件夹，里面写了些什么东西。我坐在一张坚硬的塑料椅上，看向我的指甲。我的双手绝对烫伤了。他问了我一些问题：我是在八月什么时候入院的，有哪些症状，妇科医生说了什么，然后又问了些更笼统的问题，月经周期和性行为。问这些问题时，他漫不经心地翻阅着文件夹里的东西。最后他抬起头看我。

好吧，你的超声波没什么问题，他说。没有子宫肌瘤，没有囊肿，都没有。这个是好消息。

其他消息呢?

他微笑了，但笑得很诡异，仿佛在赞赏我的勇气。我咽了一下口水，意识到我犯了个错误。

医生告诉我，我的子宫内膜有问题，也就是说子宫里面的细胞长到了身体其他部位。他说这些细胞是良性的，意思是它们不是癌细胞，但情况本身没法治愈，有时还会加重。它有个很长的名字，我闻所未闻：子宫内膜异位症。他说诊断它很“棘手”，而且“难以预测”，有时只能通过微创手术才能确诊。但你的所有症状都符合诊断，他说。而且十个女人中就有一个会得这病。我啃着烫伤的拇指，发出“嗯”之类的声音。他说可以做手术进行介入治疗，但只对极为严重的病例才推荐使用。我不知道他这话是说我不算严重病例，还是他们现在还不知道。

他告诉我对于病患来说最主要的问题是“疼痛管理”。他说患者通常会经历排卵期疼痛、经痛，以及性交时不适。我咬住大拇指甲的边沿，开始把它扯出我的皮肤。做爱竟然也会让我疼痛，这对我来说简直像世界末日一样残酷。医生说“我们”试图让疼痛不至于严重到影响生活，或“致残”。我的下巴开始疼，我机械地擦着鼻子。

其次一个问题是“生育能力”。我清楚地记得这几个字。我说，哦，真的吗？遗憾的是，他说，这种情况的确让很多女人不孕，这是我们最大的担忧之一。然后他谈起试管婴儿，说技术发展得有多么快。我点头，拇指依然含在嘴里。然后我飞快地眨了几次眼，仿佛能把这念头眨出脑外，或把整个医院眨走一样。

然后会诊就结束了。我走回候诊室，看见母亲在读我的《米德尔马契》。她才读了大概十页。我走过去站到她身边，她抬头看我，满脸期待。

哦，她说。你出来了。医生说什么了？

有什么东西似乎开始蒙住我的身体，像一只手紧紧捂住我的嘴或双眼。我没法跟她重述医生说的话，因为有太多内容，而且会花很多时间，牵涉到很多字和句子。一想到要说这么多话我就觉得难受。我听见自己说：哦，他说超声波检查正常。

所以他们不知道是什么问题？母亲问。

咱们上车吧。

我们出门走向汽车，我系上安全带。等我们到家了我再解释，我心想。到家时我会有更多时间来思考。她启动引擎，我用手指梳理头发上一个疙瘩，感觉头发绷紧，然后松弛，小段小段的深色头发啪地绷开，从我手上滑落。母亲又开始问问题，我感觉我的嘴在给出回答。

只是严重的经痛，我说。他说我吃上药之后就会好起来的。

她说哦。是吗。那就放心了，是不是？你肯定很高兴。我想要做出镇定轻松的样子。我靠条件反射摆出某种面部表情，她打出左灯转出了停车场。

回家后我上楼去房间，等到点了去赶火车，母亲在楼下收拾房间。我能听见她把罐子盘子放进厨房碗橱里。我爬上床，看了会儿网页，在女性网站上找到很多关于我这个不能治愈的病的医学文章。它们大多是采访形式，受访者因病而饱受煎熬，人生都被毁了。页面上有很多模板照片，上面白人女性带着忧虑的神情看向窗外，有时把一只手放在腹部，以示疼痛。我还找到一些网络论坛，有人分享可怕的术后照片，提问："安装支架后多久肾积水才会缓解？”我尽可能冷静客观地浏览这些信息。

当我读得受不了了，就关上笔记本电脑，从包里取出那本小小的《圣经》。我翻到马可的章节，耶稣说：女儿，你的信救了你，平平安安地回去吧，你的疾病痊愈了。[①] 在《圣经》里，病人唯一的用途就是让没病的人将他们医好。但耶稣其实什么都不知道，我也一样。哪怕我有任何信仰，它也不会让我变得完整。想这些根本没用。

我的手机开始响，是尼克打来的。我接起来，我们问了好。然后他说：嘿，我大概应该告诉你一件事。我问什么事，他停顿了一下，时间很短但还是足以察觉，然后他再次开口。

嗯，梅丽莎和我又开始一起睡了，他说。我觉得在电话上告诉你这件事很奇怪，但我又觉得隐瞒你也很奇怪。我不知道。

听后我将手机朝脸边移开，动作很慢，然后看着它。这只是一个东西，它什么都代表不了。我听见尼克问：弗朗西丝？但声音很微弱，和别的声响没什么区别。我把手机小心地放在床头柜上，但没有挂断。尼克的声音变成某种嗡嗡响的杂音，听不清任何一个词。我坐在床上，很慢很慢地吸气，呼气，慢到我都不像在呼吸。

然后我举起手机，说：喂？

嘿，尼克说。你在那儿吗？我觉得刚才信号有点怪。

没有，我在的。我听见你了。

---

① 引自《马可福音》5：34（《圣经和合本修订版》）。

哦。你还好吧？你听起来不对劲。

我闭上双眼。开口时我听见我的声音越变越淡，然后又越变越硬，像冰一样。

因为你和梅丽莎的事吗？我问。现实点，尼克。

不过你的确希望我告诉你，对吧？

当然了。

我只是不希望我们之间发生改变，他说。

放轻松。

我能听见他焦虑不安地呼气。他想安慰我，我能感觉到，但我不打算让他这么做。人们总是希望我展示某个弱点，以便让他们来安慰我。这让他们觉得自己很有价值，我都懂。

你怎么样了？他问。扫描是明天，对吧？

这时我才记起来我日期给他讲错了。他没有忘，是我的错。他可能用手机给明天设了一条备忘：问弗朗西丝扫描结果。

没错，我说。我会跟你讲的。又打进来一个电话，我要挂了，但我扫描完后会给你打电话的。

对，给我打。希望没事。你不担心的吧？我猜你不是会担忧的人。

我静静将手背靠在脸上。我的身体冷得像一个静止的物品。

我不是，你才会担心，我说。再聊，怎么样？

好。保持联系。

我挂断电话。然后我往脸上拍了点冷水，擦干，擦干这张我一直拥有的脸，这张我到死都带着的脸。

/

那天傍晚，去车站的路上母亲一直在看我，像是我的举止有什么地方令人生厌，她想批评但又不知道具体是哪里。最后她让我把脚从仪表板上拿开，我照做了。

你一定放心了吧，她说。

是啊，很愉快。

你的钱还够吧？

哦，我说。没问题。

她从后视镜中看我。

医生没说什么别的吧，他说了吗？她问。

没有，就那些。

我透过车窗看向车站。我有种感觉：我生命中某样东西结束了，我不再认为自己是个完整的人，或者是个普通人。我意识到我的人生会充满平庸的生理上的疼痛，这没什么特别的。痛苦并不会让我特别，假装不痛苦也不会让我特别。谈论它，甚至书写它也不会将它变成某种有用的东西。什么也不会。我感谢母亲送我到车站，然后走下了车。

28

那周我每天去上课，傍晚在图书馆写简历，用图书馆的打印机把它们打印出来。我需要找工作，这样才能还尼克钱。我一心只想着还钱，仿佛其他一切都由它维系。每次他给我打电话我都挂掉，然后给他发短信说我很忙。我说扫描结果没问题，没什么可担心的。好吧，他回信。这是好消息吧？我没回复。要是能见你就好了，他写。然后他给我发了封邮件：梅丽莎说博比从你公寓搬走了，一切都还好吧？我也没回复。星期三时他又给我发了封邮件：

> 嘿。我知道你对我很生气，我感觉很糟。我希望我们能谈一谈究竟什么让你困扰。现在我猜这和梅丽莎有关，但我猜我的推断可能是错的。我总感觉你知道这件事会发生，你只是想让我在发生时告诉你。但或许我对此太过天真，你实际上不希望它发生。我想按你希望的去做，但如果我不知道那是什么的话我没法去做。或者你大概身体不舒服，或有别的烦心事。不知道你好不好让我很难过。你回复一下我吧。

我没有回复。

有一天上课前，我给自己买了一个便宜的灰色笔记本，用它记录我的所有症状。我写得很整齐，日期印在最上面。这有助于我更了解诸如疲乏和骨盆疼痛这样的症状，在此之前，它们像一种模糊的不适，没有确切的开端或结束。现在我知道它们是我的死敌，用各种方式烦扰着我。灰色笔记本甚至帮助我感受像“中等”和“严重”这样的词的界线，如今它们不再模棱两可，而是确切的，直截了当的。我高度关注自己，我经历的每件事似乎都成了症候。如果我起床后感到晕眩，这是一种症状吗？如果我感觉难过呢？我决定做到巨细无遗。有好几天，我在灰色笔记本上整洁地写下这个词组：情绪波动（悲伤）。

那个周末尼克在蒙克斯顿办生日宴会，他三十三岁了。我不知道要不要去。我把他的邮件读了一次又一次，试图做决定。有一遍读时我觉得邀请函给我一种钟爱和默许的感觉，另一遍时觉得它犹豫不决、自相矛盾。我不知道我从他那里想要获得什么。我想要的似乎是让他宣布与他生命中除我之外的每个人每件事断绝关系，完完全全地忠诚于我，但我并不愿意相信这是我想要的。这听起来像天方夜谭，不仅因为在交往期间我曾和别人睡过，还因为哪怕现在我仍然经常牵挂着别人，尤其是博比，我很想念她。我不敢相信我用来想博比的时间和尼克居然一点关系都没有，但他用来想梅丽莎的时间却让我觉得受到了侮辱。

星期五我给他打了电话。我跟他说我这周过得很奇怪，他说听到我的声音真是太好了。我在牙齿背面磨舌头。

你上周那个电话让我有点不知所措，我说。抱歉我反应过激了。

不，你没有。大概是我反应过激了。你不开心吗？

我犹豫了一下，说：没有。

如果你不开心的话，我们可以谈谈，他说。

我没有。

他古怪地沉默了几秒，我担心他还有什么坏事要告诉我。最后他说：我知道你不喜欢因为事情难过。但是流露感情并不是软弱的表现。那时我的脸上突然展开一抹冷酷的微笑，我感觉到体内因为恶意而充满力量。

当然了，我也是有感情的，我说。

没错。

你想要我对这件事产生感情。因为我和别人上床时你很嫉妒，现在我没有嫉妒这让你没有安全感。

他在电话那头叹气，我能听见。大概吧，他说。好吧，大概，我应该想想这个问题。我只是想，嗯……好吧。你不难过就好。

我那时真的在微笑。我知道我说这话时他能听出我在笑：你听起来没那么高兴。他又叹了口气，一声低低的叹息。我感觉他正躺在地板上，我微笑着用牙把他的身体撕开。我很抱歉，他说。但我觉得你有点不友善。

你现在把自己没能伤害我的挫败解读成我的敌意，我说。有意思。宴会是明天晚上，是吧？

他很长一段时间都没说话，我担心我走得太远了，他会说我不是一个好人，他想要爱我，但没办法去爱。可他说：对，在家办。你觉得你会来吗？

当然了，我干吗不来？我说。

好。我很高兴能再见到你，当然了。你什么时候到都可以。

三十三岁真是太老了。

唉，我猜也是，他说。我能感觉到。

/

我到宴会现场时，房子很吵，全是我不认识的人。我看见狗躲在电视机后面。梅丽莎亲了我的脸，她一看就是喝醉了。她给我倒了杯红葡萄酒，说我看起来很好看。我想着尼克在高潮时在她的身体里颤抖。我恨他们两个，恨意强得像热烈的爱情。我吞下一大口红酒，双手叉在胸前。

你和博比到底怎么了？梅丽莎问。

我看着她。她的嘴唇被红酒沾黑了，她的牙齿也是。她左眼下有块很小但很明显的睫毛膏痕迹。

我不知道，我说。她来了吗？

还没有。你得把问题解决了，你知道吗。她一直在跟我发邮件讲这个。

我瞪着梅丽莎，一阵恶心传过我的肌肤。我讨厌博比一直跟她发邮件。这让我想用力踩她，然后直视着她否认我的所作所为。不，我会说。我不知道你在说什么。然后她会看着我，意识到我是个邪恶的女疯子。我说我要去祝尼克生日快乐，她指向通往暖房的双扇门。

你在生他的气，梅丽莎说。是不是？

我咬紧牙关。我想象自己把全身重量放在脚上，用力地踩她。

希望不是因为我，她说。

不。我没有生任何人的气。我该过去问个好。

进了暖房，音响里在放一首山姆·库克的歌，尼克站在那儿和一些陌生人说话，点着头。灯光昏暗，一切看起来都是蓝色的。我想离开。尼克看见我，我们的目光相遇了。我感觉，和从前一样，一把钥匙在我体内狠狠地转动，但这次我痛恨那把钥匙，痛恨在任何东西面前被它打开。他走向我，我站在那儿，双手交叉，或许怒视着他，或许看起来被吓住了。

他也喝醉了，说的话都听不清，我再也不喜欢他的声音了。他问我还好吗，我耸耸肩。你是不是该告诉我什么地方做错了，这样我才好道歉，他说。

梅丽莎认为我们在吵架，我说。

嗯，我们在吵吗？

即使我们在吵这和她有关系吗？

我不知道，他说。我不知道你这话是什么意思。

我的全身开始僵硬，我的下巴绷得生疼。他抚上我的手臂，我甩开他，好像他刚才扇了我似的。他看起来很受伤，和普通人看起来很受伤时一样。我是有毛病的，我知道。

有两个我从没见过的人走过来祝尼克生日快乐：一个高个子和一个抱小孩的黑发女人。尼克看起来很高兴见到他们。女人一直在说：我们不过夜了，我们不过夜，就是飞过来看看你。尼克向我介绍他们：这是他姐姐劳拉，她丈夫吉姆和他们的宝宝，就是尼克深爱的那个宝宝。我不确定劳拉知不知道我是谁。这个婴儿头发金黄，有着天使一样的大眼睛。劳拉说很高兴见到我，我说：你宝宝真是太美了，天哪。尼克笑了，说：是吧？她简直就是模特宝宝。她可以去给婴儿食品打广告。劳拉问我想不想抱她，我看着她问：想，可以抱吗？

劳拉把宝宝递给我，说她要去给自己拿杯苏打水。吉姆和尼克在交谈什么，我不记得了。这个婴儿注视着我，张开又闭上嘴。她的嘴非常灵活，有一会儿她把整只手都放了进去。简直不敢相信，这么完美的生物，居然完全受制于大人的心血来潮，想喝苏打水了就把她托付给了宴会上的陌生人。这个婴儿抬头看我，湿漉漉的手还放在嘴里，冲我眨眼。我将她小小的身体贴在胸口，感叹她是多么娇小。我想跟她说话，但其他人会听见我，而我不希望任何人听见。

当我抬起头时，看见尼克正注视着我。我们彼此对视了几秒钟，因为感觉太严肃了，我试图对他微笑。是的，我说。我爱这个宝宝。她太漂亮了，无可挑剔。吉姆说：哦，瑞秋是尼克最喜欢的家庭成员。他比我们还喜欢她。尼克听后笑了，他探过身来，抚摸宝宝的手，她的手在空中晃来晃去，仿佛她在试图恢复平衡。她握住尼克拇指的关节。哦，我都要哭出来了，我说。她是完美的。

劳拉回来了，说要从我手上把孩子接过来。她很沉的，是不是？她问。我麻木地点点头，说：她太可爱了。失去宝宝后我的手臂感觉又瘦又空。她是个小可爱，劳拉说。你是不是？她怜爱地抚摸宝宝的鼻子。等你有自己的小孩就好啦，她说。我只是盯着她，眨眼睛，随便说声对或者嗯。然后他们就要走了，他们去和梅丽莎道别。

他们走后尼克摸摸我的背，我告诉他我有多喜欢他的侄女。她很漂亮，我说。漂亮这词儿听起来很蠢，但你知道我的意思。尼克说他不觉得这个词很蠢。他喝醉了，但我能感觉到他试图友好地对待我。我大概说了句：其实我有点不舒服。他问我还好吗，我没有看他。我说：你不介意我走了吧？反正这儿有这么多人，我不想独占你。他试图看我，但我不肯转头看他。他问我究竟出什么事了，我说：我明天跟你说。

他没有跟我走出前门。我在发抖，我的下唇开始打战。我叫了辆出租车回了城里。

/

那天晚上我接到父亲的电话。我被手机铃声吵醒，去接电话时手腕撞上了床头柜。喂？我说。当时是凌晨三点。我抵着胸口揉手臂，眯起眼睛盯着黑暗，等他开口。电话背景音里的噪音听起来像某种天气，刮风或下雨。

是你吗，弗朗西丝？他问。

我一直在跟你打电话。

我知道，我知道。听我说。

他叹了口气，对着听筒。我什么也没说，他也没有。等他再开口时，声音听起来疲惫到了极点。

对不起，宝贝，他说。

对不起什么？

你知道的，你知道的。你明白的。对不起。

我不知道你在说什么，我说。

尽管过去几周我一直打电话想问他生活费的事，我知道我现在不会提它，如果他提起我甚至可能会否认，说我收到钱了。

你听我说，他说。今年太糟了。失控了。

什么失控了？

他又叹了口气。我问：爸？

当然了，你现在没我会过得更好，他说。是不是？

当然不是。不要这么说。你在说什么？

啊。没什么。说些废话。

我在颤抖。我试图想一些让我感到安全正常的东西。我的物质财产：厕所衣架上晾的白衬衣，书架上按字母顺序排列的小说，一套绿陶瓷杯。

爸？我问。

你是个了不起的姑娘，弗朗西丝。你从来没给我们惹一点麻烦。

你还好吧？

你母亲告诉我你现在有个男朋友了，他说。帅小伙，我听说了。

爸，你在哪儿？你现在在外面吗？

他沉默了一会儿，然后又叹口气，这次几乎像痛苦的呻吟，仿佛身体在经受什么苦楚，却没法说出来或描述。

听我说，他说。我很抱歉，好吧？我很抱歉。

爸，等等。

他挂了电话。我闭上眼睛，感觉房间里所有家具都开始消失，像倒过来玩俄罗斯方块，家具朝电脑屏幕上方升起，然后消失，接下来要消失的是我。我一次又一次地给他打电话，知道他不会接。最后电话那头连提示音都没有了，大概手机没电了。我躺在黑暗中，直到天亮。

第二天尼克打电话给我，当时我还在床上。我早上十点左右睡着了，他打来时已接近中午。百叶窗在天花板上投下丑陋的灰色阴影。我接起来时，他问我是不是把我吵醒了，我说：没事。我昨晚没睡好。他问他能不能过来。我伸出一只手把百叶窗拉开，然后说好啊，当然可以。

他上了车，我在床上等。我甚至没起来冲澡。我穿上一件黑色 T 恤，替他开公寓门，他走进来，看起来刚刮了胡子，身上有香烟的味道。看到他时我抓住自己的喉咙，说了句，哦，你没花多久时间就进城了嘛。我们一起走进我房间，他说对，路上没怎么堵。

我们站在原地彼此注视了几秒，然后他亲了我，亲在嘴上。他问：可以吗？我点点头，嘟囔了几句蠢话。他说：昨晚很抱歉。我一直在想你。我很想你。听起来像他事先准备好这些说辞，这样我之后就没法指责他没有说这些话。我的喉咙很痛，像是要哭了。我感觉到他从我的T恤底下摸我，然后我开始大哭，没头没脑地。他说：哦，天，怎么了？嘿。然后我耸耸肩，做出一些奇怪的毫无意义的手势。我哭得很凶。他尴尬地站在那里。他那天穿着一件浅蓝色衬衫，领尖带纽扣的那种，纽扣是白色的。

我们能谈谈那件事吗？他问。

我说没什么可谈的，然后我们做了爱。我双膝跪在床上，他在我身后。这次他用了避孕套，我们没讨论这件事。当他对我说话时我绝大多数时间都假装没听见他。我还是哭得挺厉害。有些事让我哭得更凶，比如当他抚摸我的胸部，还有当他问我舒不舒服时。然后他说他不想做了，于是我停了下来。我拿床单裹住我的身体，然后把手盖在眼睛上，这样就不用看他了。

是不是很糟糕？我问。

我们可以说说话吗？

你以前喜欢的，不是吗？

我能问你一件事吗？他问。你想要我离开她吗？

然后我看向他。他看起来很疲惫，我能看出他很讨厌我对他干的这些事。我真真切切感觉我的身体是一次性的，像是为某件更宝贵的东西占位的东西。我想象着把身体拆开，把四肢并列摆成一排比较它们。

不，我说。我不想。

我不知道该怎么做。我一直感觉他妈的糟透了。你好像在生我气，我不知道该怎么做才能让你开心。

好吧，或许我们应该分手。

对，他说。好吧。我觉得你大概是对的。

我停止了哭泣。我没有看他。我把头发拨到脸后，从手腕上取下一根橡皮筋把头发扎起来。我的双手在颤抖，我开始在视野里不该有光的地方看到微弱的光亮。他说他很抱歉，说他爱我。他还说了些别的，什么他不配和我在一起之类的话。我心想：如果我今天早上没有接电话，尼克就还是我男朋友，一切就仍然是正常的。我咳嗽着清清嗓子。

他离开公寓后，我拿一把剪指甲的小剪子在左大腿内侧剪了个洞。我感觉我需要干一件戏剧化的事，才不会去想我现在感觉有多糟糕，但伤口并未让我好受些。事实上我流了很多血，感觉更难受了。我坐在房间地板上，就着一卷卫生纸擦血，想着自己的死亡。我觉得自己像一只空杯子，被尼克倒空了，现在我得看着洒出来的这些东西：我所有自以为是的观点，关于我自身的价值，试图装成一种我不是的人。当我充满这些东西时我没法看见它们。现在我什么也不是了，只是一只空杯子了，我能看见关于自己的一切。

我把伤口洗干净，找到创可贴贴在伤口上。然后我拉上百叶窗，打开《米德尔马契》。归根结底，尼克究竟是因为梅丽莎又想要他后立马找机会离开我，还是我的脸和身体丑得让他恶心，还是他痛恨和我做爱，做到中途不得不停下来，这一切都无所谓。我的传记作者是不会关心这些的。我想起我从未告诉过尼克的那些事，又感到好受了些，仿佛我的隐私环绕在我周围，像障碍栏一样保护着我的身体。我是一个非常自主独立的人，没有任何人能触碰或察觉我的内心生活。

虽然伤口已经没有在流血了，它还是一直隐隐作痛。那时我有点害怕自己干了件这么蠢的事，不过我知道我永远不会跟任何人讲这件事，并且再也不会干这事。博比和我分手后，我没有在皮肤上开洞，但我的确站在淋浴头下，任由热水流完，一直站在冷水里，直到手指都变蓝。我暗地里把这些行为称为“发泄”。把我的手臂抓破是一种“发泄”，一不小心导致体温过低，最后不得不在电话里对急救人员解释，也是“发泄”。

那天傍晚我想着父亲前天夜里给我打的电话，想着我有多想跟尼克讲这件事，有一瞬我真的想：我要给尼克打电话，他会回来的。这种分手是可以挽回的。但我知道他再也不会回来了，真的不会。他再也不是只属于我一人的了，这段关系已经结束。梅丽莎知道我不知道的事。他们之间发生了这么多事，他们仍然渴望着彼此。我想起她的邮件，想起我生的病，而且反正可能还不孕，我什么有意义的东西都没法带给尼克。

接下来几天，我盯着手机一看就是好几个小时，什么也没干。时间在闹钟发光的屏幕上明显地逝去，但我仍感觉像没有意识到它的流逝。那天傍晚尼克没有给我打电话，那天晚上也没有。第二天他还是没有打，第三天也没有。没人给我打电话。渐渐地，等待开始感觉不那么像等待，而是单纯得像人生的本来面目：你完成任务，分散注意力，而你一直等待的事持续不发生。我应聘工作，上课。生活在继续。

29

我找到一份工作，每天傍晚和周末在一家三明治店供应咖啡。第一天，一个叫琳达的女人给我一条黑围裙，教我怎么做咖啡。你把一个手柄按下去，在增压滤碗里倒咖啡粉，单份意式浓缩就按一次，双份就按两次。然后你把过滤器紧紧旋到机器上，按热水开关。还有一个小小的蒸汽喷嘴和一罐牛奶。琳达告诉我很多关于咖啡的知识，拿铁和卡布奇诺之间的区别，诸如此类。他们还卖摩卡，但琳达说摩卡很“复杂”，所以我可以先让别人来调。没人会点摩卡的，她说。

我从没在学校看到过博比，我本以为会的。我在艺术楼、她经常抽烟的坡道，或者辩论社附近逗留很久；那房间里有免费的《纽约客》，还可以用他们的厨房泡茶。她从来没有出现。我们的时间表本来也不相近就是了。我想在适合我的时间遇到她，我穿着驼色外套时遇见她，或许两手抱满书时，然后我可以对她微笑，人们表示想忘掉争执的那种试探性微笑。我最大的恐惧是她会走进我打工的三明治店，发现我找了份工作。每当一个深色刘海的苗条女人进门时，我就会不由自主地转向咖啡机，假装用蒸汽加热牛奶。之前那几个月，我感觉像瞥到一种可能发生的别样生活，我能仅仅通过写作、聊天、钻研事物而积累收入。我的故事被杂志接受时，我甚至觉得自己已经进入那个世界，仿佛我把过去的生活在身后叠好收拾起来了一样。一想到博比可能会走进咖啡店，亲眼看见我有多天真，我就感到羞惭。

我跟母亲讲了父亲打来的那通电话。事实上，我们在电话上为此吵了一架，结束后我累得有一小时没力气说话和走动。我说她是“纵容犯”。她说：哦，这是我的错，是吗？什么都是我的错。她说他哥哥前一天在城里看见他了，那时他还好好的。我又重述了一遍小时候他朝我扔鞋的事。我是个坏母亲，她说，你是想说这个吗？如果你从这些事实得出的是这个结论，那是你的事，我说。她指责我反正从来没爱过我父亲。

对你来说唯一一种爱别人的方式就是让他们像屎一样对待你，我说。

她挂断电话。之后我躺在床上，感觉像一盏被扭灭的灯。

十一月底的某一天，伊夫林在梅丽莎的脸书公告墙上贴了一条视频，附上留言：又看到这个，我已阵亡。从小图我能看出这视频是在梅丽莎家的厨房拍摄的。我点击视频，等它缓冲。视频里的灯光是黄油般的黄色，背景上挂着仙女小灯，我能看见尼克和梅丽莎肩并肩站在厨房料理台边。然后出现声音。摄像头背后有人说：好了，好了，平静一点。这段录像镜头很抖，但我看见梅丽莎转向尼克，他们两个都在笑。他穿着件黑毛衣。他点着头，就像她在对他发出什么信号，然后他唱出这句话：我真的没法留下来。梅丽莎唱：但是宝贝，外面很冷。他们在唱二重唱，非常好笑。房间里每个人都在大笑鼓掌，我能听见伊夫林的声音说，嘘！嘘！我从没听过尼克唱歌，他的声音很美。梅丽莎的也是。

他们表演的方式也很好，尼克假装不情愿，梅丽莎试图挽留他。这很适合他们。他们显然是为朋友们排练的。从这个视频，任谁都能看出他们有多爱彼此。如果我之前看过类似这样的东西，我心想，大概什么都不会发生。大概我会料想到结果。

工作日，我只从下午五点工作到晚上八点，但到家时我都累得没法吃饭。我耽误了课业。在三明治店工作完后，我没有那么多时间完成学校的阅读材料，但真正的问题是我的注意力。我没法专注。概念无法自动归类，词汇量越来越小，越来越不准确。收到第二张工资单后，我从银行账户里取了两百欧元，放进一只信封。我在一张笔记本页上写道：谢谢你的贷款。然后我把它寄给尼克在蒙克斯顿的地址。他没有回复我说他收到了，但那时我已经不期待他会这么做。

快十二月了。我这一次还剩下三颗药，然后两颗，然后一颗。我把药一吃完，那种感觉就回来了，和从前一样。它持续了很多天。我照常去上课，咬紧牙关。痉挛一波一波地袭来，退去后我感到虚弱多汗。助教点名让我讲讲威尔·拉迪斯拉夫这个人物，尽管我其实读完了《米德尔马契》，我只是把嘴张了又闭，像条鱼。最后我勉强说：很抱歉，我不知道。

那天傍晚我沿着托马斯街走回家。我的双腿在颤抖，我有很多天没吃过一顿完整的饭。腹部有鼓胀感，有几秒我把全身撑在一台自行车支架上。我的视线开始涣散。我扶在自行车支架上的手变成半透明的，像放在光前的一张照片底片。托马斯街教堂就在前方几步外，我拖着脚步歪歪扭扭走向大门，一只手臂环抱胸廓。

教堂闻起来有陈旧的熏香味，空气干燥。一列列彩色玻璃从圣餐台背后升起，像弹钢琴的修长手指，天花板是糖果的那种白色和薄荷绿。我长大后再没进过教堂。两个年长女人坐在一边，握着念珠。我坐在后面，抬头看彩色玻璃，试图把它固定在视野里，仿佛它的永恒能防止我消失。这种蠢病从来没杀过任何人，我心想。我的脸在出汗，或者在外面时它就已经是湿的了，而我没注意到。我把大衣解开，用围巾干燥的一面擦额头。

我用鼻子吸气，感觉到嘴唇在我给肺部充气的努力下开合。我把两手放在膝上握紧。疼痛漫延到脊椎，放射到头颅，我的眼睛开始流泪。我在祈祷，我心想，我其实是坐在这里乞求上帝帮助我。我的确是在。请帮帮我，我想，拜托了。我知道祈祷这件事是有一些规矩的，你在乞求神灵之前需要相信一种神圣的秩序原则，而我并不相信。但我努力了，我心想，我爱我的同类们。是这样的吗？我爱博比吗？在她那样撕掉我的故事，抛弃我之后？我爱尼克吗？哪怕他已经不想再和我做爱了？我爱梅丽莎吗？我曾经爱过她吗？我爱我的母亲和父亲吗？我能爱所有人，甚至包括那些坏人吗？我低下头，把前额放进双手中钳紧，头晕乎乎的。

我不再去想庞大的观念，而是努力专注于小事，我能想到的最小的事。曾有人做出了我此刻坐着的长椅，我心想。曾有人打磨木头，给它上清漆。曾有人把它搬进教堂。曾有人给地板铺砖，有人安装窗户。每一块砖都是人的手垒好的，每一扇门上安装的铰链，每一条外面的路，每一盏路灯的灯泡，都需要人的劳作。甚至那些由机器制造的东西实际上都是人制造的，因为是人先制造了机器。而人类本身就是由其他人类孕育的，他们又努力哺育快乐的孩子，搭建幸福的家庭。我，我穿的所有衣服，知道的所有语言。是谁把我放在这座教堂里，让我想这些念头？其他人，一些我非常熟悉的人，一些我从未遇见的人。我是我自己，还是他们？这是我吗，弗朗西丝？不，这是我，这是他人。我是否偶尔伤害、危害自己，我是否滥用了身为白人本不该有的文化特权，我是否将他人劳动视为理所当然，我是否有时利用过度简化的性别理论来规避严肃的道德协约，我和自己身体的关系是否存在问题？是的。我是否想要摆脱痛苦，从而要求别人的生活也免于痛苦，那种属于我因此也属于他们的痛苦？是的，是的。

当我睁开眼时，我感觉我明白了什么，身体细胞似乎像上百万发光的接触点一样亮了起来，我意识到某种深刻的东西。我从座位上站起来，然后晕倒了。

/

昏厥对我来说已经习以为常。我让帮助我起身的女人宽心，说这以前也发生过，她听后似乎有点气恼，像在说：那你去解决呀。嘴里有股怪味，但我还有力气，不需要人搀着走。我的宗教觉醒离开了我。我在回家的路上在森特拉便利店买了两包方便面和一盒巧克力蛋糕，然后慢慢地、小心翼翼地走完回家的路，一步接着一步。

到家后我打开蛋糕盒子，拿出一只勺，然后拨了梅丽莎的电话。铃音响了，声音像一种心满意足的呼噜声。然后是她的呼气。

喂？梅丽莎说。

我们能谈一会儿吗？还是说现在不方便。

她笑了，至少我觉得她发出的那个杂音是笑。

你是说一般情况还是现在？她问。一般来说都不方便，但现在还行。

你为什么要把我的小说寄给博比？

我不知道，弗朗西丝。你为什么要操我老公？

你这是想震慑我吗？我说。好吧，你是个让人咂舌、会说脏话的人。现在我们都知道了。你为什么要给博比发我的小说？

她不说话了。我拿勺尖舀起蛋糕糖衣，舔了一下。很甜，没什么风味。

你的确会突然爆发出这种敌对情绪，是不是？她说。就像那次和瓦莱丽一样。你是不是面对别的女人会感觉到威胁？

我问了你一个问题，你要是不想回答那就挂电话吧。

我凭什么要向你解释我的行为？

你恨我，我说。是不是？

她叹了口气。我甚至不知道这是什么意思，她说。我把勺子插进蛋糕深处，挖进海绵蛋糕的部分，然后吃了一大口。

你彻头彻尾地轻视我，梅丽莎说。我不是说尼克这件事。你第一次来我们家时，你东看西看，就像在说：我要摧毁这个让人尴尬的中产阶级世界。我是说，你相当享受摧毁它。突然间，我环视我他妈自己的家，心想：这个沙发很丑吗？喝红酒很俗吗？我曾经享受的东西开始让我觉得自己可悲。有一个老公，而不是去操别人的老公。签了一本书，而不是拿我认识的人写一个刻薄的故事然后卖给著名杂志。我是说，你闯进我的家，戴着他妈的鼻环，就好像在说：哦，把这整套系统给掏空肯定会让我很享受。她简直太体制内了。

我把勺子插进蛋糕里，这样它能直立起来。我拿手按摩着脸。

我没有戴鼻环，我说。那是博比。

好吧。我深深地抱歉。

我不知道你觉得我这么有颠覆性。事实上我没有瞧不起你的房子。我想让它成为我的房子。我想要你的全部人生。或许我做过一些卑鄙的事试图获得它，但我很穷而你很富。我不是想要破坏你的生活，我只是想偷走它。

她发出一种冷笑的声音，但我觉得她不是真的没听进去我说的话。这不像她的真实反应，更像表演。

你和我老公搞婚外恋是因为你太喜欢我，梅丽莎说。

不，我不是在说我喜欢你。

好吧。我也不喜欢你。你不是个非常友好的人。

我们都停下来，就像我们把对方碾上几层台阶，上气不接下气，意识到这行为有多蠢。

我很后悔，我说。我后悔没有更友好些。我应该更努力地和你做朋友的。我很抱歉。

什么？

我很抱歉，梅丽莎。我很抱歉给你打这通充满敌意的电话，太蠢了。我其实不知道我这会儿在做什么。可能我最近过得很糟糕。我很抱歉给你打电话。还有，我为一切感到抱歉。

老天，她说。发生什么了，你还好吗？

我很好。我只是觉得我没有成为我应该成为的那个人。我不知道我现在在说什么。我希望我过去能更了解你，更友好地对待你，我想为此道歉。我这就挂电话。

我在她开口前挂了电话。我吃了些蛋糕，吃得飞快，很贪婪，然后把嘴擦干净，打开笔记本电脑，开始写一封邮件。

亲爱的博比：

我今天在教堂里晕倒了，你肯定会觉得这有点好笑。我的小说伤了你的心，我很抱歉。我觉得你伤心的原因是因为它证明我明明能对别人诚实，对你却不能。我希望这是原因。我今晚给梅丽莎打电话，问她为什么把那个小说发给你。我花了一些时间才意识到我真正在问的其实是：我为什么要写那个故事？那通电话真的很尴尬，很混乱。或许我将她视作我的母亲。事实真相是我爱你，一直爱你。我说的是柏拉图那种爱吗？你亲吻我时我并没有拒绝。我们重新上床的想法一直都让我兴奋。当你跟我分手时我觉得我们在玩一场游戏，而你打败了我，于是我想东山再起，把你击败。现在我觉得我只是想和你上床，不带隐喻意味。这并不是说我没有其他欲望。举个例子，我正在用茶勺从盒子里吃巧克力蛋糕。在资本主义时代，要爱某个人你就得爱所有人。这是理论，还是只是神学？读《圣经》时我将你想成耶稣，这样看来在教堂晕倒或许的确是一个隐喻。但我现在不是试图扮聪明。我没法为写那个故事或拿稿费道歉。但我可以为让你对此感到震惊而道歉，我本应该告诉你的。对我而言你并不仅仅是一个概念。如果我曾这样对待你，我很抱歉。你谈论一夫一妻制的那晚，我爱你的智慧。我当时不知道你想要告诉我什么。或许我比我们俩认为的都要蠢得多。当我们四个人在一起时，我总是想成是两人一组。这让我感到威胁，因为所有没有我的组合似乎都比有我的更有趣。你和尼克，你和梅丽莎，甚至尼克和梅丽莎他们那种独特的相处方式。但现在我意识到没有什么是由两人甚至三人组成的。我和你的关系是由你和梅丽莎的关系、你和尼克的关系，还有你和你童年的关系，等等，等等组成。我想要获得某些东西，因为我以为这样我才能存在。你会给我回信，然后解释拉康究竟在说什么。或者你不会回信。我的确晕倒了，如果你嫌弃我的行文的话。这不是谎话，我现在还在颤抖。我们有没有可能创造出一种彼此相爱的新模型？我没喝醉。拜托回信。我爱你。

弗朗西丝

不知什么时候巧克力蛋糕吃完了。我探进盒子，看见碎屑和没剥掉的纸包装内侧蹭上的糖衣。我从桌边站起来，烧了壶水，然后往法式滤压壶里倒了两勺咖啡。我吃了些止痛片，喝了咖啡，在 Netflix 上看了部谋杀悬疑片。某种宁静降临在我身上，我不知道这究竟是不是上帝的作为。倒不是实际存在的上帝，而是一种共有的文化实践，普世存在，因此似乎具备了实体，就像语言或性别。

那晚十一点十分，我听见她的钥匙在门里转动。我走向门厅，她正在拉下雨衣拉链，那个夏天她带去法国的那件雨衣，雨水成股地从她两袖滑下，滴到地板上发出轻微的、打击乐般的声音。我们四目相对。

好奇怪的一封邮件，博比说。但我也爱你。

30

那晚我们第一次谈起我们的分手。这感觉像打开一扇一直都存在于家里的门，一扇你每天路过却从未思考过的门。博比说我让她感到痛苦。我们当时坐在我床上，博比靠着床头，背后垫着枕头，我双腿交叉，坐在床尾。她说我在她辩论时会笑她，就好像她是个笨蛋。我告诉她梅丽莎说的那句话，说我不是个很友善的人。博比听后笑了。梅丽莎当然会知道咯，她说。她什么时候对别人友善过了？

或许我们不该用友善作为计量单位，我说。

这当然和权力有关，博比同意道。但很难判断究竟谁有权力，所以我们依靠“友善”作为替代标准。我觉得这在公共讨论中是个问题。最后我们问，以色列是不是比巴勒斯坦更“友善”。你知道我的意思。

我知道。

杰里当然比埃莉诺更“友善”。

是的，我说。

我给博比泡了杯茶，她把它放在膝盖上两腿之间。聊天时她把两手放在杯侧取暖。

我并不恨你靠写我去赚钱，顺便一提，博比说。我觉得这很好笑，但前提是我得对这个笑话知情。

我知道。我应该跟你说的，但我没有。只是在某种层面上我还是把你看作那个伤了我的心、让我没法维持正常感情关系的人。

你低估了自己的力量，这样你对别人不好时你就不必自责。你跟自己讲这些故事。哦好吧，博比很富，尼克是男的，我不会伤害这些人。倒不如说是他们要来伤害我，我只是在自我防卫。

我耸耸肩。我想不出什么可说的。她举起茶杯，啜了一口，然后把杯子放回两腿之间。

你应该去做心理咨询，她说。

你觉得有必要吗？

你还没有正常到不需要它。这说不定对你有好处。跑去教堂里晕倒可算不上正常。

我没有去解释我晕倒不是因为心理状态。说到底，我又懂什么呢？如你所愿，我说。

博比说。我觉得，要你承认自己需要某个对情绪敏感的心理学硕士毕业生的帮助，会要了你的命。他搞不好还是支持工党的。但或许咨询会对你有好处。

我实实在在地告诉你，人若不重生。[①] 我说。

没错。我来并不是叫地上太平，乃是叫地上动刀兵。[②]

那晚后，傍晚时博比开始陪我从大学走到三明治店。她问到了琳达的名字，在我穿围裙时和她闲聊。博比得知，琳达的儿子

---

① 引自《圣经》约翰福音，下一句是“就不能见神的国”。

② 引自《马太福音》。

加入了爱尔兰共和军[①]。傍晚我回家时我们一起吃晚饭。她把她的衣服搬进我的房间，几件 T 恤和几条干净的内裤。在床上我们彼此折叠，像日本折纸。原来人的确会因为太过感激而睡不着觉。

有一天玛丽安娜在学校看见我们牵手，说：你们复合啦！我们耸耸肩。这是恋爱，这也不是恋爱。我们的每一个手势都是自发的，如果在外人眼里我们像一对情侣，这对我们来说是一个有趣的巧合。我们于是有了一个笑话，这对每个人，包括我们在内都是毫无意义的：什么是朋友？我们会幽默地问。什么是聊天？

早上博比喜欢比我早下床，这样她就能像之前在另外一间房间住时那样，在洗澡时把热水用光。然后她会喝一整壶咖啡，头发的水滴在厨房餐桌上。有时我会从热压机里拿出一条毛巾，搭在她头上，但她只会继续无视我，在网上读一些社会福利住房的文章。她剥橘子，也不收拾那些柔软的、闻起来甜香扑鼻的橘皮，它们最后在餐桌或沙发扶手上变得又干又皱。傍晚我们打着伞穿过凤凰公园，手挽手，在惠灵顿纪念碑脚下抽烟。

在床上我们一聊就是几个小时，内容从日常观察像螺旋一样扩散到宏大抽象的理论，然后又缩回来。博比谈论罗纳德・里根和国际货币基金组织。她对阴谋理论家超乎寻常地尊敬。她对事物本质感兴趣，但她也很慷慨。和许多人不同，和她在一起时我不会觉得，在我说话时她只是在准备下一件她想说的事。她是一个出色的倾听者，一个积极的倾听者。有时我说话时她会突然发

---

① 曾为爱尔兰独立、后为统一北爱尔兰而战斗的组织，曾一度被视为恐怖组织，2005年宣布终止武装斗争。

出声响，仿佛她对我正在讲的话题兴趣强烈，通过她的嘴表达了出来。哦！她会说。或者：太对了！

十二月一个晚上，我们出去庆祝玛丽安娜的生日。每个人心情都很好，外面点上了圣诞灯饰，大家都在讲玛丽安娜的趣事，她在喝醉或打瞌睡时干过的事和说过的话。博比模仿她，把头埋着，然后甜蜜地透过眼睫毛向上看，肩膀扬起来，假装在耸肩。我大笑着说，这真的很搞笑，然后说：再来一次！玛丽安娜正在擦眼泪。别，她说。哦，我的上帝。博比和我给玛丽安娜送了一双手套，一双漂亮的蓝色皮手套，我们一人送一只。安德鲁说我们小气，玛丽安娜说他缺乏想象力。她在我们面前戴上手套：这只是弗朗西丝手套，她说。这只是博比手套。然后她让它们像木偶一样彼此对话。讲啊讲啊讲，她说。

那天晚上我们谈起叙利亚战争，入侵伊拉克。安德鲁说博比不懂历史，她只是把什么都怪在西方国家身上。桌上每个人都发出“噢”的怪叫，仿佛我们在一起玩什么游戏。在接下来的分歧中，博比展示出一种残酷的智力，她似乎读过安德鲁提及话题的所有文章，只在证明大论点时才纠正他，甚至都不暗示她都快拿到历史专业学位了。我知道要是有谁看不起我，我会率先提起自己的学位。她说话时，眼睛经常向上看，看着灯具或远处窗户，她还会打手势。我全部的注意力都集中在别人身上，注意他们同意或恼怒的信号，试图邀请陷入沉默的他们加入讨论。

博比和梅丽莎这时还有联系，但很明显她们已彼此疏远。博比对梅丽莎的性格和私人生活有了一些新认识，它们远不像她之前拥护的观点那样充满溢美之词。

我们不该相信他们的，博比说。

当时我们坐在沙发上，举着外卖纸盒吃中餐，三心二意地看一部格里塔·葛韦格的电影。

我们不知道他们多么互相依赖，博比说。我是说，他们和我们打交道从来就是为了他们自己。时不时地搞一些戏剧性的外遇，大概对他们的婚姻有好处，给自己找点乐子。

或许吧。

我不是说尼克是有意来折腾你。我其实喜欢尼克。但归根结底，他们总是要回到他们那段一团糟的情感关系，因为他们已经适应了。你知道吗？我真的对他们很生气。他们把我们当人力资源来使用。

你很失望，因为我们没有毁掉他们的婚姻，我说。

她含着满嘴的面条笑了。电视屏幕上，格里塔·葛韦格正玩着游戏，把她朋友推进灌木丛里。

谁甚至会结婚？博比问。简直不祥。谁想要某种国家机器来维持他们的感情？

我不知道。我们的关系是靠什么维系的？

没错！我说的就是这个意思。什么都没有。我把自己称作你的女朋友吗？没有。把我自己叫作你的女朋友会将某种预制的文化动态施加在我们身上，而它是完全超出我们控制范围的。你知道吗？

我直到电影结束了都还在思考她的话。然后我说：等等，你是说你不是我的女朋友？她笑了。你是认真的吗？她问。不。我不是你女朋友。

/

菲利普说他认为博比是我女朋友。那周我们一起出去喝咖啡，他对我说桑尼给了他一份兼职，有工资的。我告诉他我并不嫉妒他，这让他很失望，不过我也担心我在说谎。我喜欢桑尼。我喜欢书和阅读。我不知道为什么我不能像别人一样享受自己喜欢的东西。

我不是在问你她是不是我女朋友，我说。我是在跟你说她不是。

但她明显是。我是说，你们是否在搞什么激进的同性恋之类的我不管，但用大白话来说，她就是你女朋友。

不。我再说一次，这不是个问题，这是一个宣言。

他用手指把一包砂糖挤皱。我们就他的新工作已经聊了有一会儿了，这段对话让我觉得自己像杯苏打饮料。

好吧，我认为她是，他说。我是说，这很好。我认为这对你来说很好。尤其是和梅丽莎发生那么多不愉快之后。

什么不愉快？

你知道的，就是在床上干那种奇怪的事。和她老公。

我瞪着他，不知道该说什么。我看着那袋砂糖包装袋上的蓝墨水揉到了他手指上，把指纹染成蓝色脊线。最后我说了好几次“我”，他似乎没注意到。她老公？我心想。菲利普，你知道他的名字。

什么奇怪的事？

你不是和他们两个一起睡吗？大家都这么说。

不，我没有。倒不是说那样做是错的，但我没有。

哦，好吧，他说。我听说发生了各种奇怪的事。

我不知道你为什么要跟我说这些。

听了这句话，菲利普抬起头来，一脸震惊，他的脸很明显地红起来。砂糖包滑了下来，他飞快地用手指把它夹起来。

对不起，他说。我不是想让你难过。

你跟我讲这些流言蜚语只是因为你觉得，什么，我会觉得好笑？就好像人家在背后说我坏话对我来说很有趣？

对不起，我只是以为你知道。

我用鼻子深深地吸气。我知道我可以当场走掉，但我不知道该去哪里。我想不出我想去哪个地方。我还是站起来，从椅背上拿起外套。看得出来菲利普很坐立不安，他甚至为伤害到我而感到愧疚，但我不想再待在这里了。我扣上外套扣子，他低声说：你要去哪里？

没事，我说。别在意。我只是要吸点新鲜空气。

/

我从来没跟博比讲B超的结果和医生跟我说的话。通过拒绝承认得病，我感觉我可以把我的病挡在时间和空间之外，让它只存在于我脑中。如果别人知道了，它就会成真，我这辈子都得当一个病人。这只会阻挠我的其他野心，比如获得智性启蒙，还有成为一个有趣的女孩。我在网络论坛上找，看看这对别人是否也是一个问题。我搜索“不能告诉别人我”，谷歌提示“是同性恋”以及“怀孕了”。

晚上和博比在床上时，有时我父亲会给我打电话。我会把手机拿进厕所里低声回答。他越来越混乱。有时他似乎认为有人在追捕他。他说：我有些念头，很糟糕的念头，你知道不？我母亲说他的兄弟姐妹也接到这种电话，但谁又能做什么呢？他们去找他时他总不在家。我经常能听到背景里有汽车经过，于是知道他在外面。很偶尔时，他似乎为我的安全担忧。他让我别让他们找到我。我说：我不会的，爸。他们不会找到我的。我在这儿很安全。

我知道我的病痛随时都可能复发，所以我每天开始吃最大剂量的布洛芬，以防万一。我把灰色笔记本和止痛片药盒藏在书桌最上面的抽屉里，只在博比去洗澡或上课时才把它们拿出来。最上面这层抽屉似乎代表我的所有毛病、我对自己的所有负面观点，因此每当我看到它，都会再次感觉不舒服。博比从来不问。她从不提超声波，也不问我谁在晚上给我打电话。我知道这是我的错，但我不知道该怎么去做。我需要重新感觉自己是正常的。

/

那个周末我母亲到都柏林来了。我们一起去购物，她给我买了条新裙子，我们在威克洛街上一家咖啡店吃午饭。她看起来很累，我也很累。我点了一个夹烟熏三文鱼片的贝果面包圈，拿叉子挑起黏滑的鱼片。裙子在纸袋里，放在桌下，我老是不小心踢到它。是我提议去这家咖啡店吃午饭的，我能看出母亲很礼貌，但在她面前，我意识到这三明治贵到离谱，配的沙拉没人会吃。她点的茶，它是装在一个壶里，和一套繁琐的陶瓷茶杯和碟子一起上的，她微笑地注视着它们，一副乐于尝试的样子。你喜欢这地方？她问。

还行，我说，我意识到我恨这里。

我那天看见你父亲了。

我拿叉子叉起一片三文鱼，把它转移到嘴里。尝起来有柠檬和盐的味道。我吞了下去，拿纸巾在嘴上点了一下，然后说：哦。

他不太好，她说。我看得出来。

他从来都不太好。

我当时想跟他谈谈。

我抬头看她。她埋头出神地盯着她的三明治，或者是借出神的样子掩饰别的感情。

你要理解他，她说。你父亲和你不一样。你很坚强，你可以应对生活。你父亲日子过得很艰难。

我试图揣摩这些结论。它们说的是真的吗？它们是不是真的重要吗？我把叉子放下。

你很幸运，她说。我知道你或许不这么觉得。你要是想你可以余生都继续恨他。

我不恨他。

一个服务生颤颤巍巍地端着三碗汤走了过去。母亲看着我。

我爱他，我说。

这我可从来没听说过。

好吧，我跟你可不一样。

她笑了，我感觉好了些。她越过桌子握住我的手，我任由她握着。

31

第二周的一天，我的电话响了。我记得很清楚电话响时我站在哪里：就站在霍奇斯·菲吉斯书店“新小说”的书架前，当时是5点13分，我在给博比买圣诞礼物。当我从外套兜里拿出手机时，屏幕上写着：尼克。我的脖子和肩膀感觉非常僵硬，并且突然间像是裸露在外。我用指尖把屏幕滑开，把手机举到脸颊边，然后说：喂？

嘿，尼克的声音说。我跟你说，他们没有红辣椒，黄的可以吗？

他的声音似乎击中了我膝盖背后的某个地方，然后以一股暖流向上升起，我知道我脸红了。

哦亲爱的，我说。我觉得你打错了。

有一秒他什么也没说。别挂，我心想。别挂。我开始绕着“新小说”的书架走动，手指搭在书脊上游走，仿佛还在浏览。

上帝啊，尼克慢慢地说。是弗朗西丝吗？

是的。是我。

他发出一个声音，我有一会儿以为是笑，后来才意识到他在咳嗽。我开始笑，把手机从脸旁拿开，免得他以为我哭了。他再开口时听起来平静了些，他是真的很困惑。

我不知道这是怎么发生的，他说。我刚才给你打电话了？

是的。你问了我一个辣椒的问题。

哦，我的上帝。太抱歉了。我没法解释我是怎么拨成你号码的。这真是个错误，我很抱歉。

我走到书店前面的陈列柜，里面摆着一系列各类型的新书。我拿起一本科幻小说，假装在读它的背面。

你本来想给梅丽莎打的？我问。

是的。对。

没关系。我猜你在超市咯。

他听后笑了，像是在笑这场景有多荒谬。我把科幻小说放下，翻开一本历史爱情小说的封面。文字平躺在纸页上，我的眼睛没有试图去读它们。

我正在超市里，他说。

我在书店里。

是吗，真的？买圣诞礼物？

是的，我说。我在给博比买礼物。

他发出一个“嗯”一样的声音，算不上是笑，但听起来很忍俊不禁，或者高兴。我合上书的封面。别挂，我心想。

最近新出了克里斯·克劳斯的小说，他说。我读了一篇书评，看上去你可能会喜欢它。不过我现在意识到你刚才没有问我的建议。

我很乐意听你的建议，尼克。你的嗓音很迷人。

他什么也没说。我离开书店，把手机紧紧地抵在脸上，屏幕很烫，还有点油。外面很冷。我戴着一顶假毛帽子。

我是不是说漂亮话说过头了？我问。

哦，不是的，对不起。我是在想一句好听的话回你，但我能想出来的每一句听起来都太……

不真诚？

太真诚，他说。饥渴。我在想，你该怎么恭维你的前女友，而且还要保持一定距离？

我笑了，他也笑了。我们共同发笑带来甜蜜的解脱，这驱散了他会挂我电话的可能，至少目前不会。身旁一辆公交车轰隆隆地从水泊里开过，打湿了我的小腿。我背朝学校，走向圣斯蒂芬绿地①。

你一向不是个很会拍马屁的人，我说。

对，我知道。为此我很后悔。

有时喝醉了你就很温柔。

哈，他说。是吗，我只有喝醉了才对你温柔？

我又笑了，这次只有我在笑。手机似乎正在传递某种奇怪的放射性能量进入我的身体，它让我走得飞快，还傻笑。

你一直很好，我说。我刚才不是那个意思。

你在同情我，是不是？

尼克，你有一个月没给我打电话，我们现在在说话只是因为你把我和你老婆的名字搞混了。我不会同情你的。

其实，我很严格地规定自己不给你打电话，他说。

---

① 都柏林市中心的一座公园。

有几秒里我们都没说话，也都没挂电话。

你还在超市吗？我问。

对，你在哪里？你在外面了。

在街上走。

餐馆和酒吧都在橱窗里摆了微型圣诞树和人造冬青枝。一个女人牵着一个小小的金发孩子走过，孩子在抱怨天气冷。

我那会儿在等你给我打，我说。

弗朗西丝，你对我说你不想再见到我了。自那之后我是不会来骚扰你的。

我毫无目的地在一家卖酒的店门外停下，看着窗里君度橙酒和帝萨诺杏仁酒的瓶子像珠宝一样垒着。

梅丽莎怎么样？我问。

她还行。在赶稿，压力很大。你知道的，所以我才会打电话确保没买错蔬菜，免得惹麻烦。

她压力很大的时候似乎经常拿采买来发泄。

我还真的尝试跟她指出这一点，他说。博比怎么样了？

我转身离开橱窗，继续沿街走。握手机的那只手已经开始变凉，但耳朵很烫。

博比很好，我说。

我听说你们复合了。

嗯，她不完全是我的女朋友。我们一起睡，但我认为我们是在检验最亲密的友谊的极限在哪里。我其实不知道我们在做什么。似乎还挺顺利。

很无政府主义啊，他说。

谢了，她听了会很高兴的。

我在等红绿灯，准备过街去圣斯蒂芬绿地。汽车闪着头灯开过，格拉夫顿街上有几个街头艺人在唱《纽约童话》。一面亮着灯的黄色广告牌上写着“今年圣诞……感受真正的奢侈”。

我能征求下你对某件事的建议吗？我问。

当然了，没问题。我认为我在做决策上的判断一直非常糟糕，但如果你觉得我能帮上忙的话，我们可以试试。

是这样的，我有件事一直瞒着博比，我不知道该怎么告诉她。我不是在忸怩，这和你没关系。

我从来不认为你忸怩，他说。继续。

我跟他说我要先过下街。天开始暗下来，世界围绕着灯的光斑聚集在一起：一个个商店橱窗，冻得发红的一张张脸颊，一排在街边休息的出租车。我穿过公园侧门走进去，交通噪音似乎自动降下来，仿佛被光秃秃的枝干擒住，在空中消散了。我呼出的气在前方铺出一条洁白的路。

还记得上个月我去医院做检查吗？我说。我跟你说结果没什么问题。

一开始尼克没说话。然后他说：我还在超市里。能不能让我回到车上再说，行吗？这里有点吵，等我十秒钟。我说没问题。我的左耳听见柔软洁白的水声，逼近又远离的脚步声，右耳里听见尼克经过收银台时自动收银机的声音。然后是自动门，然后停车场。我听见汽车发出一声哔音，他用遥控钥匙把它打开，然后我能听见他上车，关上门。他的呼吸声在寂静中变得更响了。

你刚刚在说，他说。

好吧，事实上，我应该长在子宫里的细胞在其他地方长着。子宫内膜异位症，你可能听说过，我没有。这病也不危险，但没法治愈，这是种慢性疼痛。我经常晕倒，很怪。我可能没法生小孩。我的意思是，他们不知道我能不能。为这事难过大概挺蠢的，他们甚至都还不知道呢。

我经过一盏街灯，它把我的影子投在面前，拉得很长，像巫婆一样，身体的尖端都消失了。

为这个难过并不蠢，他说。

不蠢吗?

不。

我最后一次见你时，我说。我们一起上床，然后你跟我说你想要停下来，我心想，你知道了。我感觉你不觉得我好了。就好像，你能感觉到我身上出了问题。这当然很扯，因为我一直以来都有这个病。但这是你和梅丽莎重新开始上床后我们第一次在一起，或许我觉得很脆弱，我不知道。

他对着听筒呼气，吐气。我不需要他说什么，或解释他的感受。我在一尊青铜半身像边停下来，坐在一只潮湿的小凳上。

你还没有跟博比讲诊断结果，他说。

我谁都还没说。只有你知道。我感觉谈论它会让别人认为我是个病人。

一个男人牵着一条约克郡犬走过，那条犬注意到我，挣着缰绳试图凑到我脚边。它穿着一件棉夹克。男人向我短促一笑，带着歉意，然后他们往前走去。尼克沉默了。

好吧，你怎么想？我问。

博比吗？我觉得你应该告诉她。你本来也没法控制她怎么看你。你知道吧，生病，还是健康，她的看法你永远也没法控制。你现在仅仅为了获得控制的幻觉而欺骗她，这大概并不值得。当然了，我不认为我的建议有多好。

你给了很好的建议。

凳子的凉意透过羊毛外套渗入我的皮肤和骨头。我没有站起来，我仍然坐着。尼克说听到我生病了他很难过，我接受并感谢了他的关心。他问了若干问题，怎么减轻症状，时间久了症状是否会有所好转。他认识一个女人也得了这个病，他表兄弟的妻子，他说他们有小孩，只是费了不少周折。我说试管婴儿听起来很吓人，他说，哦，他们没有用试管婴儿，我觉得。不过这些治疗手段是不是越来越简单了？它们肯定是在进步的。我说我不知道。

他咳嗽了一下。你知道吗，上次我们见面时，他说，我想要停下来是因为我担心我在伤害你。仅此而已。

好吧，我说。谢谢你告诉我这个。你没有在伤害我。

我们顿了一下。

我没法告诉你我有多严格地要求自己不要跟你打电话，最终他开口说。

我以为你已经忘了我了。

忘记关于你的任何一件事对我来说都很可怕。

我微笑了。我问：是吗？那时我的双脚在靴里开始变冷了。

你现在在哪里？他问。你没有在走了，你在一个很安静的地方。

我在圣斯蒂芬绿地。

哦，是吗？我也在城里，我和你大概就只隔了十分钟的路程。我不会来找你的，放心。只是想到你这么近在咫尺感觉很奇妙。

我想象他在某处坐在车里，打着电话对着自己微笑，看起来帅得让人恼火。我把空出来的那只手塞进外套里保暖。

我说：我们在法国时，你还记得有一天在海里，我让你说你渴望我，你把水泼在我脸上让我滚吗？

尼克开口时，我能听出他还在微笑。你这么说让我听起来像个混蛋，他说。我只是在跟你开玩笑，我不是认真说让你滚。

但你就是不肯说你想要我，我说。

这个，别人总是在这么说。我以为你当时有点使小性子。

我应该想到我们之间不可能有好结局的。

我们不是一直都知道吗？他问。

我顿了一秒。然后我只是说：我没有。

好吧，但一段感情有“好结局”是什么意思？他说。我们的感情从来就不是传统的那种。

我从凳子上站起来。在外面坐着实在太冷了。我想要重新暖起来。地灯亮起，光秃秃的枝干擦刮着天空。

我没觉得它必须得有个传统的结局，我说。

你知道吗，你只是这么说，但我爱别人时你明显不开心。这没什么，这不代表你是个坏人。

但我也爱着别人。

对，我知道，他说。但你不希望我也爱。

我不会介意的，要是……

我在想一种别的方式把这句话说完，这样我就不必说：要是我不是我，要是我是我想要成为的那个人。但我只是任由这句话滑入沉默。我好冷啊。

我不敢相信你现在跟我说你曾经等过我给你打电话，他静静地说。你真的不知道这听起来有多么让我心碎。

你以为我是什么感受？你甚至都不想跟我说话，你以为我是梅丽莎。

我当然想跟你说话。我们打了多久了？

我走向来时穿过的门，但它已经锁上了。双眼被寒气刺得生疼。栏杆外，人们排成一列在等 145 路。我走向大门，在那儿能看见购物中心的灯光。我想起尼克和梅丽莎在他们温暖的厨房里唱《宝贝，外面很冷》，身边环绕着他们的朋友。

你自己说的，我说。这从来不会有好结果。

好吧，现在我们处得怎么样？如果我过来接你，我们开着车说话，我说，哦，抱歉我没有给你打电话，我是个傻子，那样算处得好吗？

如果两个人让彼此高兴那就是处得好。

你可以对着街上一个陌生人微笑让他高兴，他说。我们说的比这个更复杂。

我走近大门，听见了铃声。交通噪音又变大了，像一盏灯，越变越亮。

必须这么复杂吗？我问。

是的，我认为是这样。

我和博比在一起，这对我很重要。

你跟我说这个，他说。我还结了婚呢。

最后永远都会变成这副德性，是不是？

但这次我会说更多好话给你听的。

我到门边了。我想跟他讲教堂的事。那是另外一场对话了。我想要他让一切变得更加复杂。

比如说哪种好话？

我有件事没跟你说，它算不上是好话，但我觉得你会喜欢的。

好吧，告诉我。

你还记得我们第一次接吻吗？他说。在派对上。我说我觉得杂物间不是接吻的好地方，然后我们就离开了。你知道我上楼去我房间等你了，对吧？我等了好几个小时。一开始我真的以为你会来。这大概是我这辈子最痛苦的时刻，这种狂喜的痛苦，在某种程度上我其实是很享受的。因为哪怕你真的上楼了，那又怎么样呢？房子里到处都是人，其实什么都不会发生。但我每次想下楼时都会幻听到你上楼，我就没法走了，我是说我的身体没法动了。好吧，当时那种感受，知道你在附近并且因此完全无法动弹的感觉，和现在和你通话的感受很像。要是我告诉你我的车现在在哪儿，我觉得我就没法走了，我觉得我会停在这里，免得你改变主意。你知道吗，我还是有那种满足你的冲动。你应该注意到了我在超市里什么都没买。

我闭上双眼。物和人在我周围转动，在模糊复杂的体系里占据不同位置，加入我现在不知道并永远都不会知道的系统。一个由事物与概念组成的复杂网路。要明白生活你需要先经历它。你不能总是做一个分析的人。

快来接我，我说。

图书在版编目(CIP)数据

聊天记录/(爱尔兰)萨莉·鲁尼(Sally Rooney)著;
钟娜译.—上海:上海译文出版社,2019.7
书名原文:Conversations with Friends
ISBN 978-7-5327-8139-3

Ⅰ.①聊… Ⅱ.①萨… ②钟… Ⅲ.①长篇小说-爱
尔兰-现代 Ⅳ.①I562.45
中国版本图书馆 CIP 数据核字(2019)第 072112 号

Sally Rooney
Conversations with Friends

本书出版获得 Literature Ireland 资助,特此鸣谢。

图字:09-2019-192 号

聊天记录
[爱尔兰]萨莉·鲁尼 著 钟娜 译
特约策划/彭伦 责任编辑/徐珏 装帧设计/董红红

上海译文出版社有限公司出版、发行
网址:www.yiwen.com.cn
200001 上海福建中路 193 号
启东市人民印刷有限公司印刷

开本 890×1240 1/32 印张 9.5 插页 2 字数 136,000
2019 年 7 月第 1 版 2019 年 7 月第 1 次印刷
印数:00,001—25,000 册

ISBN 978-7-5327-8139-3/ I·5008
定价:49.80 元

如有质量问题,请与承印厂质量科联系。T:0513-83349365